Hayakawa Mystery World

ロング・ロード
探偵・須賀大河

堂場瞬一

早川書房

ロング・ロード　探偵・須賀大河

カバー写真／ Adobe Stock
カバーデザイン／ k2

目次

登場人物

須賀大河………………身長190センチの元弁護士の私立探偵
真野由祐子……………ITコンサルタント。大河の仕事を手伝う
春山遼太郎……………巨大IT企業「ZQ」社長。大河の学生時代の友人
伊佐美真梨……………「ZQ」社長室長。春山の元恋人
河瀬……………………「ZQ」社長室次長
笠井悠太………………「ZQ」創業直後から勤めるSE
国岡黎人………………「ZQ」創業直後から勤める営業
緒川優希………………「ZQ」創業直後に勤めていた元社員
遊佐莉子………………人気女優。春山の恋人
浅沼……………………莉子のマネージャー
竹村元朗………………総務省の審議官
高石……………………大河が調査中に知り合った清掃業者
三木……………………大河と春山の学生時代の友人。全国紙の経済部記者
岩山遥…………………料理研究家。春山の学生時代の元恋人
伊丹……………………「週刊ジャパン」特集担当デスク
石橋……………………江東中央署刑事課係長

第1章　怪文書

1

父親に言わせれば、私は宝の持ち腐れだという。

「宝」とは身長のことだ。せっかく百九十センチあるのに、何のスポーツもやらなかったのはあまりにもったいないと、父親は亡くなるまでずっと愚痴を零《こぼ》し続けていた。父親は私より高身長――百九十三センチあって、ミュンヘンオリンピックの男子バレー代表候補だった。怪我のために若くして現役を退いたが、「身長を生かし切った」という感覚は生涯の誇りらしい。

私は父から身長は引き継いだものの、運動神経の受け渡しには失敗した。走ったり跳んだりという基本的な能力がさっぱりだし、長い手足が逆にマイナスになって、球技では無様な動きしかできない。高校時代の体育の授業では、何をやっても「前衛ダンス」と馬鹿にされていた。

しかし初対面の人にはだいたい、「スポーツは何をやっていたんですか」と聞かれる。身長が高ければスポーツをやっているのが当然、という風潮があるのは間違いなく、私は聞かれる度に笑って誤魔化すしかない。

今日も、いつものように誤魔化した。相手は、巨大IT企業「ZQ《ズィーキュー》」の社長室長、伊佐美真梨《いさみまり》。彼女自身、百七十センチ近い長身だが、その彼女から見ても、私は巨大に見えるらしい。当然、初対面の挨拶《あいさつ》の後は定番のやり取りになった。

「バレーとか」真梨がちらりと私を見上げて訊ねる。

「いえ」

「じゃあ、バスケット」

「残念」

「ラグビーですか？　体格は、そんなにがっしりしてないけど」

「外れ。これでスリーアウトですよ」

ビルの出入り口で落ち合ってからそこまで話した時、私たちは目的地に辿り着いた。何の変哲もないこのドアが、「ZQ」社長室の入り口らしい。創業から十数年で、会社を日本有数のIT企業に育て上げた春山遼太郎《はるやまりょうたろう》は、きちんと社長室を持ちたがるタイプの経営者のようだった。IT企業の社長の中には、自分専用の部屋を持たず、他のスタッフと同じ場所で一緒に仕事をするのを好む人も少なくないのだが。

「スリーアウトは残念ですけど、答えは教えていただけないんですか」真梨はまだこだわっていた。

「高校では将棋部。大学では司法研究会でした」

真梨が一瞬真顔になった。どちらも本当なのに、信じられないらしい。

「大学は……私と同じですよね」

「そうなりますね。あなたが先輩です」

「うちの大学の司法研究会といえば、司法試験の登竜門でしょう」

「昔からそうだったようですね」

「それで、司法試験に合格して弁護士になった」

「仰る通りです」

「それが今は、私立探偵をなさっているわけですか」真梨が言った——明らかに呆れていて、本心が顔に出てしまう。

「仰る通りです。でも、詳しい事情は話しませんよ。面倒臭いので」

「そんなに複雑な話なんですか?」

「複雑です。それプラス、日本の司法制度の矛盾と悪口を言い始めたら、二時間ぐらいかかりますよ」私は肩をすくめた。

「そうですか……では、それはまた別の機会に」

真梨が真顔で言って、ドアをノックする。中から「どうぞ」と声が聞こえた。

真梨がドアを引き開け、私に向かってうなずきかける。室内に一歩足を踏み入れた途端に、私は微妙な居心地の悪さを感じた。こういう感じの社長室なのか……床はヘリンボーンのフローリング。広さは五十——いや、六十平方メートルぐらいあるだろう。ガラスとクロムを多用した什器《じゅうき》類は、一昔前に流行ったような印象がある。バブルの頃とか——いや、私もあの時代にはまだ子どもだったわけで、当時のベンチャー企業の社長室がどんな感じだったか、実際に知っているわけではない。ドラマか何かで見た印象が、そのまま記憶に残っているのではないだろうか。

「須賀《すが》」デスクについていた春山が、表情を崩して立ち上がる。「須賀大河《たいが》。何年ぶりだ?」

「十二年ぶり」私は即座に答えた。

「そんなになるか？」春山が疑わしげに眉をひそめる。

「十二年前、俺が司法修習を終えて、弁護士事務所への配属が決まった記念で呑んだのが最後だ」

「あの時か。俺が奢《おご》ったんだよな」春山が嬉しそうに言った。

「そうだった」

「だったら、返してもらわないと――倍にして」春山が笑みを浮かべたまま言った。「せっかく奢ってやったのに、さっさと弁護士を辞めちまって」

「十二年前に奢ってもらった分は返してもいいけど、タダ働きは断る」私は真顔で言った。これはあくまで仕事なのだ。

「金の話は、後できちんとするよ」春山が真梨に向かってうなずきかける。「室長も入って下さい。一緒に話を聞いてもらえますか」

真梨が無言で部屋に入ってきた。手を離すと、ドアがゆっくりと閉まる。

「座ってくれ」立ち上がった春山が、部屋の隅にある応接セットを指さす。ル・コルビュジエの一人がけソファが八脚。金がかかっている――儲けているのは間違いない。私は慎重に腰を下ろした。パンと張った革の感触が心地好い。春山が私の向かいに、真梨がその横に座る。

「しかし、十二年ぶりか」まるでそれが今日の議題であるかのように、春山が真剣な口調で言った。

「そんな感じもしないけどな」

「いや、お互いに変わったよ」

「そうか？」

「十二年前、『ZQ』の本社はまだマンションの一室だった。ここへはいつ引っ越した？」

「五年前」

「本社として何ヶ所目だ？」

「三ヶ所目だな」

「こんないいところを借りられるぐらいなら、自社ビルでも建てればいいのに」

「不動産については、俺には独自の見解があるけど、そんな話、聞きたくもないよな？」

「興味がないわけでもないけど、今じゃなくていい」

私がうなずくと、春山が一瞬怪訝《けげん》そうな表情を浮かべる。自分の話を聞きたくない人間がいることが、信じられない様子だった。

「お前はそんなに変わってないみたいだけど」

「いや、着ているスーツの値段が半分になった」

春山が口をつぐむ。自虐ではなく単なる事実なのだが……弁護士事務所で働き始める時に、私はブルックス・ブラザーズでスーツを何着か揃えた。若手の貧乏弁護士には痛い出費だったが、アメリカ製のかっちりしたスーツは、いかにも弁護士の仕事に合っている感じがしたのだ。

その時買ったスーツはとうに駄目になり、今は一着でズボンが二本ついてくるような安いスーツしか買わない。そもそもスーツを着る機会自体、ぐんと減った。依頼人と最初に会う時、最後に結果を報告する時ぐらいで、普段の仕事は動きやすさを優先して服を選ぶ。今回は、知り合い——旧友が相手なので、スーツではなくジーンズにジャケットだった。ネクタイはなしのビジネスカジュアル。

「服の話はいいんじゃないかな。お前みたいに、人に自慢できるような服は着ていないし」

実際春山のスーツは、いかにも高価そうだった。体にぴったり合っているから、オーダーメイドかもしれない。ＩＴ系企業の経営者というと、服装はとかくカジュアルなイメージがあるのだが、春山は普段からスーツを愛用しているに違いない。どんなに体に合ったスーツでも、着慣れていないと借り物のようになってしまう。春山の場合、非の打ちどころがない着こなしだった。

「久しぶりに会ったんだから、ちょっと無駄話ぐらいしてもいいだろう——何か飲むか？」春山は、すぐには本題に入りそうにない。

「いや、お構いなく」

「そう言うなよ。コーヒーでもどうだ？　すぐに準備できる」

私は何も言わずにうなずいた。どうしても飲みたいわけではないが、出してくれるなら飲んでもいい——そういう本音が春山に伝わったかどうかは分からない。春山は昔から、人の心を敏感に察して動くタイプではなかった。

春山に指示されて、真梨が立ち上がる。サイドテーブルに置いてあるデロンギの高価そうなコーヒーマシンを、慣れた手つきで操作し始める。真梨は取締役社長室長という肩書きを持っているのだが、社長の客の接待も仕事なのだろうか。

コーヒーが出来上がってくると、その香りに刺激されて、つい一口飲んでしまった。コーヒーマシンで淹《い》れると、どうしても刺々《とげとげ》しい味になるのだが、このコーヒーは美味い。

私はカップ越しに春山の顔を見やった。少し風格が出てきたものの、元々童顔なので、まだ二十代と言っても通じそうだ。実際は私と同い年——もう三十六歳になる。神経をすり減らすＩＴ系のビジネスの最前線で十年以上体と心を張ってきたはずなのに、その苦労が顔に出ていない。

「で？」

「うん」春山がコーヒーカップをテーブルに置いた。ここまでは、学生時代と同じように軽く話していたのだが、急に口調が重くなる。

「お前が相談なんて言ってきたから、正直悩んだ」

「どうして」

『ＺＱ』に、俺のはまる隙間はないだろう」

春山が学生時代に立ち上げた「ＺＱ」は、もはや「本業」が何かも分からない総合ＩＴ企業になっており、傘下の会社も数十を数える。学生時代、プログラムを手で打ちこみ、こつこつとホームページを作っていた暗い背中が、今につながらない。最新のニュースは、携帯電話事業への参入計画だ。これだけ大きな企業グループに、私のような私立探偵が入って仕事をする隙間があるとは思えなかった。

「いや、お前じゃないとできないことなんだ」

「内容は？」

「社内におかしな文書が出回っている」春山が打ち明けた。

「怪文書？」

春山が無言でうなずいた。社内で怪文書か……どう考えても、内部の人間が流したとしか考えられない。「ＺＱ」は豊洲《とよす》の高層オフィスビルの二十階から二十五階を占めており、セキュリティは相当しっかりしているはずだ。密かに忍びこんで、「物理的な怪文書」をばら撒《ま》くのは難しい。

「物理的な——紙の怪文書なのか？」私は確認した。

「ああ」春山が認め、真梨にうなずきかける。

真梨がファイルフォルダからＡ４サイズの紙を取り出した。素手で。

「コピー？」

「コピーです」

真梨が答えたので、私もそのまま紙を取り上げた。見出しのつもりなのか、赤い大きな文字で「ＺＱの不正を告発する！」と書かれている。その下に、太い、黒い文字で思わせぶりな言葉が並んでいた。


ＺＱはこれまで、不正に金をばら撒いてきた。まもなくその不正の実態は表沙汰になるだろう。この会社に将来はない。心ある社員の皆さんは、この機会にぜひ会社と自分の関係を見直して欲しい。離れるのが身を守る最良の手段だ。離れないなら、皆さんは既に会社に毒されている。社長を追放し、会社を立て直すチャンスだ！


二度読んだ。赤字も黒字もマジックペンで書かれている。達筆だな、というのが第一印象だった。しかし内容は、あまり衝撃的ではない。何より、具体的な指摘がないので、切羽詰まるような緊迫感を覚えることはないはずだ。

しかし、春山が焦って私に連絡してきた理由は分かった。末尾に「第一号」と書いてある。

「第二号は？」私は訊ねた。

真梨が無言で二枚目の怪文書を取り出す。一見したところ、筆跡は同一人物によると思われる。私の能力では「同じ」とは断じ切れないが、筆跡鑑定をしてくれる業者もいるから、調べてもらえばいい。

　第二号の内容も似たようなものだった。やはり「不正な金」――そこだけ赤字になっていた――を強調しているが、何に対する「不正」かは書かれていない。続報という感じではなく、文章を微妙に変えただけで、内容は同じにしか思えなかった。

　それでも、春山が警戒するのは理解できる。

「いつ、どこで見つかったんだ？」私は確かめた。

「最初は一週間前、二通目が一昨日です」

　真梨の説明を聞いて、私は頭の中のカレンダーに「×」印を二つ、書きこんだ。水曜日と月曜日か。それを指摘すると、春山と真梨が顔を見合わせる。

「水曜と月曜という曜日に、何か心当たりは？」

「ない」春山が即座に答える。

「発見場所は？」

「廊下だ」春山が嫌そうな口調で答えた。

「廊下？　貼り紙のような形で？」

「ああ」

　昔の会社には、廊下の各所に掲示板があったはずだ。会社からの様々なお知らせを貼りつけておく場所。

「廊下に、そういう場所があるのか？　掲示板とか」

「まさか」春山が軽く笑った。「令和だぜ？　廊下に貼り紙なんて、昭和の時代に終わってるだろう」

　私は無言でうなずき、二枚の怪文書をもう一度読んだ。二枚目の末尾には「第二号」とある。当然私は「第三号」を予想した。

「当該箇所に、防犯カメラはないのか？」

「ないです……廊下ですから」春山に代わって、真梨が言い訳するように言った。

「貼りつけてあったのは同じ場所？」

「いえ、一回目は二十一階、二階目は二十三階です」

「だんだん、二十五階の社長室に近づいてきている」

「おいおい――」春山が怒ったような表情を浮かべる。

「犯人がその気になれば、社長室の前の廊下にも貼れるんじゃないかな」

「……まあな」春山が認める。

「可能性は二つに一つだ」私は指摘した。「社内の人間がやっているか、外部から侵入した人間がやったかだ」

「侵入は……あり得ないな」春山が真梨の顔を見た。

「セキュリティは万全です」真梨がうなずく。「ビルの一階、各フロアのエレベーター前、それぞれの部署の部屋に入るためには、ＩＣチップ入りのＩＤカードが必要です」

　逆に言えば、ＩＤカードさえあれば中に入れる。決して不可能ではない。

「辞めた社員のＩＤカードはどうしてますか？」

「回収します」真梨が即答した。「回収した上で、その社員に紐づけられているデータを削除して、カード自体も廃棄します」

「辞めた社員が、昔のカードを使って中に入ることは不可能ですか」私はうなずいた。「コピーはできますか？」

「無理です」

「最近、社員証を落としたり、盗まれたりといった報告は？」

「ないですね」

「となると、現役の社員がやった可能性が高い」

私は指摘して春山の顔を見た。身内の裏切りを言われたせいか、苦々しげな表情を浮かべている。

「どうなんだ？」私は春山にさらに確認した。

「それはない――ないと考えないと、やっていけないじゃないか」

「社員を信じたい気持ちも分かるけど、百パーセント正しいことなんてない」

「それはそうだけど」目の前にいる春山は、私が知っている春山ではなかった。常に歯切れ良く、自信たっぷりに話す――よくも悪くも、それが私の知る春山だったのに。

「何か、心当たりは？」この怪文書は、春山に対する個人攻撃のように読める。

「俺にはない――というか、分からない」春山が首を横に振った。「この本社だけでも、千人の人間が働いている。関連会社も含めて、ＩＤカードを使って自由にここに出入りできる人間は――」春山が、助けを求めるように真梨を見た。

「一万人以上」真梨がさらりと答える。

創業者社長の春山が、社員全員の行動や性格を把握していたのは、会社が今よりはるかに小さかった頃だろう。一般的に、一人の人間が完全に把握できる人数は二十人から四十人程度だという。小学校の先生が受け持つ一クラス、という感じだ。

「もう一度聞く」私は人差し指を立てた。「社員で、こういうことをしそうな人間はいないか？」

「言われてすぐに思い当たるような人間はいない」

「もう一つ、質問がある」

「ずいぶん確認することが多いんだな」春山が苦笑を浮かべる。いかにも面倒臭そうな感じだった。

「それが探偵の仕事なんだ」

「そうか」春山は必ずしも納得した感じではなかった。「それで？」

「どうしてそんなにビビってるんだ？」

「ビビってないさ」春山が軽い口調で否定した。

「じゃあ、どうして俺に相談してきた？　ビビってない、問題にしてないなら、放っておけばいいじゃないか」

「社内に噂が流れてるんだよ。それで不安を感じてる社員もいる」

「人目につく場所に貼り出されていたわけだからな」私はうなずいた。

「社員の不安を取り除くのも、社長の仕事なんでね」春山が肩をすくめる。

「実際に、何かまずいことがあるんじゃないのか？」

「何が言いたい？」春山の目つきが急に鋭くなった。

「この怪文書に書いてある金の問題さ」私は二枚の紙をまとめて取り上げ、拳《こぶし》で軽く叩いた。「表に出されるとまずいことがあるから、焦ってるんじゃないか」

「まさか」春山が軽く笑った。「うちは、コンプライアンスに関しては厳しく取り組んでいる。もちろん、小さな問題はいくらでもあるよ。ユーザーとうちとか、取引先とうちとのトラブルもある。でも、大事《おおごと》になる前に、必ず解決してきた」

「訴訟沙汰になったことは？」

「一度もない」春山が即座に断言する。「だいたい、この怪文書は完全にでっち上げだ。でも、心配している社員がいる。そういう連中を安心させるためには、誰がやったのかを突き止めるのが一番効果的だと思う。内容を否定するだけじゃなくて、犯人が分かれば……ということなんだ。こんな依頼、珍しいか？」

「会社がらみの依頼は、少なくはないよ」私は認めた。「内容は一々言えないけど、表沙汰にできないトラブルを抱えた会社はいくらでもある」

実際、会社の数だけ問題がある感じだ。そして貧乏私立探偵にとって、きちんとした会社からの依頼は大きな収入源になる。個人相手に多額の料金をふっかけるのは気が引ける——実際日本には、トラブル解決のために個人で私立探偵を雇う習慣を持つような富裕層はいないのだ。しかし会社は、結構気軽に金を払う。この辺、弁護士の仕事と似ていると言えよう。弁護士というと、世間の人は、容疑者の無罪を晴らすために法廷で奮戦しているようなイメージを持っているだろうが、公判はそんなにドラマチックなものではない。しかも刑事事件専門の弁護士は、だいたい貧乏だ。正義より金を選ぶ弁護士は、大企業の顧問弁護士に就任し、法的なアドバイスを送ったり、いち早くトラブル解決に動いたりすることで巨額の顧問料を稼ぐ。

「それで……引き受けてくれるか？」春山が探るように言った。

「これが本当に、会社ぐるみの犯罪に関係しているとしたら――」

「途中でそれが分かったら、手を引くのか？」

「それはないだろうな」

「弁護士だったら、同じようなことがあったら苦しい状況になりそうだが」春山が指摘した。

「そういうことは、ないでもない。無罪を信じて弁護していた相手なのに、途中で決定的な有罪の証拠が出てきたりとか、新たな犯罪が発覚したりとか。そういう場合は、本当に困る」

「手を引くこともある？」

「状況次第では」

「探偵は？」

「探偵は、弁護士と違って法律には縛られない。依頼人の意向第一だ」

「分かった。だったら、頼めるかな」

私は無言でうなずいた。しかし大事なのはここからである。今度は金の話を持ち出した。

「依頼料の件は、前に話した通りだ」

「着手金百万円、解決したらさらに百万円――こんなものでいいのか？」

「ああ」こんなもの、という言い方が引っかかったが、私は余計なことは言わなかった。依頼人に対して、個人的な感想や説教は口にしないのが、探偵業を始めてから自分に課しているルールである。むかつく相手、到底受け入れられない違法な依頼もあるのだが、そういう時は「内規で受けられません」と感情抜きで断るだけだ。

「分かった。申し訳ないけど、詳しい話は室長から聞いてくれ」春山が左腕をさっと上げて時計を見た。手首には、当然というべきか、スマートウォッチ。もはや、職人が作る高価な手巻きの時計がステータスである時代は終わったのだろう。一方、私の左手首には、重たいオメガのシーマスターがはまっている。弁護士になった時に、自分に気合いを入れるために買ったもので、以来ずっと現役で活躍してくれている。

「社長は忙しいんだな」特に皮肉というわけでもなく、私は指摘した。

「社長なんて、好き勝手にやれるものだと思ってたんだ」春山が溜息をついた。「二十四時間全部、自分で仕事をコントロールして、好きな時に好きなことができる……あれはものを知らない学生の妄想だったね。今は、ぼうっとしている時間もない」

「それが嫌なら、探偵になるんだな。二十四時間、三百六十五日を自分で差配できる。ただしぼうっとしてたら、すぐに経済的に行き詰まるけど」

「俺には無理だと思うな」春山が立ち上がった。それまでずっと深刻な表情を浮かべていたのだが、明るい顔に変わっている。「自分の時間なんかないんだ。今もタイムアップ……そうだ、今夜、パーティーがあるんだけど、お前も来ないか？」

「パーティー？」人生において、最も縁がないことだ。

「もう少し話がしたいんだ」

「考えておく」

「じゃあ……室長、後は頼みます」

春山はさっさと自分のデスクについてしまった。ここから見た限りでは、大型モニターのパソコンと電話が載っているだけ。何だか、「社長室モデルルーム」のような部屋だ。

そして春山自身は、そこに設置された置物のような感じがしないでもない。

2

どうせなら眺めのいいところで話しませんか、と真梨が誘ってきた。高層ビルだから確かに視界は開けていそう……彼女が言う通りだった。

二十三階にあるリラックスルーム。要は休憩所で、細長いスペースにはソファやテーブルなどがランダムに置かれていた。リラックスと言いつつ、真剣な表情で打ち合わせをしている社員もいる。

窓の長さ一杯にカウンターが設置され、椅子が並んでいる。真梨に誘われるままそこに向かうと、ゆりかもめの高架が長く続いているのが見えた。とはいえ、豊洲だから、目を奪われるほど鮮やかな光景が広がっているわけではない。だだっ広い空間のところどころにそびえ立つ高層ビル。古い民家が建ち並んでいる一角もあるのだが、全体にはまさに埋立地、人工的な雰囲気しかなかった。

社長室で出されたコーヒーは一口飲んだだけだったので、真梨が自動販売機でカップのコーヒーを買ってくれた。百円のコーヒーは、百円の味しかしなかったが。

カウンターに並んで座り、体を斜めに向けて、彼女の様子が見えるようにする。気が強そうな顔立ちだ……目が大きく、ぐっと張り出した鷲鼻。唇は薄く、笑顔よりも真面目な表情の方が魅力的なタイプである。真梨はさっと眼鏡をかけると、「今回はありがとうございます」と改めて礼を言った。

「春山は、ビビり過ぎだと思いますけどね」

「心配性なんですよ。それは分かってやって下さい」

「仕事ですから、引き受けますよ」私はうなずいた。「しかしあいつも、ここまでになるとは思わなかった」

「大学の同級生なんですよね？」

「ええ」

「春山は『ＺＱ』をここまで大きくして、あなたは弁護士になった。大学としても、二人とも誇れるＯＢじゃないですか？」

「いやあ……」私としては苦笑するしかなかった。「今はもう、弁護士じゃないので」

「何でやめたんですか？」先程の疑問を真梨が蒸し返した。

「いろいろありまして」この辺は自分でも上手く説明できない。「金は儲からないし、仕事もあまりやりがいがなかった……という感じですかね」

「弁護士はお金持ちのイメージがありますけど」

「刑事事件専門の事務所でしたから、金にならなかったんです——それより、怪文書の件を詳しく聞かせて下さい」

「私に話せることがあるかどうか」真梨が首を傾《かし》げる。

「春山は、心当たりがないと言ってましたけど、あなたもそうですか？」

「ないです」真梨が即座に否定した。

「社内で、金や人に関するトラブルはないんですか？」

「ゼロとは言いませんけど、こんな怪文書が出回るようなトラブルはありませんよ」

「小さいトラブルでもいいですから、教えて欲しいですけどね」

「構いませんけど……ちゃんとリストアップするには時間がかかります」

「お願いします。手がかりになりますから」

「分かりました」

「それと、まず調査の方法は二つあります。監視カメラを設置することと、社員への聞き込み」

「監視カメラですか……」真梨が渋い表情を浮かべる。「経費、結構かかりますよね」

「いや、それはうちで用意できます。こういうこともよくあるので」

「そうですか」真梨がほっとした口調で言った。「聞き込みというのは……事情聴取ですよね」

「ええ」

「社員に刺激を与えるようなことはしたくないんですけどね。今でも不安に思っている社員もいますし」真梨は気乗りしていなかった。「それに、噂が広まってしまいます」

「今でも、十分広まっているんじゃないんですか？」

「改めて——探偵さんが動いていると、やっぱり目立つじゃないですか」

「目立たないように動くのは慣れています」とは言え、なかなか難しいのは事実だ。会社相手の調査も何度も経験しているが、毎回結構苦労した。会社というのはクローズドな組織で、異物が入りこむと、途端に目立って噂になってしまう。社員に話を聴く場合は会社の外で、というのが、私が決めた原則だ。

「社員の個人情報は必要ですか？」

「少なくとも、携帯電話の番号は欲しいですね」本当は住所も必要だ。会社ではなく、直接家を訪ねれば、他の社員に知られることなく話が聴ける。もちろん、それで警戒して、頑なになってしまう人もいるのだが。

「分かりました。どんな人間の情報が欲しいのか、教えて下さい」

「まず、組織図を見せてもらえますか？　それで決めます」

と言っても実際には、話を聴くべき人間をすぐにリストアップするのは難しいだろう。部署名を見ただけで、会社に不満を持っている人間が分かるはずはない。まず、金や機密に触れることが多い部署がどこか、割り出す必要がある。

「春山は、ちょっと変わりましたね」私は話題を変えた。

「そうですか？」

「少しだけ、上から目線になったかな」その傾向は昔からあり、「悪化した」と言うのがより正確だが。

「私にはよく分かりませんね」真梨が首を傾げる。「長く一緒にいますけど、性格が変わった感じはしませんし」

「いつから一緒なんですか？」

「もう十年——会社が上場するタイミングで、誘われてきたんですよ。ちなみに、社長の、つまりあなたの二年先輩でもあります」

「そうでしたね」私はつい頭を下げた。この関係は利用しないと、と思う。私たちの母校はマンモス大学で、同期であっても顔も名前も知らない人間の方が多いのだが、それでもやたらと母校愛を強調する人間はいる。私はそうでもないが、真梨はそういうタイプかもしれない。春山はどうだろう。

「元々何をなさっていたんですか？」

「都銀にいました。新卒で入って何年か……上場する時に、経理面を強化するために、手助けするように頼まれたんです。元々、うちの銀行が『ＺＱ』のメインバンクだった関係もあるんですけどね」

「銀行から見ても『ＺＱ』は有望な企業だったんでしょうね。だからこそ、あなたを送りこんだ」

「そういうことではないんですけどね」真梨が苦笑する。「社長にスカウトされた、それだけの話です」

「今は社長室長ですよね」

「最初は財務関連だけをやっていたんですけど、マネージャー的な仕事が合っていたんでしょうね。会社全体の動きを見るようになりました。後は、社長の暴走を止めたりとか」

「あいつ、そんなに暴走するタイプですか？」私は首を傾げた。

「会社を買収したりとか……大きな金が動く時は、誰かがブレーキにならないといけないんです」

「なるほど……社長室長と言っても、実質的に会社のナンバーツーのようなものですか？」

「社長がそう思っているかどうかは分かりませんが」

「春山とは上手くいってるんですか？」

「長いですからね」真梨が曖昧《あいまい》な返事をした。

「夫婦みたいなものですか」

「まあ、説明しにくいですね」真梨が苦笑する。「社長も強い人なので」

私たちはそれからしばらく、事務的な打ち合わせをした。後で会社の組織図をもらい、そこから話が聴けそうな人間を割り出すことにする。その作業は、会社を出てから一人でやることにした。

最後に、怪文書が貼り出されていた二ヶ所の廊下を確認する。この廊下を見ただけでは何とも言えない……警察の鑑識が調べれば何か分かったかもしれないが、既に剝がされているのでどうしようもない。

「どの辺でしたか？」

「ちょうど私の顔の高さぐらいですね」真梨が答える。

私にとっては胸の位置か……取り敢えず、この廊下を歩く人なら、誰でもすぐに気づく高さと言っていい。もう一ヶ所も同じような状況だった。場所を確認しながら、私は監視カメラの設置場所を考えた。犯人は次も、廊下を狙ってくる可能性が高い。「ZQ」は、ビルの中央部を貫く長い廊下の両脇に部屋が並ぶ配置だが、廊下全体を視界に入れるには、両端に監視カメラが必要になる。そうすると、カメラ用の電源などの設備を隠す場所も必要になってきて、相当面倒なことになる——この辺は、事務所へ戻ってから専門家に相談しよう。監視カメラの設置に関しては、会社がちゃんと協力してくれれば、難しいことではない。

私は念のために廊下の数ヶ所で写真を撮り——基本的に各フロアとも造りは同じだという——さらに後で図面を送ってくれるように真梨に頼んだ。真梨はいかにも社長の有能な右腕らしく、最低限の会話で話をどんどん進めていく。

この件がどうなるかは分からないが、一つだけはっきりしているのは、彼女をずっと味方につけておかねばならない、ということだ。逆に言うと、敵に回すとこれほど怖い人はいないだろうという予感がある。

「ところで今夜、パーティーにいらっしゃいますか」真梨が突然話題を変えた。

「ああ……そういう会合は、あまり好きではないんですが」

「来ていただければ、春山も喜ぶと思いますよ」真梨が笑みを浮かべる。

「社長のご機嫌を取るのも、社長室長の仕事なんですか？」

「それが一番大事な仕事と言っていいかもしれません」


事務所へ戻り、仕事の手順を考えた。まずやらなくてはいけないのは、監視カメラの設置だ。この件では専門家のヘルプが必要――私はすぐに、時々仕事を手伝ってもらっている真野由祐子《まのゆうこ》に電話を入れた。

「何」

相変わらず無愛想……私は思わず苦笑してしまったが、取り敢えず仕事の内容を説明した。

「あー、なるほど。できると思うけど、データ、ある？」

「もちろん」

「じゃあ、打ち合わせしようか」

「俺も夜は塞《ふさ》がってるから、これからだとありがたい」結局、真梨に説得されて、今夜のパーティーには出ることになってしまった。

「一時間だけ空《あ》けられるから、四時でいい？」

「了解」

「部屋の掃除、しておいてよね」

「綺麗だぜ」

「大河君には、汚いものが見えないのよ」

この件では何度も話し合った。最初は冗談かと思っていたのだが、あまりにもしつこいので、彼女が本当に潔癖症だと今では分かっている。私がいくら掃除を徹底しても、彼女には不十分に思えるようだった。

四時までの一時間、私は狭いワンルームマンションの掃除に追われた。掃除機をかけるだけでは当然済まず、手が触れる可能性のある場所は、徹底してアルコール除菌する。

それでも、私の部屋に入ってきた由祐子は室内を一瞥《いちべつ》するなり、自分でいつも持ち歩いているアルコールスプレーを取り出した。作業用に使っているテーブルの四隅に吹きつけると、除菌用のウエットティッシュを使って丁寧に拭く。

「そこ、もう拭いたよ」

「大河君の掃除は、いつも真ん中だけなのよ」

「真ん中?」

「テーブルを拭く時、真ん中から拭き始めるでしょう? だから端の方に必ず拭き漏《も》れがあるのよ。こういう場所を拭く時は、隅から中央へ向かってやらないと」

一切反論できないので、私は黙りこんだ。由祐子の場合、実際に清潔になっているかどうかよりも、自分が納得するまで掃除できたかどうかが問題なのだろう。

由祐子は、何というか……一言で言い表わすのが難しい人だ。城東《じょうとう》大生産工学部卒。新卒で日本有数の家電メーカーに入社して研究職についたものの、何かトラブルがあったようで——それについては私には一切話してくれない——たった一年で辞めてしまった。それからしばらくして、個人で事務所を立ち上げ、ＩＴコンサルタントの看板を掲げて仕事をしている。しかしその実態は、違法行為も平気で手がける技術者だ。ハッキング、盗聴、その他諸々。しばらく前に「会社のネットワークを完全制圧して、社内データ全部にロックをかける効率的な方法を見つけたけど、興味ある？」といきなり聞いてきた。そういう手口で、企業から「身代金」を要求する犯罪もある。彼女がそんなことをしているとは思えないのだが……悪いことにも使える技術を持っていることと、実際に犯罪に走るメンタリティは違うはずだ。

彼女と知り合ったのは四年ほど前だった。当時彼女は結婚していたが、夫の浮気を疑って、私に調査を頼んできたのだった。調査自体は簡単——一週間尾行と監視を続け、湯島のラブホテルに浮気相手と入る場面を二度、撮影した。まったく用心していなかったようで、相手の肩に堂々と手を回していたのだから、弁解のしようもない。私は、かつて自分が勤めていた弁護士事務所を紹介し、彼女はたっぷり慰謝料を分捕って離婚した。刑事事件専門にやっている私の元事務所の所長は、いやいや引き受けた……私もまだ弁護士資格は持っているので、自分でやってもよかったのだが、その時にはもう、弁護士としての業務は一切やらないと決めていた。

その後、私たちはしばしば組んで仕事をしている。

しかし彼女も、よく分からない人間だ。どうしてこういう危ない商売をしているのか、どんな私生活を送っているのか、私は一切知らない。聞いても彼女は答えようとしないのだ。自分でも仕事場を持っているはずだが、そこへ行ったこともない。打ち合わせはいつも私の仕事場か、外でお茶を飲みながらになる。

小柄——たぶん私より四十センチぐらい背が低い——で、ほぼいつもカーゴパンツを穿いている。

このカーゴパンツはファッションというわけではなく、実用的——両腿のポケットには常に何か工具が入っている。常習窃盗犯のような感じがしないでもない。上半身は、夏は白いTシャツ、寒い季節はその上にフリース。今は秋なので、薄手のフリースだった。化粧もほとんどしない。顔立ちは可愛いのだが、それを何かに活かそうという気はまったくないようだった。

そして何故か、年上の私を「大河君」と呼ぶ。

「さっきもちょっと聞いたけど、盗撮すればいいのね」

「盗撮じゃないよ。相手に許可は取っているから」

「場所は？」

「会社の廊下」

私は自分で撮影した写真、それに真梨から貰った建物の平面図を彼女に見せた。由祐子は写真と図面をじっくり眺めていたが、「ちょっと面倒かも」と結論を出した。

「全ての廊下に監視カメラをつけるとなると、台数もかなり必要だな」

「うちの在庫分で何とかなると思うけど、カメラを設置するだけじゃ、監視はできないわよ。電源や他の機材を設置する場所が必要になるわね。ちょっとした工事よ」

となると昼間は作業できないから、取りかかるのは夜になるだろう。

「一晩でやらないとまずいわよね」由祐子が顔を上げる。

「そうだね」

「だとすると、人手が足りないわね。誰か使っていい？」

「構わない」

「ちょっと高くなるけど」

「それも問題なし」

由祐子が一瞬黙り、私の顔を凝視した。

「そんなに儲かる仕事なの？」

「まあね」

「そう」由祐子がどこかつまらなそうに言った。「私の方は何とでも対応できるから。ただ、一回下見しておきたいわ」

「下見なら、昼間でもできるんじゃないかな」業者が工事に入ってきた、という体《てい》を装えば。その考えの延長で行けば、昼間に監視カメラを設置しても大丈夫かもしれない。今時、監視カメラは当たり前の存在になり、工事の現場を見ても「取りつけているのか」ぐらいにしか思われないかもしれない。ただし、会社内部に犯人がいたら、監視カメラの設置を見て動きを止めてしまう可能性がある。それは私が望むところではなかった。こういう場合「何となく犯行が止まった」で済ませるのではなく、しっかり犯人を特定して絞り上げる必要がある。

「了解。じゃあ、とにかくまずは下見ね」

「向こうと話して連絡するよ……それと、パーティーって、何を着ていけばいいかな」

「はあ？」由祐子が片眉を釣り上げる。「それ、私に聞く？」

「いや、まあ……」私は誤魔化した。何となく今、由祐子の逆鱗《げきりん》に触れてしまった感じがしている。

「何のパーティーか知らないけど、スーツでも着ていけばいいんじゃない？　男の人って、スーツを着てれば、だいたいどこにいても許されるでしょう」

「そんなものかな」

「だから、ファッションのこと、私に聞かれても分からないから」由祐子が本格的に臍《へそ》を曲げそうな気配になった。

「ああ、分かった、分かった。もしかしたら、パーティーに一緒に行く気、ないか?」真梨の説明によると「ホームパーティーに毛が生えたようなもの」だそうだが、連れがいれば、自然に溶けこめそうな気がする。由祐子なら「周りの話をよく聞いておいてくれ」と頼めば、しっかり観察してくれそうだし。

「大河君、今日どうかした? 何かピントがずれてるんだけど」

「金持ち相手の仕事だからかな」

「私たちには縁のない世界ね」

「そうだけど……どうかな」

「この服で、パーティーに行けるわけ、ないでしょう」由祐子が右手で、フリースの左袖を摑んだ。

「服、買ってもいいぜ。今回は予算に余裕があるからね」ヨーロッパのハイブランドの服を由祐子に買い与え、それを経費で請求しても、春山はまったく気にしないだろう。それにドレスアップすれば、意外に似合うかもしれない。

「お断り」由祐子が私に向かって、広げた右手をパッと突き出した。「そういうの、好きじゃないから。一人で、居心地の悪い思いをしてくれれば?」

由祐子はさっさと立ち上がり、部屋を出ていこうとした。とはいっても、実際に出ていくにはそれなりに時間がかかる……彼女が愛用しているのは、ドクターマーチンの編み上げブーツで、履くだけで一苦労なのだ。

私は立ち上がって、彼女を見送ろうとした。しかし一歩を踏み出した由祐子が、いきなり前のめりになって、ドアに思い切り両手をついて体を支える。見ると、ブーツの紐が左右で絡み合ってしまっていた。どれだけ慌てて結んでいたのかと、私は呆れた。

「おい——」

「余計なこと言ったら殺すわよ」由祐子が振り向いて、私を睨《にら》みつけた。

彼女の扱いをマスターする日は、私には永遠に来ないかもしれない。

3

「ホームパーティー」の会場は「ZQ」の本社だった。二十五階——社長室のあるフロアの一室が、普段からパーティールームとして使われているらしい。確かに、会社の会議室という堅苦しい感じではなかった。テーブルがあちこちに置かれ、簡単な料理が用意されている。部屋の隅にはバーカウンターがあり、そこには白いワイシャツに黒い蝶ネクタイ姿のバーテンダーが二人、控えている。本当にパーティー専用のスペースを確保しているのか、と私は驚いた。

部屋がかなり広いせいか、中に入っても余裕が感じられた。中にいる人の数を数えたが、二十人……そこまでで、後は分からなくなってしまう。人を見ても、どういう会合なのかよく分からない。圧倒的に男性が多く、男女比率は五対一という感じだろうか。

その中で、一際《ひときわ》目を引く女性が、春山の隣に立っている。女優の、遊佐莉子《ゆさりこ》。この仕事の話がきてから、春山のことを速攻であれこれ調べてみたのだが、最新のホットな情報は、若手の人気女優・莉子との交際だった。一年ほど前、「ZQ」がメインスポンサーになったテレビドラマに莉子が出演したのがきっかけだったというのだが、そんな、スポンサー接待のようなことが本当にあるのだろうか。普通の会社なら、テレビ局とつき合いがあるのは広報部や宣伝部だろうが、「ZQ」のような新しい会社の場合、社長の一存で重要な話も決まるのかもしれない。ただし、「ZQ」はもはや、春山が一々前へ出ていかなければならないほど小さな会社ではなくなっているのだが。

それにしても、こういう身内のパーティーに連れてきているということは、莉子と春山の交際は本当なのだろう。私が気にすることではないのだが、何となく春山との距離がさらに開いてしまった感じがする。

「須賀さん」

声をかけられて振り向くと、真梨が右手にトールグラスを持って立っていた。昼間と同じ、少し光沢のあるグレーのスーツ。わざわざドレスアップする必要のあるパーティーではないようだった。彼女の格好を見て、私もようやくほっとできた。クローゼットから引っ張り出してきたのは、ほとんど黒に見えるほど濃いグレーのスーツ。レギュラーカラーのワイシャツに、濃紺に白く細かいドットが散ったネクタイを合わせてきた。まったく普通——新橋《しんばし》辺りでも自然に溶けこめそうな、サラリーマンっぽい服装である。せめてもと思って、靴だけは徹底して磨いてきた。おかげでうつむく度に、黒いストレートチップに自分の顔が映るような気がする。

「どうも」さっと頭を下げて彼女に近づき「結局どういうパーティーなんですか」と小声で訊ねる。

こういう時、身長が邪魔になる……首を傾げるぐらいでは相手の声が聞き取れず、膝を曲げざるを得ないこともしばしばだった。

「お得意様というか、頻繁にビジネスをご一緒する皆さんの集まりですよ」

言われてみれば確かに、そんな感じがしないでもない。ただし、若い人が多数派なので、全体にカジュアルな感じがあった。やはりＩＴ系の経営者中心の集まりなのだろうか。

「名刺交換会みたいなものですか」

「社長は親しい取引先をまとめて『ファミリー』と呼んでいますから、今回は一種のホームパーティーみたいなものなんです」

「よく開くんですか？」

「三ヶ月に一回、ですね……飲み物はどうしますか？」

「軽くもらいます」

私は真梨に連れられて、部屋の片隅のバーカウンターに向かった。酒は一通り揃っている……好きなバーボン――ジャックダニエルもあった。ただし私は、バーボンをストレートで、あるいはオンザロックで呑むことはない。一番好きなのはジンジャーエール割り、セカンドベストがコーラ割りだ。バーボンは元々甘みのある酒で、それをジンジャーエールやコーラで割るとくどいほど甘くなるのだが、様々な呑み方を試した末に行き着いた。

ただしここには、ジンジャーエールもコーラもない。周りを見回してみると、ハイボールを呑んでいる人が多いようだ。ちょっと前までは、誰も彼もワインだったのに、酒の流行は結構短いサイクルで変わる。

取り敢えず私も、ジャックダニエルでハイボールを作ってもらった。バーボンを味のない炭酸水で割るのは素っ気ないものだが、私はないものねだりをするほどわがままではない。

私は真梨と軽くグラスを合わせた。彼女のグラスは、シャンパンを呑むような背の高いもので、中身もいかにもシャンパンらしい——薄い黄金色で泡が立っている。

「シャンパンですか?」

「白ワインの炭酸水割りです」

「スプリッツァーですね。ダイアナ妃のフェイヴァリットだ」

「須賀さん、酒呑みなんですか?」

「いや、雑学として知っているだけです。基本的に、酒の味はよく分からない」

私たちは、部屋の中央に進み出た。そここそがパーティーの中心……そこにいるのは、春山と莉子だ。えらく高身長のカップルである。莉子はヒールの高い靴を履いて百七十センチ以上、春山も百八十センチはあるので、バランスはいい。莉子は少しエキゾチックな顔立ちで、ショートカットがよく似合っていた。両耳には、大きなフープイヤリング。デザイン的に凝ったものではなく、シンプルな金だった。十一月にしては室内はよく暖まっており、ノースリーブのワンピースを着ていても寒そうな感じはない。単に袋に穴を開けて首を通したようにも見えるシンプルなワンピースだったが、それでもとんでもなくお洒落な感じだった。そもそもの素材が違う、ということだろうか。

「下世話な話ですけど、本当につき合っているんですね」私は二人に視線を向けながら真梨に言った。

「ああ……噂、聞いてます?」

「去年の夏、写真週刊誌に撮られてましたよね。スポンサー愛とか言って」

「誤解を招きそうな見出しでした。あまりありがたくないですね」真梨が苦笑いする。「そっちの意味でのパパみたいな感じに読めるじゃないですか」

「彼女ぐらい売れていたら、金銭的なスポンサーは必要なさそうだけど」

「でしょうね」真梨が鼻を鳴らす。

莉子はファッションモデル出身で、二十代前半に女優としての活動も始めた。最初はテレビドラマで、「主人公の一番近くにいる親友役」などが多かったのだが、三年前に出演した映画がヒットして、一気に主役級に躍り出た。今は、テレビドラマに出る時はまず主演である。ＣＭ出演も多く、テレビで見ない日はないと言ってよかった。

「会社としては、いいんですか？」

「何かまずいですか？」真梨が真顔で——どこか不機嫌そうに言った。

「いや、まずくはないでしょうけど、あれこれ噂する人がいそうじゃないですか。そういうの、会社的に問題ないんですか？」

「二人とも独身ですからね。何も悪いことはしていない。言いたい人には勝手に言わせておけばいいんじゃないですか」

「それにしても、あいつもお盛んですねえ」

軽い話題として出したつもりだったが、真梨は困ったように笑うだけだった。しかし実際、春山はお盛ん——この十年、様々な女性と浮名を流してきた。相手はアイドル歌手の時もあったし、ファッションモデルの時もあった。そして今は女優。過去に春山と噂があった相手を調べてみると、まったく共通項がないのが分かる。男はだいたい、同じようなタイプの女性を好きになることが多いのだが、春山の場合は一貫していない。いや、見た目が違うだけで、性格が似たような女性を好んでいるのかもしれないが。

「いわゆる、トロフィーワイフですか」

「結婚してないから、ワイフとは言えないでしょうね」真梨は依然として素っ気ない。

もしかしたら彼女は、春山の女性関係に振り回されてきたのかもしれない、と私は想像した。社長室長という立場なら、スキャンダルの揉み消しや、別れ話の処理までこなしている可能性もある。しかし、そんなことまで押しつけられたらたまらないだろう。「ZQ」の創業メンバーで、最初から春山と一緒に苦労している人間なら、どんな尻拭いでもするかもしれないが、真梨は経理の才を見こまれて、上場のタイミングでスカウトされてきた人物である。こんなことは自分の仕事ではないと思っているのではないか。

まあ、実際に彼女が春山の尻拭いをしていたかどうかは分からないが。

「この中で、会社に迷惑をかけそうな人はいますかね」

「まさか」真梨が真顔で言って、大きく目を見開いた。「それこそファミリーですよ。まだ、社内の人間の方が、可能性が高いでしょう」

「そう言えますか？」

「断定はできませんけどね」真梨が肩をすくめる。「取り敢えず、須賀さんが挨拶して、メリットがあるような人はいないんじゃないですか」

「探偵の名刺をばらまいておけば、何かあった時に仕事がもらえるかもしれない」

「そんなに仕事に困っているんですか？」真梨がずけずけと聞いた。

「仕事はいくらあってもいいんです。会社でも同じじゃないですか？」

「ワークライフバランスが崩れそうですね……あの人に挨拶します？」

真梨が、莉子に向けて顎《あご》をしゃくった。雑な仕草、そして「あの人」という言い方が気にかかる。さながら、会社に入りこんできた病原菌のような扱いではないか。

「せっかくですから、挨拶します」

「探偵だ、とは言わないで下さいね。他の人には聞かれたくないので」

「いいですよ。あくまで春山の友人でいきます」

「社長、須賀さんです」真梨がさりげなく私を春山の前に押し出した。

「どうも」私は軽く頭を下げた。莉子が驚いたように目を見開いている。間違いなく身長効果だ。

「大学時代の友だちの須賀だ」春山が、私を莉子に紹介してくれた。「こちら、遊佐莉子さん」

「ずいぶん……大きいんですね」莉子の第一声がそれだった。こういう風に言われるのには慣れている。百九十センチの身長は、どんな状況でもネタになるのだ。

「ええ。でもあなたのように芸能界にいて顔の広い人なら、もっと大きいスポーツ選手を見ることもあるでしょう」

「間近でお話しするチャンスはそんなにないですよ」

なかなか如才ない——人を惹きつける会話ができる女性のようだ。こういう場にも慣れているだろうし、私を緊張させないのも手慣れている証拠だ。

「こいつは弁護士なんだ」春山が説明をつけ加える。

「すごいですね。弁護士って、簡単にはなれないんでしょう？」

「あなたが想像している通りだと思いますよ」私は認めた。看板を下ろすのは、なるよりもはるかに簡単だったが……ただし私は、まだ弁護士資格を持っているので、春山は嘘をついたことにはならない。彼は彼なりに、気を遣って「弁護士」と言ってくれているのだろう。

「春山さんの顧問弁護士とか？」

「いや、そういうわけじゃないんだ。たまたま久しぶりに会ったんで、今日は来てもらったんだよ」春山がさらに嘘を重ねる。しかしこれは、バレにくい嘘だ。そして私にふっと視線を向ける。「須賀、ちょっといいかな」

「ああ」

春山が「後で」と言って莉子の剝《む》き出しの腕にスッと触れ、踵《きびす》を返した。部屋から出ていくつもりかと思ったら、壁に向かっていく。よく見ると、継ぎ目がほとんど見えないドアがあるのだった。春山がスーツのポケットに手を突っ込むと同時に、ドアがゆっくりと向こうに開く。奥は、昼間訪ねた社長室だった。

またリモコンでドアを閉めると、春山は「座っててくれ」と軽い調子で言った。そのまま、部屋の片隅にある小さな冷蔵庫に向かうと、中から何かのボトルを取り出す。私はそれを眺めながら、昼間座ったル・コルビュジエのソファに腰を下ろし、持ってきたバーボンのハイボールを舐めた。

春山はペットボトルを手に、どかりとソファに座って水をごくごくと飲んだ。

「呑み過ぎたか？」私は訊ねた。

「ちょっとな。ああいう場は好きじゃないから、いつも悪酔いするんだよ」

「お前が進んで主催しているのかと思った」

「冗談じゃない」怒ったように言って、春山がボトルを乱暴にテーブルに置いた。「最初に言い出したのは別の人間だよ。人脈大好きな奴がいて……そいつのおかげで、思いもかけない会社とつながりができたりしたけど、俺を一々巻きこむのが困る」

「でも、これも社長の仕事なんだろう？」

「これ以上仕事が増えたら、処理できなくなる」

「お前ならできるんじゃないか？　まだまだ会社を大きくしたいんだろう？」

「まあな……でも、上を見たらきりがない」春山がぼそりと言った。

「昔は、時価総額世界一の会社にする、なんて言ってたじゃないか」学生時代の会話を思い出して、私は言ってみた。

「無理だ」春山があっさり否定する。「そういうのは、GAFAの世界だよ。日本のIT系企業には無理だな」

「せっかくここまで会社をでかくしたのに？」

「世界を相手にするのとは、規模が違う。うちは所詮、ドメスティックな企業だ」

「『ピント』があれだけ成功したのに、無理なのか」

「ZQ」がここまで大きくなった原因の一つが、SNSサービス「ピント」の成功によるものである。最初は若者向けで、高校生や大学生の間で大ヒットしたのだが、のちにセキュリティをより強固にした「ピント－B」で、ビジネス用途にも対応できるようになった。それを機に、様々なIT系企業を買収して会社の規模を一気に大きくしたのだった。主力の「ピント－B」は、今やビジネスマンに必須のツールになっている。

「海外では、全然駄目なんだ」

「アジア圏では、結構利用されているって聞いてるけど」

「アジアは外国じゃないよ」春山が皮肉っぽく言い放った。「市場規模が、欧米とは全然違うんだ。そして、欧米では『ピント』はまったく使われていない。これは、乗り越えられない壁なんだ」

「そんなものか」

「極端に言えば、こういうサービスは全部アメリカ生まれだから。下手すると、排除されることもある」

「厳しいな」

「ああ、厳しい」春山が両手で顔を擦《こす》った。ここにきて、酒の影響が少し見える。立ったままのパーティーでは、そんなに酒を呑めるものでもないのだが、あれだけ多くの人に囲まれていたら、呑まないわけにもいかないだろう。春山が、このパーティーを嫌がっているのも分かる。少なくとも学生時代、春山は酒が得意ではなかった。呑むとすぐに酔っ払い、私を含めた友人たちにしょっちゅう迷惑をかけていたのだ。

「まさか、引退しようなんて考えてないよな」

「それはない」春山が即座に否定した。「ないけど、ちょっと将来が見えにくくなってるのは事実だ」

「お前らしくもない」今は、自信も傲慢さも消えていた。

「まあな……でも、何かを諦めたわけじゃない。俺はまだまだ走る。そのためには、邪魔なものは全部排除しておかないと」

「今回の怪文書、お前は本当にやばいものだと思ってるのか？」

「それが分からないから、お前に頼んだんじゃないか。法律の知識も豊富なお前なら、何とかしてくれると信じてるよ。俺たちには、少しのスキャンダルも許されないんだ」

「全力でやるよ」あまりにも神経質になり過ぎではないか、と私は内心首を捻《ひね》った。学生時代の春山は、ここまでピリピリしてはいなかった。「時価総額世界一」を公言していたぐらいだから、どちらかというと夢見がちな、能天気なタイプだったと言っていい。グループ企業を含めて総従業員数五万人の頂点に君臨するようになると、何事も悲観的に考えるようになるのかもしれない。

もちろん、彼が当時から十数歳年齢を重ねたという背景もある。

「犯人、見つかると思うか？」

「手は考えた。明日からさっそく、下準備に入る」

「下準備か……」いかにも不満そうに、春山が唇をねじ曲げる。「やっぱり、時間がかかるのか？」

「ちょっと手間が必要だ」パソコン上で解決するような問題ではないのだ、と指摘しようとしてやめた。春山にしても、仕事の全てをパソコンで済ませているわけではあるまい。今回のように、対面でのパーティーもあるわけだし。

「そうか。スピードが命って、いつも社員には言ってるんだけどな」

「速ければいいってもんじゃないと思うけど。速くやると、その分ミスも多くなるんじゃないか？」

「速くやっておけば、ミスを見つける時間ができるんだ」春山がニヤリと笑う。「それに、同じ仕事を一時間かけてゆっくりやっても、三十分で慌ててやっても、結果的にミスの発生率はそんなに変わらない――アメリカの大学の研究結果だ」

「なるほど」

「お前の場合は、そうはいかないか」

「いつも人間相手だから。相手の都合に合わせて仕事をしていると、こっちの好きなようには時間を使えない」

「今も？」

「ああ」

春山が、手の中で忙《せわ》しなくボトルを回した。そっとテーブルに置くと、一つ溜息をつく。

「俺は急ぎ過ぎかもしれないな」

「そうだな」私は同意した。何だか、話しているだけなのに全力疾走している感じがする。これでは息切れしない方がおかしい。「一回落ち着いたらどうだ？」

「止まったら死ぬ」

「いや、仕事のことじゃなくてプライベートだよ。家庭を持つとかさ」どんなに仕事一筋の人間でも、家庭を持てば、そちらに時間を費やすようになるはずだ。それでワークライフバランスを見直す人もいるが、「仕事も家庭も」と考え、かえって忙しくなって体を壊す人もいる。春山はどちらのタイプだろうか。自分の体や気持ちは厳しくコントロールできそうなタイプに見えるが。

「家庭ねえ……」

「興味ないのか？　今の娘《こ》――遊佐莉子さんだっけ？　どうなんだよ。こういうパーティーにも連れてくるぐらいなんだから、パートナーとして認めてるんだろう？　周りもそんな風に見てるんじゃないか？」

「彼女は頭のいい子だよ。東法《とうほう》大の文学部なんだ。知ってたか?」

「いや」否定しながら、私は少し驚いていた。東法大は、私学の中では司法試験に強い大学として知られており、法学部以外もレベルは高い。

「芸能界には、一般常識を知らない子がたくさんいるんだよ。でも彼女は、人として基本的なことは分かってるし、知識も豊富だ。話していて楽なんだよ」

「ビジネスパートナーにもなれるぐらいに?」

「それはどうかな」春山が首を傾げる。「完全文系だから、技術的なことになるとちょっと、な。それに、彼女には彼女の仕事がある。無理に俺の世界に引っ張りこむつもりはないよ」

「結婚する気もないのか?」

「将来のことは分からないけど、今すぐどうこうするつもりはないな」

「そう言ってるうちに、婚期を逃すんじゃないか?」

「それはお前も同じじゃないか」

一本取られた。私は無言でうなずき、バーボンの炭酸割りを一口呑んだ。やはり、もう少し甘みがないと寂しい。

「まあ、今回は、そういう話をするために会ってるんじゃないから」私は話を誤魔化した。

「そうだな。あくまでビジネスで……頼りにしてるから」

「探偵としての俺の力なんか、分からないだろう」

「俺にも情報網があるんだよ」春山が唇の端を歪めるように笑った。「だけど、分からないこともある。何で弁護士を辞めたんだ?　金の問題とかじゃないだろう」

「まあ、いいじゃないか。俺の事情を話してもしょうがないし、個人的な事情を話すのは好きじゃないんだ」

「お前、昔から秘密主義だよな」

「お前は何でも話し過ぎるんだ」

二人の間に緩い空気が流れる。私は一瞬だけ、時間が十数年前に戻るのを感じた。何だかんだ言って、学生は深く考えてはいない。その場その場の脊髄《せきずい》反射で適当に持ち出した話題が、会話の八割を占める。今、私たちは昔に戻ってポンポンと喋り続けているのだった。

控えめにドアがノックされた。春山はペットボトルを置いたまま立ち上がり「お迎えだ」と言った。

「自由がないんだ、このポジションは」

「社長はそんなものだろう」

「ついでに言えば孤独だよ」

「でも、立派なスタッフがいるだろう。特に彼女——伊佐美さんは有能そうだ。いかにもお前の右腕って感じだな」

「やりにくい時もあるけど」春山が頬を掻いた。「昔のことが、ちょっとな」

「昔のこと？」

「つき合ってたことがあるんだ」

「学生時代？」

「いや、彼女をリクルートしてから」

おいおい……どうしてそう面倒なことを引き起こすんだ？　そのまま結婚したならともかく、かって恋人同士だった二人が今も会社を牽引する立場にあるというのは、いろいろ厄介になりかねない。そう言えば、真梨は莉子を見て、微妙な表情を浮かべていた。また女を替えて……と呆れているだけなのか、嫉妬の感情があるのか。余計なことは聞かないようにしよう、と私は決めた。巻きこまれていいことと悪いことがある。

「せっかくだから、お前も顔を売っておけよ」春山が言った。

「ここで顔を売ってもしょうがないよ」

私が言うと、春山が思い切り嫌そうな表情を浮かべた。

隣のパーティールームに戻った瞬間、私はどうやってここを抜け出そうかと考え始めた。ここへ来て、春山と話せたことにはそれなりに意味があったが、それでもう用事は終わったと言っていい。できるだけ目立たず、素早く離脱するためにはどうしたらいいか——しかし間が悪いことに、私はアメリカのスポーツ用品メーカーの代理店社長に摑まってしまった。スマートウォッチの原理を応用したシューズを展開しようと、「ZQ」と共同研究を続けているそうで、その話をまくしたてられたのだ。きっかけは、やはり私の身長である。こういう大人数の会合でも、百九十センチという長身の人間がいると、どうしても目立ってしまう。

「バスケですか、バレーですか?」四十代の前半に見える、いかにも精力的な社長の第一声がそれだった。

「将棋です」

「ああ……」気合いを抜かれたように言いながら、社長が名刺を差し出す。私は名前と電話番号、メールアドレスだけを記した名刺を出した。

「今は何をやられているんですか？」

「弁護士です。春山の友人で、今夜は招待されました」

「なるほど」社長が大きくうなずいたが、それで私に対する興味を失ってしまったようで、自分のビジネスについて、延々と話し始めたのだった……。

トイレを言い訳に、ようやく彼から逃れて部屋を出る。本当は真梨に挨拶ぐらいしておくべきなのだが、また部屋に戻るのは危険だ。このままパーティーからは抜け出してしまおう。その前に本当にトイレ——建物の見取り図を手に入れていたので場所は分かる——へ行こうと歩き出した瞬間、向こうから莉子がやってくるのに気づいた。私を見ると、破壊的な魅力のある笑みを浮かべる。

「弁護士さん、でしたよね」

「ええ……こういう場所にも一人で来るんですか？」私は思わず訊ねた。

「マネージャーのお守りが必要だとでも？」

「そういうイメージなんですが」

莉子が喉を見せて笑った。口元を掌で覆うようなことはしない。彼女の活躍ぶりを私はほとんど知らないのだが、こういう態度、それに物おじしない振る舞いを見ていると、かなり気さくで女性にも人気がありそうな感じがする。

「昔はね……でも、二十代も半ばを過ぎると、基本的には放任ですよ」

「騒がれませんか？」

「車で移動している分には、全然問題ないですよ。目立ちませんし」

「自分で運転するんですか?」それはリスクが大きい……芸能人が自分でハンドルを握っていて事故を起こし、活動停止につながってしまうこともあるのだ。

「そういうこともありますよ」莉子がうなずく。「車は、いいですよね。自分だけの世界に入れるし、運転に集中していると嫌なことも忘れるし」

「そうですか」そんなに嫌なことがあるのだろうか——あるだろう。どんな仕事でもストレスは溜まる。

「大音量でヘビメタをガンガンかけて。それで誰にも迷惑をかけないんだから、車って最高です」

「ヘビメタですか」そんなイメージはまったくないのだが……人の音楽の好みは、見た目だけでは分からないことも多い。

「弁護士さんは、今日はお仕事ですか」莉子が面白そうな口調で訊ねる。

「春山に、エグゼクティブの皆さんと顔つなぎしておいた方がいい、と言われましてね」

「エグゼクティブね……五年後に、こういうパーティーに出てくる人が何人いるかしら」皮肉っぽく言って、莉子が頬に手を当てる。

「確かに、会社の寿命は短いって言いますけど、ここに来ているのは、創業者社長ばかりじゃないでしょう」私はやんわりと反論した。「明治時代から続いている会社の経営者もいるそうですよ。それだけ長く続いてきた会社は、簡単には潰れないんじゃないですか」

「明日は何があるか分からないですから」自分を納得させるように莉子がうなずく。しかし急に表情を明るくし「遼太郎とは仲がいいんですか」と訊ねた。

「昔の友だちです」莉子がいきなり春山を下の名前で呼んだので、私はかすかに動揺した。別に、二人きりの時はどんな呼び方をしてもいいのだが、初対面の相手に向かってはどうだろう。ざっくばらんな人なのかもしれないが……私は「遼太郎」と呼ばれてにやける春山の顔を想像して、かすかな違和感を抱いた。

「大学時代の友だちって、いいですよね」莉子が遠い目をした。「高校までの友だちって、子どものつき合いじゃないですか。大学生になると、大人の話もできますよね」

「まあ、そうですね」

「私も、大学時代の友だちには、今でも支えてもらってますよ」莉子がやけに明るい笑顔を浮かべる。多少作ったような感じがした。いや、演技と言うべきか。「遼太郎と、仲良くしてあげて下さいね」

「向こうがそういうつもりでいるかどうか、分かりませんけど」

「あなたを頼りにしているから、今日もこのパーティーに呼んだんじゃないんですか？」

「そうかもしれません」

「ごめんなさい。長話しちゃって」

「いえ」

「本当に、遼太郎のこと、よろしくお願いしますね」さっと頭を下げ、莉子が私の脇をすり抜けるように去っていく。

かすかな花の香りが残った。

4

「何でこんなもの、持ってるんだ?」つき添いの社員に聞かれないよう、私は思わず小声で由祐子に訊ねた。上下グレーの作業着の胸元には、「船堀《ふなぼり》設備」の縫い取りが入っている。

「コスプレ用」

「コスプレって……」作業着が? これを着て、どういうプレーをするのだ?

「何でも用意しておいて損はないでしょう。いざという時に慌てたら、間に合わないこともあるし……ほら、上を持って。背が高いの、こういう時ぐらいしか役に立たないんだから」

由祐子がメジャーを取り出して渡した。むっとしながら受け取り、金属製のメジャーを長く伸ばす。腕を伸ばして廊下の天井部分にくっつけると、由祐子がしゃがみこんで床に合わせた。そのまま、手元のクリップボードに何か書きこみ、立ち上がる。

「こういう時は、タブレットでも使うのかと思ったよ」今や、建設や内装の現場でも、IT化が進んでいるはずだ。

「クリップボードを持ってると、大抵のことが許されるから」

「まさか」

「ちゃんとスーツを着て、クリップボードを持って街中に立ってみたら? アンケート調査をやってるようにしか見えないでしょう」

「なるほど」由祐子は自信満々だったが、使えるライフハックなのかどうか、私には判断できなかった。

「じゃあ、ここはこれでOK、と」一人うなずき、由祐子が私の顔を見た。「他のフロアも同じ造りだと思うけど、一応確認しておくわね」

　私たちには、真梨が指定した社長室の若手社員がつき添っていた。何だか頼りなさそうな男で、私と由祐子の動きを見ても何も言わない。真梨は、余計なことをしないようにと、敢えてぼうっとしている人間を選んで私たちにつけたのかもしれない。こういう人間だったら、私たちが目の前で殺し合いを始めても、ただ見つめているだけかもしれない。

　下調べには二時間ほどかかった。由祐子は決して仕事が遅いわけではない——むしろテキパキしていた——が、何ヶ所にも監視カメラをしかけなければならないので、下調べだけでも大変なのだ。終わって、由祐子は「実際の作業時間は三時間ぐらいかな」と結論を出した。

「そんなにかかる？」

「ぽん、て置いて終わりじゃないのよ」由祐子が嫌そうな表情を浮かべる。本音は「この素人が」だろう。「配線もしなくちゃいけないし、それが目立たないように隠しておく必要があるから」

「人数は？」

「私と、もう一人。二人で三時間。それでＯＫ？」

「大丈夫だ」私は告げて、スマートフォンを取り出した。社員の行き来の多い廊下で、電話で話していると目立つので、まず真梨にメッセージを送っておく。後で計画をもう少し詳しくまとめてから、電話で話そう。

　私は、あまり社内でうろつかないようにしようと決めていた。誰かに顔を覚えられたら、面倒なことになる。ここはさっさと引いて、由祐子と相談するなら外で、だ。ちょうど昼飯時——午後一時前だし。

「外で飯でも食いながら打ち合わせしないか？」

「だったら、銀座ね」

「は？」銀座と聞くと、急に財布が軽くなるような感じがする。

「豊洲って、食事ができる場所、あまりないじゃない。この辺で働いている人って、お昼はどうしてるのかな」

「さあ……」

「とにかく、銀座。豊洲から銀座一丁目まで、一本で出られるでしょう？」

「分かった」

「ほら、渋い顔、しないで」由祐子が私の背中を平手で叩いた。「今回、いいクライアントなんでしょう？　美味しいものでも食べて、経費で請求すればいいじゃない」

「まあ……飯は食わないといけないんだよな」仕方なく私は同意した。

　東京メトロの有楽町線で銀座一丁目まで出て、私は由祐子をガス灯通りにある古いイタリア料理店に誘った。ビルの一階にありながら、一戸建てのような外観で、外から見ただけで年季が入っているのが分かる。銀座ならではの老舗という感じで、価格は良心的だ。しかし味は確かだから、由祐子も文句は言わないだろう。私はアサリと大葉のスパゲティ、由祐子はカルボナーラを頼んだ。

「いい店だろう」彼女が何か言い出さないうちに、私は先制攻撃をしかけた。

「まあね。いかにも大河君好みだわ」由祐子が店内をぐるりと見回した。壁の所々にはレンガがあしらわれ、テーブルは赤白チェックのクロスの上に、さらに真っ赤なテーブルクロスがかかっている。照明は低く抑えられ、昼間なのにディナータイムの雰囲気があった。

「パスタ」ではなく「スパゲティ」で、それがいかにも昭和のイタリアンらしい。昔聞いた話では、昭和二十八年創業ということで、普通の日本人が「イタリアン」に触れたごく初期の店だったのではないだろうか。

味はしっかりしていて、一口目から「美味い」と感じる。ガーリックが強く効いていて、大葉という和風のハーブがいいアクセントになっている。普通はバジルを合わせるのだろうが、甘みのない大葉の方が、太麺のスパゲティには合っている感じがした。由祐子も満足そうだった。

「値段の割に美味しいわね」

「一言多いよ」

「でも、そっち、大丈夫？　ニンニクの匂い、ここまでくるけど」由祐子が鼻の前で掌をひらひらと振った。

「今日はこの後、人に会う用事はないから」

「ならいいけど……今夜決行でいいのよね？」

「最終的には、もう一回向こうと詰めるけど、そういうことでいいと思う。準備しておいてくれ」

「基本、こっちにお任せで大丈夫よね？　って言うか、大河君に口出しされても困るし」

「その辺は任せるよ」私は思わず苦笑した。「プロの仕事に口を出すほど図々しくない。金の請求は後で頼む」

「だけど、あんな大きな会社でも、いろいろ問題があるのね」

「君だってでかい会社にいたじゃないか。でかい会社にはでかい会社なりのトラブルがあるんじゃないか？」

「うーん」由祐子がサラダボウルにフォークを突っこんだ。「私、研究所にいたから、あんまり人間関係で困ったことないのよね」

「研究一筋、か」

「まあ……研究方針を巡ってのごたごたはあったけどね」由祐子が嫌そうに言った。「上にも、馬鹿が多いのよ。絶対にこっちが考えたやり方の方が効率いいのに、曲げないいんだから。前例主義にこだわっちゃって」

「それでトラブった？」この辺の事情を聞くのは初めてだった。

「そう」

「一年目に？」

「そう」

いくら何でも早過ぎないか、と私は内心首を傾げた。一般の会社員とは違うかもしれないが、研究職でも、一年目は仕事を覚えるので精一杯ではないだろうか。いや……彼女の場合は才気煥発というか、とにかく頭の回転が速いので、慣れも早かったのかもしれない。

「一年やれば、相手が馬鹿かそうじゃないかは分かるでしょう。大河君もそうだったんじゃない？だから弁護士事務所を辞めた」

「うちの事務所はいい人ばかりだよ。それは君も知ってるだろう」

「まあね。そうだ、おじいちゃん、元気？」

おじいちゃんと聞いて、思わず苦笑してしまった。確かに所長は、今年七十二歳だが「おじいちゃん」という感じはまったくしない。すっかり白くなっているものの髪はまだふさふさで、顔の皺《しわ》も目立たない。ジョギングと軽い筋トレで常に鍛えているので、背筋もピンと伸びて姿勢がいい。何より、由祐子と同じように、異常に頭の回転が速いのだ。

「元気だよ」

「おじいちゃんにはお世話になったから」由祐子が真顔でうなずいた。「よろしく言っておいてね」

「俺をメッセンジャーに使うなよ」

「人の役に立つのって、楽しくない？」

この会話はここまで。由祐子はとにかく口が達者で、言い合いになると私は必ず負かされる。今回はあくまで仕事として彼女に頼んだのだから、余計なことは話さないのが肝要だ。

食事を終え、今夜の予定を再確認して、私たちは別れた。決行予定時刻は午前零時。真梨によると、最近は春山が「残業完全禁止」の方針を打ち出しており、基本的に午後六時を過ぎると会社には人がいなくなるという。例外は、海外とのやり取りをしているセクションの社員たちだけだが、人数は少なく、今回の「工事」の邪魔にはならないだろうということだった。

事務所へ戻り、一人ソファに座って今後の展開を考える。由祐子が仕かける監視カメラは、動きがあったら作動するタイプで、ネットを経由して、由祐子の事務所にあるパソコンに動画が保存される。仕かけるカメラは計十二台、朝になったら全ての動画を確認していくことになるだろう。真梨が言う通りなら、夜中に社内で動き回っている人はほとんどいないはずだから、動画の確認にはさほど時間がかからないはずだ。とはいえ、何かが起きるまで、毎日動画をチェックし続けるのはかなりきつい。しかし由祐子は、「そのチェックも任せて」と請け負ってくれた。経費がどんどん嵩《かさ》んでいくのが心配だったが、由祐子は「学生バイトを使うから」安く済ませる、と言ってくれた。本当は、情報が漏れるとまずいのだが、こちらの仕事の内容を詳しく話さなければ問題ないだろう。

取り敢えず、カメラの方は由祐子に全面的に任せることにして、私は会社の内部を探る方法を考え始めた。手元にあるのは、真梨が選んでくれたリスト。会社で金を触る部署はいくらでもあるが、今回は誰に当たるべきだろうか。怪文書は、おそらく裏金的な問題を指摘しているのだろうが、そんなことが実際にあっても、素直に話してくれる人がいるとは思えない。

社長室の人間から攻めよう、と私は計画を立てた。真梨は、怪文書の内容には心当たりがないと言っていたが、他に事情を知っている人間がいるかもしれない。真梨いわく、「ZQ」の社長室は「ヘッドクオーター」であり、一点集中の意思決定機関だという。取締役会は、社長室の方針を承認するのみ。それだけ権力を持っているが故に、社内の様々な情報が集まってくるはずだ。ガードの堅い人間が多そうだが、そこはテクニックで何とかする。私にとっては慣れた仕事だ。

リストを眺めて、取り敢えず一人の人間に目をつける。どんな人物なのか、真梨に一々確認するつもりはなかった。この調査において、「ZQ」側のカウンターパートは真梨なのだが、彼女にも調査の詳細なやり方や途中経過を教えるつもりはなかった。結果は全て引き渡すが、調査していく中で、会社側には触って欲しくない事情が出てくる可能性もある。向こうが「中断して欲しい」と言ったら従うのが探偵のやり方だが、個人的には中途半端に調査を終えるのは気に食わない。必ず最後までやり遂げるつもりで、そのためには途中経過の煩雑な報告は省く。

誰がどんな事情に詳しいか分からないので、結局はアトランダムに当たっていくしかない。私はリストの最上位にあった河瀬《かわせ》と言う男を最初のターゲットに決めた。肩書きは、社長室次長。真梨の直属の部下ということだろう。

彼の携帯に電話を入れる。すぐに出てはくれたが、反応は鈍かった。

「内密の調査ですか……そんなこと言われても」

「信用できないですか？」

「詐欺か何かじゃないんですか？」実際、疑っている感じだった。

「では、私の名前を出して伊佐美室長に確認して下さい。保証してくれると思います」

「室長が？　これ、そんな正式な話なんですか」

「そうです」

「じゃあ……確認取れたらかけ直しますよ」

結局これで、私が河瀬に話を聴こうとしていることは、真梨にばれてしまう。しかしこれはしょうがないのだ、と私は自分を納得させた。真梨は、自分が作ったリストを私が使うことは承知している。河瀬と話ができたら、その後は彼に別の人間を紹介してもらえばいい。歴史の浅い会社だから、創業当時から在籍している人間もいるはずだ。そういう人なら、会社の裏事情を知っている可能性もある。

五分後、河瀬から折り返し電話があった。相変わらず嫌そうな感じではあったが、それでも直接会うことは了承してくれた。時間と場所は向こうに合わせる——河瀬は午後六時半、場所は東雲《しののめ》のショッピングセンターにある喫茶店と指定してきた。

調べると、豊洲駅から歩いて十五分ぐらいかかりそうだ。その後で何があるか分からないから、車を出すことにする。

あれこれ雑用を終わらせて、一度自宅へ戻る。私の仕事場と自宅はともに恵比寿《えびす》にあり、歩いて五分ぐらいしか離れていない。車はいつも、自宅マンションの駐車場に停めていた。

愛車は、弁護士時代に買ったグランドチェロキーだ。既に十年以上乗って、走行距離は七万キロを超えているが、まだまだ元気だ。手放す気になれないのは、アメリカ車のリセールバリューが極端に低いせいもある。これだけ乗ったら、新しい車を買う時の下取りとしても心許ないだろう。定期収入もない故に、車を頻繁に乗り換える贅沢《ぜいたく》はできない。取り敢えず、このグランドチェロキーは乗り潰すと決めていた。

チェロキーの上級バージョンでもあるので、内装などはそこそこ豪華である。本革のシートは少しへたってきているが、まだ座り心地は悪くなっていない。操作系やインパネなども乗用車然としていて、シートに座ってしまうと、本格的なSUVをルーツに持つ車という先入観は消えていく。悪路走破性などは相当高いのだが、東京で乗っている分には、本来の力を発揮する機会はまずない。一方、都内で自在に乗り回せるギリギリのサイズということも、気に入っている理由だった。

時間があるので、首都高は使わずに下道で、指定されたショッピングセンターに赴く。

喫茶店は、賑やかなショッピングセンターの中にある店とは思えないぐらい、落ち着いた感じだった。事前に打ち合わせしていた通り、店に入った瞬間にスマートフォンで河瀬の番号を鳴らす。一度鳴らしただけで切ると、直後に「奥の席です」とショートメッセージが入った。

夕方なので、客は少ない。店の奥へ進むと、男が一人、ボックス席に陣取っていた。席と席の間に背の高い仕切りがある店なので、近くに客が来ても、気にせず話せるだろう。いいチョイスだ、と私は河瀬の判断を評価した。

河瀬は、ひょろりとした男だった。背は高そうだが、体に余分な肉がまったくついていない感じ。薄いコートを丸めて隣の席に置き、スマートフォンを眺めている。

「どうも」軽く頭を下げて向かいに座る。

「ああ」

河瀬が顔を上げ、私を見てギョッとした表情を浮かべる。私は座ると、意識して背中を丸めた。中学生ぐらいからこんなことばかり繰り返しているので、たぶんかなりの猫背になってしまっているだろう。

「お呼び立てして申し訳ありません」私はさっと頭を下げた。

「いえ……室長は詳しいことを教えてくれなかったんですけど、何事ですか」

「社内に怪文書が出回っていることはご存じですか」

「ああ」河瀬が嫌そうな表情を浮かべてうなずいた。「いろいろ噂になってますよ」

「内容について？」

「内容というか、誰がやったのか、ですね」

私はうなずき、河瀬の様子を素早く観察した。四十歳ぐらいだろうか。ツーブロックにした髪型、ネクタイなしのワイシャツにジャケット姿である。若い頃のスタイルや髪型に拘っているのかもしれないが、微妙に似合っていない。

「河瀬さん、『ZQ』は長いんですか」私は一時、本筋の質問から外れることにした。

「スタートテンの一人です」

「立ち上げメンバーということですか」春山もそんなことを言っていた。最初に会社を立ち上げた時のメンバー十人は、奇跡的に全員残っているんだ——まるでそれが自分の人徳のせいでもあるかのように、嬉しそうに話していた。確かに、新しい会社だと人の出入りも激しく、創業メンバーがずっと残っているのは珍しいだろう。今は本社で重要な役職に就いたり、関連会社の社長になったりしている。

「そういうことです。結構長くなりましたね」

「春山社長と大学が一緒とか？」

「いえ、元々別のＩＴ系の会社にいたんですけど、社長に誘われましてね」

「じゃあ、春山社長よりも年上ですか」

「四歳、かな」

　ということは、四十歳ぐらいという私の読みは当たっていたことになる。

「ずっと秘書業務を？」

「いや、最初はプログラマーです。まあ、そんなに長くはできなかった——プログラマーには、三十五歳定年説っていうのがありますからね」

「そうなんですか？」由祐子もそんなことを言っていた。頭が固くなって柔軟性が失われ、新しい技術を習得する意欲も薄れてしまうのだ、と。

「まあ、最初の頃はいろいろありましたから……最近もですけどね。子会社に出て社長をやったり、また戻ったりで忙しないです」

「なるほど」

　二人とも取り敢えず、コーヒーを頼んだ。「ＺＱ」における河瀬のキャリアは何となく分かってきたが、あまり詳しく踏みこめないのが辛《つら》い。これが弁護士として相手に面会、あるいは警察の取り調べなら、まず生年月日や住所をしっかり確認してから本題に入るのだが、探偵が人に話を聴く時は、基本的に相手の善意に頼るしかない。堅苦しい話を最初に持ち出すと相手が警戒することも多いので、話の途中で探り探り聞き出すしかないのだ。その結果、話に異常に時間がかかってしまうこともよくある。

今回も、彼個人に関する話は取り敢えず打ち切った。まず、怪文書事件について情報を集めないと。

「怪文書は、何か金の問題でトラブルがありそうなことを指摘していました。会社で、実際にそんな問題があるんですか？」

「いやあ……」河瀬が首を捻る。「うちは、基本的にクリーンですよ。室長が煩《うるさ》いというか厳しいから」

「銀行出身だからですかね」

「それもあると思いますけど、とにかく会社が急成長しましたから、かえって用心してるんです。どうしても無理して軋みが出がちで、それでおかしくなったスタートアップ企業を、室長はたくさん見てるんでしょうね。だから室長が、きっちり引き締めてますよ。社長に物を言える、数少ない人だし」

「あなたは？」

「社長と？　仕事を離れれば友だち感覚もありますけど、会社ではね」河瀬が肩をすくめる。

「実際、金の問題はないんですか」

「ないです」河瀬が即座に否定した。

「一切？」

「小さい問題はあるかもしれない。でも、何の問題もない会社なんて、ないでしょう。うちには、少なくとも刑事事件になるような大きな問題はないですよ」

「断言できますか」

「もちろん」むっとした口調で河瀬が言った。

「だったら、怪文書の内容は完全に嘘、ということですかね」私は念押しした。

「私は知りません」

微妙な言い方が私の頭に引っかかった。「ない」と「知らない」ではゼロと百ぐらい差がある。

「あるかもしれないけど、河瀬さんは知らない、ということですか」

「私は知りませんし、そんな大きな問題——会社を揺るがすような問題があるとは思いませんね」

百パーセントの否定ではない、と私は思った。はっきり知っているわけではないが、曖昧な情報は伝わっているのではないだろうか。

「『ZQ』の社長室はヘッドクオーターだ、という話ですね」

「まあ、社内ではそんな風に言う人もいます」河瀬がうなずく。

「社内の重要な情報が全て集まる、と」

「全てかどうかは分かりませんけどね」河瀬がやんわり否定した。「ゴミみたいな情報まで集まったら、処理しきれない」

「なるほど……この件で、春山社長が問題にしているのは、怪文書の内容ではありません。誰があれを貼り出したか、なんです。社内の人ではないんですか」

「どうかなあ」

コーヒーが運ばれてきて、私たちは一瞬口をつぐんだ。河瀬がコーヒーを一口飲み、ふっと溜息をつく。ひどく疲れた様子だった。

「大きい会社ですから、不満分子もいるんじゃないですか」

「いるでしょうね」河瀬が認める。「ただ、深刻なトラブルを起こしそうな人はいないでしょうね。本当にヤバい人間がいるなら、何らかの形で私たちのところにも情報が入ってくるでしょう。でも、私は何も聞いていない。ということは、地雷になりそうな不満分子はいないと考えていいんじゃないかな」

「だったら、外部の人間がやったんですか？」

「その可能性もないではないですね」

「会社に入りこむのは、セキュリティ上、相当難しいと聞いています。今まで二回、怪文書が貼られていたわけですから、少なくとも二回は、外部の人間が侵入したことになります」

「そういうことじゃないのかなあ」河瀬が髪を撫でつけた。

それはあり得ない、という結論に私は傾きつつあった。真梨がもう一度調べてくれたのだが、やはりここ何年も社員証の紛失、盗難などはないという。中にICチップが入っているのでコピーも不可能で、外部の人間が社員証を利用して社内に入りこむことは考えられない、と彼女は断言していた。となると、やはり内部犯行ということになる。

「可能性の話として、そういうことをやりそうな人間はいるんですか？」

「いやあ、把握しきれませんよ。本社に出入りできる社員証を持っているのは、関連会社の人間も含めると、万単位です。その中で怪しい人間と言われても……」

「携帯電話事業への参入が、今一番大きな課題ですよね」私は話を変えた。

「ええ」

「許認可が関係することですし、これまでの仕事とはハードルの高さが違うと思いますけど」

「順調に進んでますよ。ただ、この件の担当は子会社の『ZQモバイル』なので、詳しい話は私の方には入ってこないんですけどね」

河瀬は、このトラブルを過小評価——私に対して小さく見せようとしているのかもしれない。「大したことはない」と思いこもうとしているのかもしれないが、これは危険だ。何かあったら、事態の大きさに対処できなくなる。

「河瀬さん、事態を小さくしようとしているのかもしれませんけど、危険ですよ」

「いやいや……」河瀬が首を横に振った。「私は単なる悪戯《いたずら》だと思っています」

「春山社長が騒ぎ過ぎだと？」

「最近、そういう感じですね」河瀬が認める。「携帯電話事業への参入は悲願ですから。十年がかりの計画なんですよ。だからこそ、ほかの仕事の面でもぴりぴりしている。正直、探偵さんを雇って調べるような大問題じゃないと思いますけどね」

「だったらいいんですが」事態を楽観視しようとする河瀬の態度は理解できないでもない。しかしこれは近い将来、大きなマイナスポイントになるかもしれない。

第2章　侵入者

1

　翌週の火曜日朝、由祐子から電話を受けた。私はまだベッドに入っていた――というか、完全に寝ていた。

「来たわよ、大河君」由祐子の声にはかすかに緊張が感じられる。

「何時に？」

「午前四時」

　そこで私は、改めてベッドサイドテーブルに置いた時計を確認した。午前六時。カメラが侵入者の姿を捉《とら》えてから、二時間しか経っていない。

「早過ぎないか？　まさか、徹夜でチェックしてたとか？」

「カメラが動いているものを捉えたらアラートが鳴るように、設定を変えたの。そうすれば、バイトを雇ってずっと確認しておく必要もなくなるし。昨夜その設定を終えたら、いきなりよ……今、映像を送るから確認してくれる？」

「了解」

電話は向こうから切られた。私はベッドを抜け出し、パソコンの電源を入れてから顔を洗った。席に着いた時には、既に由祐子からメールが届いていた。

アラートが鳴ってから二時間ほどの間に映像を編集したようで、必要な部分だけ切り取った短い——五分ほどの映像だった。

カラーで、かなり解像度が高い映像で見る人間の動きに、私は混乱した。

午前四時一分二秒、カメラの視界に男が入ってくる。男——男のように見えた。カメラは天井に設置されているので、斜め上から対象を見下ろす格好になっており、相手の身長ははっきりとは分からない。しかも相手は、防犯カメラの存在を意識しているようで、終始顔を上げなかった。

少し大きく映ったところで、私は動画を一時停止した。黒い、丈の短いミリタリー系のブルゾンにジーンズ、足元は黒い——ブランドは分からない——スニーカーだった。小さなバッグを斜めがけにしている。キャップを被り、マスクをしたままずっとうつむいているので、顔はほとんど見えない。

動画を先に進めると、一瞬だけ相手が顔を上げてカメラの方をチラリと見る場面があった。しかしキャップにマスク、さらにサングラスをかけているせいで顔の大半が隠れてしまっており、人相まではっきりしない。ただ、キャップからはみ出した髪がグレーなのは分かった。かなり年齢がいった人間だとは思うが、この犯行のためにわざわざグレーに染めた可能性もある。

午前四時一分二十秒、男が立ち止まる。バッグから何か取り出すと、素早く壁に近づいて一枚の紙を押しつけた。さっと離れると、紙は既に壁に貼られていた。一瞬動きを止めて、作品の出来栄えを確認するように見ていたが、すぐに来た方へ戻っていく。背中側に回していたバッグに、アウトドアブランドのロゴがあるのが見えたが、それほど珍しいものではない——手がかりにはなりそうになかった。

午前四時二分十二秒、男の姿が画面から消える。わずか一分ほどの「犯行」だった。さらに何回か見直してから、由祐子に電話をかける。

「映っているのは、この一本だけ？」

「そうね」

「つまり、この男――男だと思うけど、どこかに消えたんだな？」

「いやいや」由祐子が呆れたように言った。「大河君、密室トリックとか好きなの？　あれって、本の中でしか成立しないことだよ。私が設置した防犯カメラは、カバーしているところの方が少ないんだから。死角だらけで、どこへでも姿を消せる」

「そうか……さすがに、これ以上カメラは増やせないな」

「できるけど、これから数が増えたら社員に怪しまれる」

「貼り紙の内容までは読み取れないな」私は話題を変えた。

「それは、この位置からの撮影だと無理ね。どうする？」

「取り敢えず、今日中に君がやることはないな。監視は今後も続行するけど」

「了解」電話の向こうで、由祐子が大きな欠伸《あくび》をした。「じゃあ、私は寝るから。何かあったら起こして」

「ああ」

私は即座に、真梨に電話を入れた。彼女は起きていたが、私の電話を明らかに鬱陶《うっとう》しがった。

「急ぎですか？　今日、早朝ミーティングがあるので、もう出るところなんですけど」

「今日未明、怪文書が貼り出されたようです」

「本当ですか？」

「防犯カメラに映っていました。二時間ほど前のことです。今、会社には誰かいますか？　海外チームは？」時差の関係だけは如何《いかん》ともしがたく、夜中や早朝に出勤してくる連中もいると聞いている。

「いるかいないかは、ちょっと分かりません」真梨の声に焦りが滲《にじ》む。「個別の部署の動きまでは把握していませんから」

「早朝ミーティングは何時からですか？」

「七時半です。朝食を摂りながら」

「当然、会社でやるんですよね？」

「ええ」

「あなたは何時に会社に入りますか？」

「七時過ぎです」

私は頭の中で時間を計算した。この時間だと、恵比寿から豊洲までは、地下鉄を乗り継ぐよりも車で行ってしまう方が早いだろう。着替えてさっさと出かければ、彼女より先に会社に着けるかもしれない。

「現場の様子を見たいんです。誰もいじっていなければ、何か分かるかもしれません」

「どうしましょうか……」真梨も混乱している様子だった。

「私も会社へ向かいますから、そちらでお会いしましょう。会議は抜けられますか？」

「無理です……私が行かないと、怪しまれると思います」

「だったら、取り敢えず私を会社に入れて下さい」ゲスト用のＩＤカードをもらっておくべきだったと悔いる。こういう緊急事態を予想しておかなかった自分の責任だ。

「分かりました。正面入り口で待ってます」

「私の方が早いかもしれません」

電話を切って急いで着替え、車に乗りこむ。こういう時、図体のでかいグランドチェロキーはスピード感に欠けるのだが、実際にかかる時間はポルシェと変わらないだろう。

午前七時過ぎ、豊洲着。「ＺＱ」本社の入ったビルの地下駐車場に車を停め、正面入り口に駆けこんだところで、ちょうどやってきた真梨と出くわした。「出るところだった」と言う割に彼女も相当焦っていたようで、耳の上で髪がはねている。無言でうなずくと、社員証を使ってセキュリティゲートを抜ける。彼女の後に続いて、本社のあるフロアに向かった。エレベーターの中で二人きりになったので、すぐに事情を説明する。

「怪文書が貼られていたのは、二十四階です。早朝ミーティングの会場は何階ですか？」

「二十五階です」

「一瞬だけ寄って見ていきますか？」まだ誰も剝がしていなければ、だが。

「そうですね」真梨が腕時計を見た。ミーティングは七時半からだから、まだ時間に余裕はあるはずだ。彼女が朝食を用意するわけではないだろうし。

二十四階の廊下はガランとしていた。人がいないと、さすがにこんなものだろう。貼り紙はすぐに見つかった。私の胸の位置辺り……以前貼られていたのと同じＡ４サイズで、一見したところ、筆跡も同じように見える。内容は――。

志ある者は、竹村《たけむら》審議官と会社との関係を調べろ。この会社が何をしているか、それで分かるはずだ。ルール違反は決して許されない。反社会的な行動を一度でも許したら、会社は終わりだ！

私はまず、貼られたままの状態で写真を撮ってから、メジャーを取り出した。床から貼り紙の一番下まで、一メートル五十センチ。こういう物を貼る時は、大抵自分の顔の高さにするだろう。ということは、防犯カメラに映っていたのは極端に大柄ではない男性――いや、そうとは限らない。あの男が一瞬上を見た時、防犯カメラに気づいたかもしれない。顔が映らないように気をつけながら貼ったとすると、どうしても低い位置にならざるを得ず、この高さになってしまった可能性もある。

ここから、犯人について分かることは多くない。

紙を慎重に剥がす。意外にしっかり貼りついている……慎重にやって、何とかどこも破かずに剥がすことができた。見ると、両面テープが二ヶ所に貼ってある。これをどんな風にバッグに入れていたのだろうか。両面テープがベタつかないように、自分のメモ帳を破いて紙を当て、用意してきたビニール袋に入れた。警察ではないので指紋を調べることもできないとはいえ、現物があれば何か分かるかもしれない。

振り向くと、真梨は腕組みをして、不安そうな表情を浮かべて立っていた。

「何か分かりましたか？」

「ここでは何も……私は警察ではありませんからね。しかし、午前四時から今まで、ここを通りかかって貼り紙を見た人はいないはずです」

「断言できるんですか？」

「防犯カメラが作動した時にだけ、アラートが鳴る仕組みにしてあります。反応は一回だけでした」

「なるほど……どうしますか？」

「ちょっとあなたと話をしなくてはいけません。ミーティングは、どれぐらいかかる予定ですか？」

「一時間」真梨が人差し指を立てた。

「外せないんですね？」

「すみませんが……私にも通常業務がありますから」

「当然です」私はうなずいた。「八時半にもう一度落ち合いましょう。それと、私用にＩＤカードを用意しておいてもらえませんか？　今後、夜中に何かあった時には、誰かの手を煩《わずら》わせないで、直接中に入りたいんです」

「用意させます」真梨がまた腕時計を見た。一秒でも遅れられない会議のようだ。世の中にそんなに重要な会議があるとは、私には信じられなかったが。

私は真梨と別れ、一人で一階のホールに降りた。この貼り紙から何かを探り出すことはできない。一番大事なのは真梨と話をすること——それまでの一時間で、朝食を済ませておくのが効率的だ。検索してみると、この近くにはチェーンのファストフードやコーヒーショップが何軒かある。サラリーマン向けなのだろうが、こういう時は助かる。

歩いて、本社ビルから一番近いチェーンの喫茶店に入る。午前七時に開店したばかりなのに、もう席は半分以上埋まっていた。会社近くまで来てから朝食を摂ろうというサラリーマンも多いのだろう。

ホットドッグとサラダを頼んだ。人は、私と一緒に食事をすると、だいたい驚く。百九十センチもあると、人の二倍ぐらい食べるだろうと想像するようだが、実際には私は、成人男子の平均より食べない。昔からそうだった。それでこれだけ背が伸びた理由は、自分でも分からない。

朝のエネルギー補給は完了。その後はコーヒーをちびちびと飲んで時間を潰す。先程の怪文書をここで広げるわけにはいかないので、店に備えつけの新聞を次々に読んで、今朝の世界情勢をチェックする——世は事もなし。今、世界で一番慌てているのは、怪文書を抱えた私かもしれない。

八時二十分。店を出て「ＺＱ」へ向かう。真梨は既に、一階のホールで待っていた。私を見つけると、一枚のＩＤカードを差し出す。普通の社員カードがゴールドなのに対してシルバーで、「Ｇｕｅｓｔ」と書いてあった。

「用意が早いですね」

「緊急事態ですから」真梨が真顔でうなずく。

試しに、エントランスのセキュリティゲートに当ててみると、何の問題もなく開いた。もしかしたら、客として会社に来た人間が、そのままゲスト用のＩＤカードを持っていったのかもしれない。いや、それはないか……真梨の話しぶりだと、「ＺＱ」のセキュリティは相当しっかりしているはずだ。

真梨は、社長室のある最上階のフロアに私を案内した。

「今日は、春山は？」

「昨日から大阪出張なんです」

「この件は、もう知らせましたか？」

「第一報のメールを先程入れておきました。すぐに返信が来て、須賀さんから直接話を聞きたいそうです」

「それは後回しにしてもらいましょう」

「春山、相当カリカリしてますよ。そうなると、私たちでも手に負いかねます」

「あなたは、春山にもちゃんとものが言える、という話ですけど」

「そんなこと、誰が言ったんですか？」真梨が真剣な表情で訊ねる。

「ある人です」私は話をぼかした。

「社内の事情聴取もだいぶ進んでいるんですね」真梨が嫌そうな顔で言った。迷惑に感じているかもしれないが、これはあくまで向こうが頼んできた調査だ。

真梨が、小さな会議室に通してくれた。窓からは、環状二号線が見下ろせる。私は窓を背にして座ると、先程の怪文書を取り出した。ビニール袋に入れたまま、彼女が読めるようにテーブルの上で向きを変える。

真梨が恐る恐る手を伸ばし、怪文書を手に取った。

「その、竹村審議官ですが……総務省の竹村元朗《もとお》審議官のことですね」私は指摘した。総務省は、課長級以上の幹部の名簿を公式サイトで公開しているので、朝食の時にスマートフォンで調べておいた。

「審議官というと局次長以上で、各セクションの実務のトップ、という感じですよね」

「ええ」

「竹村審議官をご存じですか？　御社と関係があるとか」

「携帯事業の許認可に関して、責任を持つ立場の人です」

となると、厄介なことになりかねない。許認可の権限を持つ人間に賄賂《わいろ》を贈って——というのは、いかにもありそうな話だ。あまりにも古典的な汚職なので、今時は起こり得ないかもしれないが。

「踏みこんだ関係ではないんですか？」

「何が言いたいんですか」真梨が鋭い視線を向けてきた。

「監督官庁の担当審議官に対して――」

「賄賂を贈ったりとか？　あり得ません」先回りして真梨が言った。

「それは信じていいんですね？」

私が問いかけると、真梨が黙りこむ。社長室長としては、会社が悪いことなどしていないと信じたいのだろう。しかし、信じたい気持ちと、実際にそういう事実があるかどうかは別問題だ。

「言い方を変えます。あなたは社長室長として、『ZQ』の経営全般を見る立場ですよね。目下、携帯事業への参入が最大の目的であることは私も分かりますが、個別のプロジェクトで行われている細かい作業について、全部把握していますか？　仮に誰かに賄賂を渡すとして、その決裁までするんですか？」

「普通――あくまで仮定の話ですけど、賄賂を贈る場合、正規の決済はしないでしょう。帳簿に記載する必要のない、裏金を作るはずです」

「でしょうね」私はうなずいた。「となると、あなたが全ての事情を知っているとは限らない。現場の判断で、上には秘密にしたまま違法行為に走ることもあるでしょう。『会社ぐるみ』ではなく『部署ぐるみ』レベルの犯罪だ」

「うちが、そういうことをしていると言うんですか？」真梨が目を剝いた。

「分かりません」私は素直に言った。「あなたが知らないだけで、誰かがやっている可能性もある、という話です」

「気に入りませんね」

「もしもこういう事実があったら、それを是正しようという社内の人間がいてもおかしくありません。実際のところ、どうなんですか?」私はテーブルの上に身を乗り出した。「違法行為はなかったと百パーセント断言できますか?」

「携帯電話事業参入に関しては、あなたもご存じだと思いますが、子会社の『ZQモバイル』が担当しています。もちろん『ZQ』本社が主導権を握っていますけど、許認可の問題も含めて、直接の担当は『ZQモバイル』です」

「ええ」この会話は行き止まりになる、と私には分かっていた。真梨が嘘をついている気配はない。やはり個別の事業に関する細かい問題は把握していないのだろう。

総務省の審議官を買収するとなると、とても細かい問題とは言えないのだが。携帯電話事業への参入は、「ZQ」として社運を賭けた事業だというし。

「春山と話します。話せますか?」

真梨がスマートフォンに視線を落とした。しばらく画面を眺めていたが、「昼なら話せると思います」と言った。

「昼食時に大丈夫ですか?」

「大丈夫です。春山はろくに食べませんから」真梨の顔には心配そうな表情が浮かんでいる。

「食べない?」

「昼は食べないか、適当な食事で済ませてしまうことが多いんです。この辺のコンビニの上客ですよ」

『ＺＱ』の社長が？」にわかには信じられなかった。昔の春山は美食家とは言えないがよく食べる男で、標準体重を結構オーバーしていたはずである。久しぶりに会って「痩せたな」と思ったのだが、昼飯を疎《おろそ》かにしているうちに、自然に体重が減ってしまったのかもしれない。「ＺＱ」の社長が栄養失調だったら洒落にならないが。

「春山は、うちで一番忙しい人間なんです。社員には残業禁止を厳しく言い渡していますけど、本人はずっと会社に残ってますからね。何でも報告を受けて、最終的な決断は自分でしないと気が済まない人なんです」

「それにつき合って、社長室のスタッフも……」

真梨が無言でうなずく。小さく溜息をついたのを、私は見逃さなかった。社内には——春山に対しては小さな不満も少なくないようだ。

「昼食休みで一時間も使いたくないということです。会食の時は別ですけどね。会食を入れるようにしているんです」

「栄養補給のために会食、ですか」本末転倒だと思ったが、この辺は人それぞれだろう。私だって、食事を常にゆっくりと楽しんでいるとは言えない。移動の合間に五分でカレーをかきこんだり、張り込みしながらコンビニのサンドウィッチで済ませてしまうこともしばしばだ。探偵になってから、自分の体の大部分がファストフードで構成されるようになった感じがする。

「もう少し、自分の体に気を遣ってくれるといいんですが」

「まさか、何か病気とか？」

「それはないです。年に二回は、無理矢理人間ドックに入れてますから」

私たちの年齢――三十代半ばで、年に二回の人間ドックはやり過ぎだと思う。しかし春山のような立場になると、まずは体を守るのが大事ということだろう。春山が倒れでもしたら、どれだけ影響が出るか。それこそが、創業者社長が会社を大きくしてしまった場合の問題点だろう。特に経営者が若い場合、自分は病気になどなるはずがないと信じきって、万が一の場合の準備をまったくしていないことが多いから、病気がきっかけで会社が傾いてしまったりする。

「とにかく、春山と話します。私が電話してもいいですし、向こうからかけてきてもいいので、あなたがアレンジしてくれますか」

「どうしたらいいと思います？　防犯カメラの映像から、犯人にたどりつけると思いますか？」

「かなり難しいですね」私は正直に言った。「顔がまったく映っていないのが痛い。ただ、犯人は防犯カメラに気づいていたので、それが抑止力になる可能性もあります。これで犯人が、今後の犯行を思いとどまるかもしれません」

「春山は、それでは納得しないでしょう。犯人を必ず見つけ出して、然るべく処分をしないと、安心しないと思います」

警察に任せるべき――私の頭に、ふとその考えが浮かんだ。防犯カメラの映像を証拠として提出し、捜査してもらう。犯人を処分する最高にして最適の方法がそれだ。

私はノートパソコンをスリープモードから復旧させ、真梨に防犯カメラの映像を見せた。真梨は首を伸ばし、屈みこむようにして画面を凝視した。

「見覚えは？」私は訊ねた。

「ない……ないですね」真梨が首を横に振る。

「社員ではないですか？」

「それは、何とも言えません」

「撮影されたのは、午前四時です。この時間でも仕事している人はいるんですよね」私は念押しで確認した。

「時差のある海外とやり取りしている人間は、よく会社に残っています。全員把握しているわけではないですが」

「昨夜、この時間に会社にいた人間はチェックできますよね」

「ええ……やっぱり社内の人間がやったと思っているんですか？」

「可能性としては、それが高いと思います」私はうなずいた。「ところで、会社の重要なことは全て春山が決めている――そういう理解でいいですね」

「ええ」真梨が怪訝そうな表情を浮かべる。

「この件に関しても？　例えば、犯人が分かったら、春山はどうするつもりでしょうか」

「そこまでの話は、まだしていません」

「まだ犯人像は絞り切れていませんが、大きな可能性はやはり二つです。社内の人間か……外の人間の可能性も、低いとはいえ捨てきれない」

「つまり、まったく詰め切れていないわけですね」かすかに非難するような口調で真梨が言った。

「まだ調査は始まったばかりです」

「もう一週間経ちますよ」

「デジタルの世界と違って、数字を打ちこめば、期待される答えがすぐに出てくるわけではないんです。人間相手の商売ですから——とにかく、春山が犯人をどうするつもりか、気になります。まさか、私的に処分するつもりじゃないでしょうね」

「それはないでしょう」

「警察に突き出す？」

「場合によってはそれもあるかもしれませんが……私は、そこまで詳しい話はしていないので」

「分かりました。私が話しておきます。この段階で、警察に任せた方がいいと思いますけどね」

「それは……」真梨が目を見開いた。「警察が入るようなことがあると、会社の信用がガタ落ちです」

「分かりますけど、私的な制裁は許されないですから」

「私の口からは、まだ何とも言えません」

「春山と話します」私はうなずいた。あの男の反応が予測できないが……無難に収束させるべきかどうか、私にもまだ判断できなかった。

真梨が、穏便にと考えるのも十分理解できる。読めないのは春山の本音だ。

2

午前の時間が空いたので、私は由祐子と今後の作戦を打ち合わせておくことにした。電話すると、寝不足を解消するために寝ていたという。しかし「仕事だ」と言うと、急に声がはっきりした。何というか……彼女も仕事中毒の気《け》がある。

「そっちへ行こうか？」今から準備してどこかで落ち合うとなると、時間もかかるだろう。私は昼の時間帯には春山と話すために体を空けておかねばならないから、彼女の仕事場——自宅兼用であることは分かっている——に行くのが一番時間の無駄がない。

「うちには出入り禁止」

「俺が行く方が効率的なんだけど」

「駄目」

「何かあるのか？」彼女も、いわば「客商売」だ。仕事場は打ち合わせの場所でもあるはずだが、妙に頑なで、絶対に私を入れようとしない。出入りを禁止しているのは私だけなのか、他の人もそうなのか……。

「人に見られたくないものだってあるでしょう」

「違法なものとか？」

「ドラッグとか、そういうものじゃないわよ」

「おいおい……」

「うちの近くの『代々木茶房《よよぎさぼう》』で。一時間後ぐらいでどう？」由祐子は決して譲ろうとしない。

「……分かった」

「場所、分かる？」

「前もそこで会ったこと、あるじゃないか」

「そっか……じゃあ、後で」

由祐子の自宅兼事務所マンションは、小田急《おだきゅう》線参宮橋《さんぐうばし》駅近くにある。借りるにしても買うにしてもかなり高価な物件らしく、その原資がどこから出たかはよく分からない。離婚して慰謝料はたっぷり手に入れたものの、結婚生活は短かったから、一財産と言えるほどの額ではなかった。では今の仕事で多額の報酬を得ているかというと、それも疑わしい。私が知らないだけで、多額の報酬を得られる違法なビジネスに手を染めている可能性もあるが……彼女の技術力からすると、ハッキングなどで重要な情報を手に入れ、それをどこかに売り飛ばすのも簡単だろう。

微妙に怪しい人間に仕事を頼んで大丈夫だろうか、という懸念は常に頭にある。彼女が何かに引っかかれば、その影響がこちらに及ぶ可能性もあるのだし。

参宮橋駅の東側はほぼ代々木公園、西側は戸建ての家が建ち並ぶ住宅街である。道路は入り組んで狭く、グランドチェロキーで走っているとどうしても気を遣う。少し遠いところにコイン式の駐車場を見つけて車を停めた。ここからだと十分ぐらい歩かなければならないが、車の運転で苛々《いらいら》するよりはいい。

十一月、風はまだ冷たいというほどではなく、散歩に適した陽気だった。午前中の住宅街を行き交う人も少なく、私は思い切り背筋を伸ばして歩いた。背が高いせいで背中が丸くなりがちなので、たまにこうやって伸ばしてやると、何だか気持ちもすっきりする。

「代々木茶房」へ行くには、由祐子のマンションの前を通り過ぎることになる。都心部によくある、いかにも高級そうだが低層で小規模なマンション。由祐子がちょうど出て来るところだった。私に気づいて、バツが悪そうな表情を浮かべる。

「見つかっちゃった」舌を出し、うつむいて歩調を早める。

「別に、家に行こうとしてたわけじゃないよ」

「それならいいけど」由祐子が肩をすくめる。今日もモスグリーンのカーゴパンツにベージュのフリースという格好で、足元も例によってドクターマーチンの黒いブーツだった。ちょっと近所へ出かけるだけだから、サンダルでも引っかけてくればよさそうなのに。

私たちは連れ立って百メートルほど歩き、「代々木茶房」に入った。マンションの一階に入っている、昔ながらの造りの喫茶店で、彼女との打ち合わせで何度か使ったことがある。カウンターと、テーブル席が五つあるだけのこぢんまりとした店だが、全体に落ち着いた雰囲気で居心地がいい。午前十一時という時間なので、ランチタイムにはまだ早く、客は私たちだけだった。

由祐子はカレーを頼んだ。喫茶店と言いながら、カレーがこの店の名物なのだ。かなり辛くスパイシーだが、インド風でも和風でもなく、「喫茶店のカレー」としか言いようがない味である。

「これは朝飯、昼飯？」

「ブランチ。大河君は食べないの？」

「朝、ちゃんと食べたからね」ホットドッグ一本と小さなサラダだけだが。私はコーヒーを頼んだ。

カレーが来るのを待つ間、由祐子が煙草に火を点《つ》ける。個人経営のこの喫茶店では、まだ煙草が吸えるのだ。

「煙草、まだやめられないんだ」

「非難してるわけ？」由祐子が咎《とが》めるような目つきで私を見た。

「別にいいけど、体によくないし、懐《ふところ》にも痛いだろう。値上がりする一方だし」

「浮気する理由が煙草って、すごくない？」

「ああ……そうだった」実際、夫婦仲が壊れた原因の一つが由祐子の喫煙だとは、私も聞いていた。確かに煙草を嫌がる人間がいるのは分かるが、そこから浮気につながり離婚にまで至るという話は、あまり聞いたことがない。浮気を嗅ぎつけられた元夫の、せめてもの言い訳ということだろう。

「それで、何か新しい情報は？」

「会社の人間に聴いた限りでは、見覚えはないという話だった」動画はそのまま真梨に渡し、彼女が春山に転送してくれているはずである。忙しい春山が、動画を見ている暇があるかどうかは分からなかったが。

「じゃあ、社外の人かな」

「あそこへ入りこむのは難しいよ」

私は真梨から受け取ったゲスト用のＩＤカードを見せた。それを検《あらた》めた由祐子が、「これは、偽造は無理ね」とすぐに結論を出した。

「できないことはないけど、時間とそれなりの設備が必要になるわ」

「でも、パスポートだって偽造できるわけだから」

「ただ、こういう物を偽造する必要がある人なんて、限られているでしょう。それこそ産業スパイとか。だから、普通の人間には簡単にできないわよ。だいたい、コスパが悪過ぎる」

「ただ社内に侵入して怪文書を貼りつけるためだけに、ＩＤカードを偽造はしないか……」

「だって、金にならないでしょう」由祐子が首を捻る。

「取り敢えずはね」

「取り敢えず?」

「もしかしたらこれは、始まりに過ぎないのかもしれない。犯人の狙いは、会社を脅迫して金を奪うことじゃないかな」

「そんなこと、あり得る?」

「ある」私は断言した。「実際今までも、裏で取り引きしていた会社は結構あるんだ。金で済ませて、表沙汰にならなければいい、ということなんだろうな」

「馬鹿じゃない?」由祐子が吐《は》き捨てる。「金を渡せばそれで終わりっていう保証なんかないでしょう。一度金を奪って味を占めた人間は、同じことを繰り返すものじゃない?」

「いや、それはないな」私は否定した。「個人相手なら、そういうことも可能かもしれないけど、会社が相手だとそう上手くいくとは思えない」

「なるほどね。さすが、探偵さんはそういうことにも詳しいんだ」

「会社から相談を受けていると、驚くことばかりだよ」

「そういうの、まとめて本にでもしたら、結構儲かるんじゃない?」

「仕事で知り得たことは、外に漏らさないようにしてるんだ。日本の探偵には、法的な縛りはほとんどないけど、信用は大事だから」

「はいはい。探偵さんはいろいろ大変だねえ」馬鹿にしたように由祐子が言った。

そのタイミングで彼女のカレーと飲み物が運ばれてきた。私も食べたことがあるが、ここのカレーはイカ墨でも入っているかのようにどす黒く、スパイシーな香りを漂わせている。千切りキャベツにドレッシングをかけたサラダが大量に添えられているが、これがないと、途中でカレーの辛さに負けそうになるほどだ。

嬉々《きき》としてスプーンを使い始めた由祐子を見ているうちに、私も急にカレーが食べたくなった。カレーというのは不思議な食べ物で、他人が食べているのを見ると、いてもたってもいられなくなる。幸い私は今、彼女と同じカレーを食べられる環境にいるわけだ……手を挙げて同じものを頼む。

「何だ、食べるんだ」由祐子が皿から顔を上げて言った。

「このカレーの魅力には負けるよ」

「でも大河君、食べないよね。その体格だと、フードファイターみたいに食べそうな感じがするけど。私と最初に会った時、何食べたか覚えてる？」

「さあ」当時彼女が住んでいた小田急線経堂《きょうどう》駅近くの喫茶店で会ったことは覚えているが。

「ミックスサンド」

「普通の食べ物じゃないか」

「あの喫茶店のミックスサンド、切手サイズじゃない。それをちまちま食べて……お腹でも壊しているのかと思った」

「胃袋は自分ではコントロールできないからね」

「ふうん」

すぐにカレーが運ばれてきて、私はスプーンを突っこんだ。昼飯には少し早い時間で、朝のホットドッグも胃に残っていたのだが、食べ始めるとスプーンが止まらなくなる。ここのカレーには、奇妙な吸引力があるのだ。

二人とも無言でカレーを食べ進め、ほぼ同時に食べ終える。

「警戒、まだ続ける？」

「ああ。次回があるかどうかは分からないけど。でも、申し訳ないな。あんなやり方だと、いつ叩き起こされるか分からないだろう」

「まあね。でも、こういうのには慣れているから」

「俺の方にも、何かあったらアラートで知らせてくれるような設定はできるかな。ゲスト用のカードをもらったから、侵入者がいたらすぐに急行できる。君経由で知るよりは時間の節約になるだろう」

「そういうシステムを作っても、犯人を捕まえるのには間に合わないと思うけどね。恵比寿から豊洲まで、車でも結構時間がかかるんじゃない？」

「それでも、できるだけ早く情報が入る方がいい」

「じゃあ、スマホを鳴らすような仕組みを作るけど、それでいい？」

「できるのか？」

「三十分ぐらいかな」

　こういう人たちの作業のやり方はイマイチ分からないが、彼女が三十分と言うなら三十分なのだろう。

　それから私たちは、少し金の話をして別れた。調査を始めて一週間になり、彼女に渡すべき金額も日々増えているが、今のところは問題ない。春山も真梨も、金はきちんと払ってくれるはずだ。

　彼女と別れて駐車場に戻ると、十二時になっていた。さて、午後からはまた聴き取り調査……と思って駐車料金を払い、車に乗りこんだ瞬間、スマートフォンが鳴る。春山だった。このまま話していると、また駐車料金がかさんでしまうが、車を運転しながらは話せない。もちろん、ハンズフリーで会話はできるのだが、メモが取れないのだ。

「早いな。昼に電話してくれるっていう話だったけど」

「もう昼だよ」春山がせかせかした口調で言った。「室長から聞いた。動画も見た。何なんだ、あのふざけた野郎は」

春山は相当かっかしている。午前中の仕事に影響がなかっただろうかと私は心配になった。

「特定はできていない。お前の方で、見覚えはないか？」

「ない」春山が即座に断言した。「こいつ、社内の人間なのか？」

「それは今、調べている」

「冗談じゃないぞ、クソ……絶対割り出してくれよ」

「俺の方から、一つ提案があるんだけど」

「何だ？」苛ついた口調で春山が訊ねる。

「この話を警察に持ちこむ気はないか？」

「警察？　冗談じゃない」春山が勢いこんで言った。「スキャンダルはごめんだよ」

「スキャンダルになるのか？」

「何が言いたい？」

「総務省と特殊な関係ができてるんじゃないだろうな？」私は確認した。この件が、事件の肝になる可能性がある。「それを知って、憤っている社内の人間の犯行かもしれない」

「まさか。うちの会社は一枚岩だ」

「お前がそう思いたい気持ちは分かるけど、一枚岩の会社なんてこの世に存在しないよ」

「お前は、会社経営にかかわったことはないじゃないか。俺は実際に、『ZQ』を動かしているんだ」

「俺も、いろいろな会社を見てきたけどな」

「見るのと、実際に経営するのは全然違う！」

春山が怒声を張り上げる。それで私は、微かな違和感を抱いた。春山は、野心はあるが基本的に穏やかな男で、人前で大声を上げるようなことはなかったのだ。しかし今は、誰かを怒鳴りつけることにも抵抗はないようだ。すっかり変わってしまったのか……もっとも、大学時代からは十数年経っているし、春山は会社経営で様々な厳しい経験を積んできただろう。変わらない方がおかしい。

「一度冷静になって考えてくれ。俺一人でできることには限界がある。警察に相談して、事件としてちゃんと立件するのが確実だぜ」

「俺は、お前を信用して任せたんだ。だいたい、警察がこんな件を取り上げてくれるとは思えない」

「俺が口添えするよ。弁護士として話せば、向こうも聞いてくれるはずだ」

「それでスキャンダルをほじくり返されたら困る」

「スキャンダルがあるのか？」

「ない」

「だったら、別にいいじゃないか」

「根拠のない噂が流れるだけでも、会社はダメージを受けるんだよ。無責任な噂で遊ぶ奴がいるんだから」

「それは分かるけど……」

「今夜、東京へ戻る。夜に会って、ちゃんと話さないか？」春山が話をまとめにかかった。

「俺は構わないけど、時間、あるのか？『ZQ』で一番忙しいのはお前だっていう話だぜ？」

「今日は帰るだけなんだ。夜は空いてるから、飯でも食いながら話してもいい」

「戻りは何時だ？」

「たぶん、八時」

本当は、夜は事情聴取に当てたかったが、クライアントと意思の疎通をしておくのも大事だろう。

「時間を節約するために、迎えに行くよ。東京駅か？」

「いや、品川《しながわ》だ」

「分かった。新幹線の改札まで行く。品川着の時間が分かったら、メールしてくれ」

「分かった。なあ、俺はお前を頼りにしてるんだぜ？」

「どうしてそんなに俺を信用する？」

「学生時代からの仲間だからだ。人生が複雑になる前の友だちは、無条件で信用できるんだよ」

「そんなものか？」

「でかい組織の中にいると、いろいろなことが分からなくなる。だからこそ、俺はお前を軸にしたいんだ」

「俺が軸じゃ、頼りないだろう」

「お前はでかいから、それだけで頼りになるんだよ……また連絡する」

春山の方から電話を切った。やけに慌ただしい会話だったと、私は首を捻った。春山はやはり、相当変わってしまったのだ。本当は、こんなトラブルで、自分の時間を使うのは嫌に違いない。

それでもこうやって電話をしてきたのは、何でも自分でやらないと気が済まないからだろう。会社に信用できる人間がいない証拠かもしれない。元恋人でかつ右腕の真梨も、一人も辞めていないスタートテンのメンバーも、結局は信用しきっていないのではないか。

そういう人生は楽しいのだろうか、と私はふと考えた。


午後八時、私は品川駅の新幹線改札で春山を待っていた。知らせてくれた時刻通りに無事到着……春山は、一人で改札から出てきた。おつきの者はいないのかと驚いたが、すぐ後ろから、二人の若者がほとんど走るようにして追いかけてくる。春山は普通に歩いているだけでも相当な早足なので、置いていかれてしまうのだろう。

「悪いな」昼時と打って変わって、春山の機嫌は悪くなかった。午後の商談が上手くいったのかもしれない。

「いや」

春山が振り向き、右腕を伸ばした。若い社員からバッグを受け取ると、「お疲れ」と言って歩き出す。

「お供の人はいいのか？」

「仕事はここまでだよ。いつまでも俺と一緒だと、あいつらも緊張しっぱなしで辛いだろう」

「社長も気を遣うわけか」

「それなりに、な」

「で、どうする？」

「店を予約しておいた。彼女も一緒だけど、いいよな」確認してはいるが、実際には命令だった。

「莉子さん？」本当はまずい。彼女は「家族」ではないのだ。大事な恋人かもしれないが、会社の内密の話を聞かせるわけにはいかない。

「ああ。迎えに来てくれてるんだ」春山が腕時計をチラリと見た。

春山は高輪《たかなわ》口——第一京浜《けいひん》沿いの出口から外へ出た。港南《こうなん》口は再開発されていかにも現代的な風景に生まれ変わったのだが、高輪口は昔ながらのJRの駅前という感じだ。タクシーが客待ちしているロータリー……その一角に、小山のようなポルシェ・カイエンが停まっている。あれだな、と私は目をつけた。予想通り、春山はそちらへ急ぐ。

「後ろでいいか？」助手席のドアに手をかけながら春山が訊ねた。

「もちろん」

「じゃあ」うなずきかけ、春山が助手席に体を滑りこませた。私は助手席の後ろに座る。何というか……同じSUVでも私のグランドチェロキーとは全く違う。アメリカとドイツという違いだけではなく、設計思想が根本的に違うようだ。車内には強烈なドラムのリズムと不快感を与えるようなギターのリフが流れている——ヘビメタ好きだという莉子の言葉は本当だった。

「こんばんは」莉子がバックミラーで私を見て挨拶した。

「こんばんは」無難に挨拶を返しながら、私は彼女の様子を観察した。暗い車中なのではっきりとは分からないが、ほとんど化粧もしていないようだ。

「お店でいいのね？」莉子が春山に確認する。

「ああ。予約してある……ちょっと遅れてるけど」

「あそこでしょう？　そんなに厳しくないから大丈夫よ」

「そうだな」

何だか、結婚して長い歳月を経た夫婦のような、緊張感のない会話だ。しかしその後は、あまり話をしない。自分がこのカイエンの車内で異物になってしまっていることを私は意識した。二人だけでの内密の話はしにくいのだろう。

莉子の運転はスムーズだった。やはり、普段から自分でハンドルを握っているのだろう。事務所がよくOKするものだな、と不思議に思った。

「社長と話した？」春山が唐突に切り出した。

「うん……でも、イエスとは言わないわよね」莉子は渋い口調だった。

「浅沼《あさぬま》さんは？」

「浅沼さんはついてきてくれると思うけど、浅沼さんが言っても、社長がOKするかどうか分からないわ」

「浅沼さんと社長、上手くいってないいんだっけ？」

「つき合いが長いから、逆に一回揉めると後が大変なのよね。それに桜子《さくらこ》さんの件、まだ尾を引いてるから」

その印象的な名前を聞いて、私はピンときた。五年ほど前だろうか、三島《みしま》桜子という女優が、突然事務所から独立すると宣言して騒動になったことがある。実力派だが、かなり変わり者として知られており、撮影をすっぽかしたり、男性関係の危ない噂が流れたりして、事務所と揉めていたのだ。その果ての独立騒動。彼女は「非常に不利な」契約条件を表沙汰にし、それが芸能人と事務所の微妙で前近代的な関係が次々に明らかになるきっかけにもなった。結局彼女は事務所を辞め、自分で事務所を立ち上げたのだが、その後はほとんど活躍の話を聞かない。強引な独立劇で、仕事を干されたのだろうか。それはそれで問題なのだが……弁護士だったら、やってみたい案件でもある。

今の話はこういうことではないだろうか、と私は想像した。

桜子が揉めた時に絡んでいた浅沼という人物が、おそらく今、莉子のマネージャーについている。莉子が事務所に何か要求し、それがなかなか認められないので、実力者の浅沼がいよいよ御出座《おでまし》……ただし社長との関係が上手くいっているわけではないようで、莉子の味方としては心許《こころもと》ないかもしれない。

莉子の要求とは、独立ではないだろうか。最近は、芸能人の事務所からの独立が相次いでいる。莉子も、そういう波に乗ろうとしているのかもしれない。

「須賀、これは口外しないで欲しいんだけど、彼女、独立しようとしてるんだ」

「ああ」想像通りだ、と私はうつむいた。推理が当たったのでニヤついている顔を、バックミラーで見られたくない。

「うちの事務所、かなり悪質なんですよ」莉子があけすけに言った。「仕事はともかく、お金の面で……別に、お金にそんなにこだわりがあるわけじゃないけど、そういうの、気になり出すとキリがないじゃないですか」

「フリーになるんですか？」私は思わず訊ねた。それは危険だ……弁護士事務所を辞めて、フリーの探偵として仕事を始めてから、私は常に雲にでも乗っているような不安定な感覚を抱き続けている。仕事の依頼は途切れないか、逆にオーバーフローしないか、金は上手く扱えるか……探偵と芸能人ではまったく違うだろうが、この不安感はどんな業種でも共通しているはずだ。

「フリーというか……」莉子が言葉を濁した。

「うちで事務所を作ろうかと思ってさ」春山が軽い調子で言った。

「『ZQ』で？　それ、定款《ていかん》にあるのか？」

『ZQ』本体にはないけど、芸能活動のプロデュースっていう項目が入っているんだ」


「こんなこともあろうかと？」

「こんなこともあろうかと」春山が軽く笑いながら言った。

春山は嬉しそうにしているが、私は危ない感覚を覚えていた。惚れた女を引き受けるために事務所を作る……莉子なら、今後も仕事は引きも切らないだろうが、ビジネスとして考えたらかなり無理があるのではないだろうか。無理矢理独立したら、しこりが残って、今までと同じようには仕事ができなくなるかもしれないし。だいたい、「ZQ」全体の売り上げからすれば、芸能事務所を作ってもビジネス的な旨味は少ないのではないだろうか。

莉子は、第一京浜の西側に入り、細い道路を迷いもなく走って、三階建ての建物の前で車を停めた。すぐに、店から店員が飛び出してくる。莉子はエンジンをかけたまま車を降りると、店員に「お願い」と笑顔で声をかけた。駐車場も見当たらないのにバレーパーキングのサービスがあるのかと私は驚いた。

春山が先に立って店に入り、莉子が続く。私は何となく気後れしていたが、ここまで来て引き上げるわけにはいかず、仕方なく店に入った。

入ってすぐのところがウェイティングスペースになっていて、短いカウンターのバーがある。莉子はそこでコートを預けた。十一月でコートは早いだろうと思っていたが、下はまた半袖のブラウスである。どうも彼女は腕に自信があるようで、見せつけたがっている様子だ。実際余計な肉がついておらず、しかし細過ぎるわけでもなく、確かにいい形ではある。

「軽く呑んでからにするか？」春山がカウンターの奥にある酒の棚をチラリと見た。

「お腹空いちゃった。もう食べない？」

「分かった」

二人はさっさと店の奥に進んだ。私としては、黙ってついていくしかない。まったく、こういう場でどう振る舞えばいいかは未《いま》だに分からない。探偵はあらゆるシチュエーションに入りこむものだが、私はアドリブ的に状況にアジャストできない人間だ。

店内はそこそこ賑わっていた。客層を見ると、かなり高い店だと分かる。二人は、一番奥のテーブルに既についていた。向かい合わせに座っているので、私は春山の横に座る。本当は彼と向き合って座った方がいいのだが、莉子の横に腰かけるのも微妙な感じがした。

「料理は任せてるんだ」春山が言って、私に訊ねた。「ワインでいいか？」

「ミネラルウォーターにする」

「こんな時間なのに？」

「まだ仕事中だから」

「そうか……俺は呑むけど」

「どうぞ」私は軽く肩をすくめた。

「莉子は、ガス入りの水で？」

「そうする」

飲み物が運ばれ、同時にオリーブが出てくる。春山はオリーブを口に放りこむと、すぐに白ワインを口に含んだ。莉子もオリーブを摘み、リスのように少しずつ齧《かじ》っている。やはり体形を気にする女優さんはそんなに食べないのか……と思ったが、思いこみだった。

お任せで出てきた前菜の盛り合わせをあっという間に食べ終えると、パスタも一気に平らげる。ウェイターが「メインにはミラノ風カツレツをご用意しておりますが、シェアなさいますか？」と聞いてきた時には、「それ、私が一人で食べたい」と嬉しそうに言った。

「かなり大きいですよ」ウェイターが心配そうに言った。

「大丈夫」

「じゃあ、俺はサルティンボッカに変更だ」春山が言ったので、私もそれに乗った。本格的なイタリア料理を食べる機会はほとんどないので、サルティンボッカが何なのか分からないが、食べられないようなものは出てこないだろう。実際、パスタを食べただけでかなり腹は膨れており、後は何を食べても同じ、という感じだった。

食事が進む間、私はほとんど口を開かずに二人の会話に耳を傾けていた。新会社の社長は、先ほども話題に上がっていた浅沼というマネージャーが務めることになっているらしい。二人はさも当たり前のように話しているが、私はやはり心配だった。春山はＩＴ、そして経営の専門家だが、芸能界の事情にまで精通しているわけではあるまい。一方莉子には、経営的な知識や経験はないはずだ。二人が足りない部分を補い合うかもしれないが、マイナスにマイナスが足されて欠点が増えてしまうかもしれない。

莉子のミラノ風カツレツは、まさに巨大と言うしかないサイズだった。大きさをアピールするためにわざと小さい皿を使っているのかもしれないが、両端が皿からはみ出している。細かい衣が薄くつき、綺麗に入った格子模様が美しい。つけ合わせは小さく切ったトマトとルッコラのみ。つけ合わせというより、絵画の仕上げに垂らした絵の具のようだった。

「それを……本当に一人で食べるんですか」私は思わず訊ねてしまった。

「楽勝ですよ。薄いですから」

幅三十センチはあるカツレツを女性が一人で食べられるだろうか……しかし私の懸念をよそに、莉子は嬉々としてカツレツを攻略し始めた。私と春山のサルティンボッカは常識的なサイズで、仔牛肉の柔らかさ、肉の上に載せた生ハムの塩気でするすると食べられる。結局、かなり美味い店だ、と結論を出すことになった。ここは春山の家のすぐ近くだから、彼は普段からキッチン代わりにしているのかもしれない。昼飯は適当に済ませているというから、その分夜はしっかり食べる方針なのではないだろうか。

莉子はあっさり、カツレツを食べ切った。そのタイミングでトイレに立つ。

「あのさ」私は思い切って切り出した。「事務所の話、マジなのか」

「もちろん」春山が白ワインを一口呑んだ。「いろいろ滅茶苦茶なんだよ、あの事務所は。彼女の将来を考えたら、もっと動きやすい環境を用意してやらないと」

「それは、スポンサーとして言ってるのか？」

「おいおい、俺はパパじゃないよ」春山が馬鹿にしたような笑い声を上げた。

「だったら恋人としてか?」

「そうだな」

「彼女と結婚するつもりなのか?」

「前も同じ話、したよな。そんなこと、分からないよ」春山がまた笑った。

「簡単に言うけど、婚姻関係があればともかく、恋人関係に仕事が絡むと、トラブルの原因になりがちだぞ」

「弁護士としての忠告か?」

「多少法律に詳しい人間として言ってるだけだ。彼女の面倒を見るのはいいけど、もしも別れることになったら、感情的にも金銭的にももつれるぞ」

「そんなこと、ないよ。万が一そうなったら、ビジネスはビジネスとして分けて考える」

「そう簡単には……」そこまで言って、私は春山と真梨の関係を思い出した。かつては恋人同士だったのが、別れてもなお、真梨は春山の右腕として働いている。恋愛感情と仕事を切り離して考えられる人もいる、ということなのだろうか。

「まあ、心配するな。もしも揉めたら、またお前に相談するよ」

「それは専門外だけど」

「そうか……ちょっと待ってくれ」

春山がスーツのポケットに手を突っこんで、スマートフォンを取り出した。画面を見て露骨に顔をしかめる。

「まだ仕事の話か?」

「いや」短く否定して、春山がスマートフォンをテーブルに置いた。「見てくれ」

「いいのか？」

「お前に見てもらわないと困る」

私は彼のスマートフォンを取り上げて確認した。


今までの文書は警告だ。総務省との関係をばらされたくなかったら、金を用意しろ。一千万円で、こちらは秘密を守る用意がある。払わない場合、然るべきところに情報を提供する。長年の夢はそれで終わりだ。


「春山、デザートはパスだ」

「おい――」春山が険しい表情を浮かべる。

「彼女の前では、この話はできない。場所を変えて相談しよう」

春山は渋い表情を浮かべていたが、ちょうど戻ってきた莉子を見ると「悪い、急に仕事の話が入った」と申し訳なさそうに告げる。

「あら」莉子が椅子に腰かけながら言った。

「デザート、パスしよう。俺たちは会社へ行く」

「送ろうか？」

「いや、それはいい。君は運転手じゃないんだから」

「私は別にいいけど……」

「とにかく出よう」春山が立ち上がった。内ポケットに手を入れると、早くも財布を取り出す。

さっさとこの件に取りかからないといけないのだが、店を出る時にいきなりトラブルに巻きこまれた。店の前に回された莉子のカイエンの脇で、カメラマンが張っていたのである。いち早くそれに気づいた私は、振り返って二人に警告した。

「誰か、写真を撮りに来てる」人気女優と、巨大IT企業の社長。写真週刊誌が狙うには最高の組み合わせだろう。二人の仲については、しばらく前から噂になっているし、こういう張り込みは予想しておくべきだった。

「しょうがないな」春山が舌打ちした。

「三人で出よう。それなら友人同士の会食になる」

「無理だよ。連中、適当に写真をトリミングして、でっち上げるから」どこか諦めたように春山が言った。

「じゃあ、二人で出て」莉子があっさり言った。「あなたが出ていけば、張り込みは解除されるでしょう？　私、ちゃんとデザートも食べたいし」

「そうか……悪いな。事務所の件は、浅沼さんも交えて、またちゃんと話そう」

「分かった。あ、二人がカップルだと勘違いされたらどうするの？」莉子が悪戯っぽく笑った。

「それはそれで面白いな」春山がニヤリと笑った。

外へ出ると、いきなりストロボが強烈な光を放つ。春山は平然としているが、私は一瞬目がくらんで、世界が真っ白になった。

「春山さん、遊佐さんと一緒だったんじゃないんですか」カメラマンと一緒にいた記者が突っこんでくる。ＩＣレコーダーを突きつけていた。

「今日は友人と会食ですよ。紹介しましょうか？」

「でもこれ、遊佐さんの車ですよね？」

「中に入って確かめてみたらどうですか？」春山は冷静なままで言った。「失礼、まだ仕事がありますので」

「春山さん、遊佐さんとのおつき合いはどうなってるんですか？」

「すみません、失礼しますね」春山は平然と言って、さっさと歩き出した。

「さすがだな」私は心底感心していた。

「慣れたもんだよ」

「そんなに取材があるのか？」

「俺が編集長だったら、あんな仕事は絶対やらせないね。馬鹿馬鹿しい」

「それより、どうする？　タクシーでも摑まえて会社へ行くか？」

「いや、会社じゃなくてうちへ行こう。その方が早いし、必要ならオンラインで会議もできる」

「そうか、近くだったな」

「狭いながらも楽しい我が家、だよ」

　こんな時にそんな冗談を言わなくても……しかし数分後、私は春山が本当のことを言っていたと知ることになった。

3

レストランから五分ほどのところにある春山のマンションは、低層だが広大な敷地に建っており、セキュリティは万全だった。部屋にたどり着くまでに、三ヶ所でロックの解除が必要になる。

「お前なら、タワーマンションにでも住んでるのかと思ってた」

「俺、高所恐怖症なんだよ」春山が声を低くして言った。

「そうだっけ？」

「飛行機に乗って、吐いたことあったじゃないか」

「ああ」

思い出した。ゼミ旅行で宮崎に行った時、離陸と同時に顔面蒼白《そうはく》になった春山は、すぐに吐いてしまったのだ。以来彼は「時価総額世界一」があだ名になって、散々からかわれることになった。飛行機が苦手——海外へも行けないで、どうやって時価総額世界一の会社を作る？

「飛行機、まだ乗れないか？」

「さすがにもう吐かないけど、乗る前に薬を呑んだり、入念な準備が必要だから、面倒臭いんだ。なるべく乗らないようにしてる」

「プライベートジェットなら大丈夫じゃないか？」

「まさか」春山が真剣な表情で否定する。「でかい飛行機の方がまだましだ。プライベートジェットなんて、小型機だろう？　いつ落ちてもおかしくない」

「節税対策にいいんじゃないか？」

「そもそも飛行機に乗りたくないんだから、必要ないよ……どうぞ」

五階でエレベーターから降りると、目の前がドアだった。どうやらエレベーター一機でワンフロア二戸分をカバーしているようだ。そう考えると、相当贅沢な造りである。

しかし部屋に入り、リビングルームに足を踏み入れた瞬間、それほど贅沢なマンションではないと印象は変わった。リビングルームは広さ十五畳ほど。もちろん、普通のマンションとしては十分広いのだが、春山ほどの人間が住むにはコンパクトな感じがする。しかも部屋には、贅沢さを感じさせるものがほとんどない。テレビだけはかなりの大画面だが、ダイニングテーブルやソファはごく普通のものにしか見えない。

「そこ、座ってくれ」

言われるままに、私はダイニングテーブルについた。春山はどこからかノートパソコンを持ってきて、テーブルで広げた。何か設定していたようだが、ほどなく「よし」と言って顔を上げ、訊ねる。

「今のメール、どう思う?」

「お前の、会社の個人アドレスに届いてたんだよな」私は確認した。

「ああ」

「そのアドレス、普通には公開されてないよな?」

「してない。でも、メアドを知る方法ぐらい、いくらでもあるだろう」

「差出人に心当たりは?」

「ない」春山が断言する。「――いや、ちょっと確認させてくれ」

春山がパソコンの前で屈みこんだ。スマートフォンとパソコンの両方で同じメールを受信できるようにしているのだろう。しばらく画面を睨んでいたが、ほどなく「メアドは、ランダムなアルファベットと数字の組み合わせだ」と告げる。

「そこからは何も分からない？」

「そうだな。うちの技術の連中に分析させてみるけど、これ以上のことは分からないと思う」

「人に見せる時は十分注意してくれ」私は警告した。「この情報も、あまり広がるとまずい」

「分かってるよ。だいたい――」春山の声に「ピン」という甲高いメールの着信音が重なった。

「今、伊佐美室長とつないでいる。彼女には話した方がいいだろう」春山が言った。

「ああ――取り敢えずは」

私は椅子を動かして、春山の背後に移動した。パソコンの画面上では、真梨が心配そうな表情で映っている。

「メール、読んでくれたか？」春山が訊ねる。

「ええ」

「須賀も一緒にいるんだ。善後策を相談しよう」春山が振り返る。「須賀、このメール、本気だと思うか？」

「何とも言えない」私は正直に答えた。「怪文書を貼り出した人間が出したメールに思えるけど、決定的な証拠はない。社内で怪文書の件を知っている人もいるわけだから、誰かがそれに乗って悪戯でやった可能性もある」

「冗談じゃない！」春山が画面を睨んだまま声を張り上げる。「うちの社員に、そんな人間はいない！」

「分かった」元々春山は、こんな短気な人間ではなかったはずだ、と私は内心首を捻った。「まず、メールを出した相手が、本当に怪文書を掲示した人間かどうか、確認する必要がある。同一人物だった場合とそうじゃない場合で、対策が変わってくるから」

「何か手はあるか？」

「まずメールを打ち返して確認する……そうだ、クイズを出しましょう。この前の怪文書を何階に貼ったか、聞いてみる」

「そうですね」私の言葉の真意に鋭く気づいた真梨が言った。「怪文書の内容を正確に言えれば、本当に本人かどうか確認できますよね」

「そういうことです」真梨のレスポンスの鋭さが嬉しい。「それに答えられれば、廊下に怪文書を貼った人間だと断定してもいい」

「そのメールはどうするんだ？　誰が出す？」春山が苛ついた口調で言った。

「俺が処理する。これから文面を考えるよ」

「丁寧に書くなよ」春山が尊大な口調で指示した。「ふざけた野郎が相手なんだから」

「刺激しない方がいい」私は彼を諌《いさ》めた。「もっと情報を集めるためには、下手《したて》に出る必要もある」

「冗談じゃない……」春山が心底悔しそうに言ったが、言葉は続かなかった。

「とにかくここでメールを送って、相手の反応を待とう。返事が来たらまた、対策を考えればいい」

「分かった」ようやく春山が大人しくなった。

私は春山と席を代わり、返信するメールの文面を打ち始めた。結果的に、シンプルな文章に落ち着く。

本当に会社の廊下に文書を貼ったというなら、どこに貼ったか、そしてその内容を教えて欲しい。

「これだけでいいのか？」春山は疑わしげだった。

「余計なことは言わない方がいい」

「私もそう思います」

真梨が同調した。途端に春山が「君は黙っててくれ！」と声を張り上げる。真梨が不機嫌に黙りこみ、私は春山に対する軽い怒りを覚えていた。相談するためにわざわざ夜に呼び出したのに、この対応はない。

「とにかく、これで様子を見よう。向こうからまた何か言ってきたら、次の対応は改めて考えればいい」

「そんな呑気なことでいいのかよ」春山の機嫌は直らなかった。「頼んだ立場としては、もうちょっとネジを巻いて仕事をしてもらわないと困る」

「もう一度聞く」私は人差し指を立てた。「警察に相談する気はないか？　こういう脅迫状がきたんだから、警察も真面目に取り上げる可能性は高い」

「余計な勘ぐりをされると、業務に差し障るんだ」

「分かるけど、このままだと埒《らち》が明かないかもしれない」

「金を払って解決できるなら、それでいい」春山が言い切った。

「おい……」こういう発想をする経営者は少なくないわけだ。

「どうせ狙いは金だろう。金を放ってやれば、喜んで受け取るさ」

本当は、できるだけ早く「事件」として解決した方がいいのだが……そう説明しても、春山は納得しなかった。

「警察は、ある程度はこちらの要望を聞いてくれる。大袈裟《おおげさ》に公表しないようにと頼めば……」

「問題は、総務省云々《うんぬん》という戯言《たわごと》なんだ」

「戯言なのか？」

「余計な詮索をされたくない。少しでも情報が漏れれば、世間からどんな目で見られるか……それに、携帯電話事業自体に大きな影響が出かねない」

「つまり、あくまで今回の指摘は嘘だと？」

「決まってるじゃないか」春山の顔はいつの間にか真っ赤になっていた。急に私の後ろから離れると、冷蔵庫を開けて缶ビールを持ってくる。タブを開けて、乱暴に呑み始めた。こういうのは春山らしくない。そもそも酒はそんなに強くないし、先程のレストランでも白ワインを舐めるように呑むだけだったのに。

「酒はやめておけ」私は忠告した。

「お前の忠告は受けない」

「そうか……冷静でいて欲しいんだが」

「俺は冷静だ！」言って、春山がビールの缶を叩きつけるようにテーブルに置く。泡が少し噴き出し、天板を濡らした。とても冷静とは言えない。

私は先ほど作ったメールを送った。

「送ったぞ」

「おい――」

「いつまでも話していてもしょうがない。これで、相手の出方を待とう」

「お前はどうするんだ?」

「帰るよ」私は立ち上がった。「今晩、返事がくるかどうかは分からない。ここでずっと待っていて、お前に面倒をかけるわけにはいかないから」

本当は、私には別の狙いがあったのだが……春山が急に弱気になって、すがるように言った。

「なあ、夜中でも何でも、返事がきたらすぐに対応を決めたいんだ。何だったら泊まっていってくれよ。部屋は余ってるから」

「必要があったら、いつでも呼び出してくれ。調査だってリモートでやる時代なんだから」

「だけど、さ」

「俺の忠告は受けないんだろう?」

唇を噛んでいる春山に向かってさっと頭を下げ、私は玄関に向かった。春山は追ってこない。マンションを後にして、十一月の少し冷たい風に吹かれるとほっとした。同時に頭が冷静になるのを感じる。春山の考えも分からないではないが、彼にも少し頭を冷やしてもらわないと。この状況だと、春山を落ち着かせることができるのは真梨しか考えられない……莉子の言うことなら何でも聞くかもしれないが、彼女をこのトラブルに巻きこむのは危険だ。春山がどこまで話しているかは分からないが。

高輪ゲートウェイ駅まで歩いて出て、山手線で恵比寿へ戻る。駅から自宅までは十分、事務所にしているマンションまでは五分……事務所に向かった。今夜はまだ仕事モードが切れない。

事務所へ戻り、エアコンのスウィッチを入れる。パソコンを立ち上げると、すぐに真梨に電話を入れた。彼女は私からの連絡を待っていたかのように、すぐに反応した。

「今日、いったい何してたんですか？」真梨が責め立てるように言った。

「春山と品川駅で落ち合ってから、飯を食って話をしていたんです」莉子が一緒だったという説明は省いた。真梨はやはり、莉子に対してあまりいい感情を抱いていないようだから。

「その最中にメールが入ったんですね？」

「そうです」

「まったく……」真梨が盛大に溜息をつく。

「あの後、春山と話しました？」

「あれは会話じゃないですね。とにかく、金を払って終わらせたいと、そればかりです。命令ですね」

「向こうから返事のメールはないんですね？」

「まだみたいです。メールがきたら、すごい勢いで連絡してくるでしょう」

「あなたはどう思いますか？」

「須賀さんはどうですか？」真梨が逆に質問した。

「払うべきではないと思います。明確に拒否する必要もないと思いますが……向こうが第二ステージに入る前に、何か手を考えましょう」

「手はあるんですか？」

「まだありません。というより、向こうの出方が見えませんから、今は考えても無駄になる……それより、春山の精神状態は大丈夫なんですか？　正直言って、あれほど頑なになってるとは思わなかった」

「私が知っている社長は、ずっとあんな感じです」

「ワンマンで？」

「まあ……」真梨が一瞬言い淀《よど》む。「基本的に、『皆で和気藹々《あいあい》とやろう』なんて社長が言ってる会社は、遅かれ早かれ潰れます。でも、年々厳しくなってきているのは間違いありません」

「昔は、あんな感じじゃなかったんだけどな」

「いつまでも学生時代と同じではいられませんよ。私もそうですし、あなたもでしょう？」

「否定はできませんね」タイムスリップして、二十歳《はたち》の自分に「三十六歳では探偵をやっている」と言ったら仰天するだろう。あの頃の私は弁護士を目指し、そして必ずなれるものだと信じていた。その目標は達成できたが、想像していた世界とは違っていた……。

「さっきの話ですけど、私も金は払うべきではないと思います」真梨がきっぱりと言った。「一度払えば向こうはつけ上がるし、それで黙るとも思えない。事態は確実にエスカレートします」

「とにかく、金を払うことだけは避けたいですね。何か、春山を説得する手を考えますよ」

「駄目だったら？」

「その時は……探偵は、依頼人の要望を優先します」

弁護士時代にも私はその原則に縛られ、それが原因で弁護士を辞めることになった。探偵には法律に基づく「縛り」はほとんどなく、基本的に仕事を支えるのは自分の良心だけだ。だから「依頼人の要望優先」は単なるお題目に過ぎない。ただ、今私を雇っているのは春山だという意識はある。このままだと、いずれ股裂き状態になってしまいそうだ。そして弁護士時代の暗い体験が繰り返される……。

「いいんですか？」

「いや……状況に応じて、と言っておきます。探偵は臨機応変に動くのが基本ですから」

「お任せしていいんですか？」

「そのために金を貰っています」

沈黙。会話は転がったが、だからと言って事態が改善されたわけでもない。真梨がふっと溜息をついて、「こんな状況、初めてです」と打ち明ける。

「普通に仕事していても、犯罪に引っかかることはありますよ」

「そうですか？」

「そういうケースは何度も見ています。悪い奴は、あちこちに落とし穴をしかけている」

「それに落ちないために、須賀さんみたいな探偵がいるんですよね」

「……そういうことです」残念ながら、日本の探偵には、捜査をする法的な権限はないが。本来なら警察が乗り出すような事件に首を突っこむと、だいたいトラブルになる。下手すると、捜査を妨害したとして公務執行妨害などに問われる恐れもあるのだ。私は気を取り直して言った。「まず、向こうの反応を見ましょう。それから判断するということで。もしかしたら、返信はないかもしれません。その場合は無視してしまえばいい」

「そんな可能性、あるんですか？」

「あらゆる可能性があります」

「そうですか……ちょっと待って下さい」真梨の声がにわかに尖った。「メールです。春山が転送してきました」

私はパソコンを確認した。彼女が言う通り、たった今春山から転送されてきたメールには、二十一階と二十三階に貼ったとあり、その内容も書かれていた。

「間違いないですね」私はすぐに断じた。

「そのようですね」

「後で精査しますけど……これ、本文はないんですか？」

「そうみたいです」

犯人は、自分の脅迫が本物だということだけを知らせてきた。しかし金の引き渡しなどに対する具体的な要求はない。今のところ、神経戦では向こうが優位に立っている感じだ。

「今日はもう、寝て下さい」私は勧めた。「メールを待って徹夜する必要はありません」

「春山は徹夜するかもしれませんよ」

「社長が徹夜しても、社長室長がそれにつき合う意味はないでしょう」

寝る、寝ないでしばらく押し問答を続けたが、結局私は押し切った。何かあれば、春山はすぐに怒り狂って電話をかけてくるだろう。こっちはそれを待っていればいい。

春山に電話をかけ、宥《なだ》めるのに三十分ほどかかった。こういう時、莉子なら彼を落ち着かせることができるかもしれない。今度、春山のコントロール方法を聞いておこう。奇妙な会話になりそうだが。

自宅に戻って、寝る前にスマートフォンの着信音量を最大にし、パソコンのスピーカー音量も上げた。メールが着信すれば、目覚まし代わりになるだろう。

神経がささくれだっているので、酒が欲しいところだった。しかし、夜中に動き出さねばならない可能性もあるので、アルコールは避けておかねばならない。こういう状況が続いたら、いずれ神経が参ってしまうだろう。早く決着をつける必要があるが、今のところボールは犯人側にある。こちらは待つしかない。

こんなに不利な戦いは初めてだった。

4

午前六時、メールの着信を告げる「ピン」という甲高い音で、一気に眠りから引きずり出される。さらに電話の呼び出し音も鳴り出した。もちろん予想した通り、春山だった。

「メールだ」

「今見た」言いながら、私はパソコンでメールの着信を確認した。「お前、まさか徹夜したんじゃないだろうな」

「寝たか寝てないか、分からない」

「今からピリピリしてると、参っちまうぞ」

「いいから、メールを確認してくれ」

言われるまま、私はメールを読んだ。

そちらの要請には答えた。これでこちらの要求が本当だと分かっただろう。今日の夜、午後十一時までに現金一千万円を用意して、次の指示を待て。警察に届けるとすぐに分かる。

「それで、どうする？」春山が苛ついた口調で訊ねる。

「お前はどうしたい？」私は逆に聞き返した。

「決まってる。払う」

「危険だ」私は釘を刺した。

「一千万円はすぐに用意できる。この金を運ぶのを、お前に頼めないか？」

「俺が？」

「お前しかいないんだ」春山が懇願した。

「ここで降りる、と言うこともできる」

「まさか。着手金は払ってるぞ」

「金を返して、全部なかったことにしてもいい」大赤字だが、この件は、探偵としてやっていいことかどうか、判断が難しい。上手くいけばいいが、その可能性は極めて低い。となると、犯人との戦いは泥沼に陥り、結局警察の介入を招いて、「ＺＱ」も私も厳しい状況に追いこまれる恐れがある——いや、間違いなくそうなる。

「須賀……俺は今まで必死で働いてきた。会社がでかくなると、責任も大きくなる。グループ企業の社員全員の生活を守っていかなくちゃいけないんだ。そのプレッシャー、分かってくれるか」

「理屈としては分かる」

「毎日、神経が休まる暇がない。でも、止まるわけにはいかないんだ」

「時価総額世界一を目指して？」

「違う。社員を守るためだ。もちろん、ユーザーに対する責任もある。守るべきものが増え過ぎた。だから俺はもう、逃げられないいんだ。今、俺が一番怖いのは、スキャンダルなんだよ」

「それは分かるけど、神経質になり過ぎじゃないのか？　今回の総務省の件は、まったくの濡れ衣《ぎぬ》なんだろう？　だったら無視してしまえばいい」

「濡れ衣でも何でも、ネットの世界では根拠のない噂がいつの間にか真実になってしまう。何年も、嘘の情報で非難され続けて、社会的な信用を失った人もいるんだ」

「そんな噂を流す奴がいたら、それこそ情報開示の請求をして、責任を追及すればいいじゃないか。俺がやってもいいいし、そういうことが得意な弁護士事務所を紹介してもいい」

「そういうことは、もう経験しているんだ。モグラ叩きになって、結局どうやって終わったのかよく分からない結末になる。結末が来たかどうかさえ分からない」

「それでも――」

「俺を助けてくれないか」春山がまた懇願する口調で言った。「俺には今、本当に頼れる人間がいないんだ」

「社長室長は？　彼女は右腕だろう」

「それは、通常の業務に関してだけだ。こういうトラブルに対処できる人間は、うちの社内にはいない」

春山は、本当は誰も信用していないのではないか？　こんなトラブルが起きた時に「任せて下さい」と胸を張れる社員もいないだろうが。

「普通は、こういう事態を想定していないからな」中には、法律ぎりぎりの問題が生じた時に、汚い手を使ってでも対処できるように、特殊部隊を抱えている会社もある。しかし「ZQ」にはそういう部門はないのだろう。絶大な権力を持つ社長室にしても、対応できるのは本来業務だけのはずだ。

「俺を助けてくれ」春山が繰り返した。「ここで潰れるわけにはいかないんだ」

「友だちとしてか？」

「友だちとしても、探偵としても」

春山の必死さは伝わってきた。彼は、学生時代の気安い雰囲気を失い、すっかり独裁者然としているが、それでも心の中にはかつての弱さを抱えている。

見捨てるわけにはいかない、と私は判断せざるを得なかった。


こういう話は電話ではまとめられない。私は昼前、「ZQ」本社に出向いた。真梨から渡されたゲスト用IDカードを使い、社内に入る。犯人はどうやって中に入ったのかと考えるとまた混乱してきたが、取り敢えず今は、この件は忘れておこう。

真梨が会議室を用意してくれていた。社内でもまだ、この件は少数の人間が知るだけのようで、中に入ったのは私と春山、それに真梨の三人だけだった。

春山は席に着くなり、エナジー系のゼリーに口をつけた。

「まさか、それが昼飯じゃないだろうな」

「結構腹持ちがいいんだぞ」春山が笑ったが、力がなかった。

「飯ぐらいちゃんと食え。食事は一日通してバランスを取ればいいってものじゃないんだから」春山は肩をすくめるだけだった。朝の苛立ちは消え、どこか飄々《ひょうひょう》としている。彼の精神状態は大丈夫だろうか、と私は本気で心配になった。

「始めよう」あっという間にゼリーを食べ切って——飲んだというべきか——春山が真顔に戻った。

「一千万円は用意できた。向こうがどういう方法で現金を奪取する気かは分からないけど、何とでも対応できる」

「一つ、分からないことがあるんですが」真梨が遠慮がちに発言した。「どうして現金なんでしょう？」

彼女の疑問はもっともだ。今なら、様々な方法で金を奪う手はある。それこそ電子マネーやビットコインで……いや、犯人は、その方が足がつく恐れが高いと判断しているのかもしれない。現金なら、受け渡しの瞬間が危険なだけで、後は上手く逃げ切れる可能性が高い。

「すぐに現金が欲しいのかもしれないし、IT系に弱い人間かもしれない」春山が推理を披露した。

「とにかく、現金は用意できてる。須賀、これをどうしたらいい？」

「コンパクトにまとめてくれないか。おそらく、どこかに持っていって取り引きすることになると思うんだ。だから持ち運びしやすいようにしておく必要がある。それと、札のナンバーは全部控えた方がいい」

「そういう話、映画の中なんかで聞くけど、本当に必要なのか？」春山が疑わし気に言った。

「念の為だ」

「それは……社内の人間に任せるわけにはいかないいな」春山が渋い表情を浮かべる。「話が広がるとまずい」

「私がやりましょうか?」真梨が遠慮がちに切り出した。

「結構時間がかかりますよ。それにあなたも、忙しいんじゃないですか?」

「それは、まあ……」

「俺がやる」私は春山に宣言した。「ただ、ヘルプを呼びたいんだ。いいかな」

「信用できる人間なのか?」春山が疑わし気に言った。

「大丈夫だ」

「分かった……室長、作業場所を用意してやってくれ」

「分かりました」

「ちなみにその金、どうしたんだ?」私は春山に確認した。「会社の金なのか、それともお前のポケットマネーか?」

「それは答えたくない」

「どうして」

「どうしても、だ」春山が子どものように拒絶した。

「そうか」万が一のために社内にそれなりの額の現金を保管している会社もある。しかし、一千万円は大金だ。ただしこの件を今追及しても、あまり意味はないと私は判断した。「すぐに作業を始めたい」

「では、準備します」真梨が立ち上がり、部屋を出ていった。

春山が溜息をついて、空になったゼリーの容器を握り潰す。

「助かったよ。結局、最後に頼りになるのは友だちだよな」

「それはどうかな」

「ああ?」

「俺は金を受け取っている。友だちは金を受け取らない」

「だったら、ただでやってもらった方がよかったかな」

「それも困る。俺は、ボランティアでは仕事をしない」

「そうか、プロだもんな」

何も言わず無言でうなずいた。プロかどうかなどの議論は無意味だ。春山はもちろん、「プロ」を必要としているのだろうが。

私は依然として、危うく揺れる土台の上に立っている感覚しかなかった。プロなら、磐石の大地の上で踏ん張って仕事をすべきではないだろうか。


「一千万円って、なかなかのものね」由祐子が嬉しそうに言った。帯封をした百万円の束が十個。由祐子がその一つを人差し指で突《つっ》いた。

「遊ぶなよ。真面目な話なんだ」私は由祐子を一瞥した。いつもと同じ格好——カーキのカーゴパンツにフリース。カジュアルな服装の社員が多い「ZQ」の社内にいても、さすがにこの格好は浮く。

「君さ、もう少しちゃんとしたというか、仕事向けの服はないのか? 会社にいた頃は、そんな格好してなかっただろう」

「今は、これが仕事着だから」平然と言って、由祐子が百万円の札束を一つ、取り上げた。帯封を外し、さっそく自分のパソコンに番号を打ちこんでいく。

「これさ、スキャンして何とか……というやり方はないのか？」

「スキャンするより、手書きで控えた方が早いわよ。文句言う前に、さっさと始めたら？」

「……了解」

五百枚ずつ担当する。私もノートパソコンで作業を始めたが、テンキーがないので結構時間がかかる。由祐子はこの状況を見越してか、外づけのテンキーを用意してきていた。しかも打つスピードが私とはまったく違う。音を聞いている限り、私の二倍ぐらいのスピードでキーを叩いているようだった。結局彼女が札束六つを処理し、私は四つ分しか打ちこめなかった。

それぞれ作ったエクセルのファイルを合体させ、そこから照合作業に入る。これがまた面倒……千種もの数列を読み上げ、パソコン上で確認するのは、なかなかハードな作業だった。

午後六時、ようやく作業を終えた。四人でやれば半分の時間で済んだだろうが、人手を増やして話が広まってしまうのはまずい。銀行などではもっと効率的な方法を取っているのかもしれないが、私たちには結局、こういう手作業しか方法がない。

私は椅子にだらしなく腰かけ、首を左右に何度も倒した。体の奥から、バキバキと嫌な音がする。

由祐子は平気な様子で、フリースのポケットから煙草を取り出した。

「禁煙だぞ」チラリと見て警告する。

「こういう会社だって、どこかに喫煙スペースぐらいあるでしょう。ちょっと吸ってくるわ」

「あまりサボってる時間はないぜ」

「分かってる」

由祐子が出ていったので、私は札束をもう一度帯封でまとめ始めた。犯人のためにやってやっていると思うとむかつくが、これはしょうがない。バラバラになると、色々都合の悪いことになるだろう。

その作業が終わったところでノックの音がして、真梨が入ってきた——いい匂いと一緒に。

「差し入れです」

「すみません」

「いえ……本当は、私たちがやらないといけない作業ですよね」

「春山、ちょっと神経質になり過ぎじゃないですか」私は指摘した。

「うーん……守るべきものが多いですから、しょうがないんでしょう」

「社員を信用していない感じもありますよ」

「残念ながら確かに、そういう面はあります」真梨が肩をすくめた。「でも、創業者社長には、ああいうタイプの人が多いんです。銀行に勤務している時にも、よく会いました」

「そうなんですか？」

「最初は、大事な、信頼できる仲間と始めることが多いんです。でも、会社の規模が大きくなると、最初に頼りにしていた仲間は、それぞれ重要な役割を負うようになって、社長と会う時間もなくなる。結局、周りに相談できる人がいなくなって、重要事項を全部一人で決めるようになるんです」

「ベンチャーの特徴ですかね」一般の、長く続いている会社なら、そういうことはなさそうだ。

「そうかもしれません」真梨が認める。「……取り敢えず、食べて下さい。今夜、どうなるか分からないでしょう？」

「すみません」

袋を開けてみると、中はサンドウィッチだった。しかもかなり本格的――コンビニエンスストアやチェーンの喫茶店のものではなく、専門店のサンドウィッチのようだった。

「近くにこんな店、あるんですか？」

「ららぽーとに」

「あそこ、結構遠いでしょう？　あなたが自分で行ってきたんですか？」

「まさか」真梨が苦笑する。「買い物に行ってくれる人ぐらい、いますよ」

「そうですか……遠慮なくいただきます」

袋を開けてみると、巨大なサンドウィッチだった。弁護士を辞めてすぐ、私はニューヨークに渡って一ヶ月ほどぶらぶらしていたのだが、その時毎日、こういう馬鹿でかいサンドウィッチを食べていたのを懐かしく思い出す。

「あら、そんなに大きかったですか？　食べやすいようにと思って、サンドウィッチにしたんですけど……」真梨自身は、その店に行ったことがないようだった。

「大丈夫ですよ」言って、サンドウィッチにかぶりつく。分厚く切ったベーコンが挟まり、野菜もたっぷり入っていて、栄養バランスも良さそうだ――しかし嚙み締めているうちに、微妙な甘みが口中に広がっていく。どうやらメープルシロップらしい。アメリカでは、フライドチキンとワッフルにメープルシロップをかけた料理を食べたが、アメリカ人はしょっぱい食材と甘い食材を合わせるのが好きなのかもしれない。ただし、このサンドウィッチを作っているのは日本人だろうが。これは……甘みはなしでもよかった。

「どうなりますかね」真梨が心配そうに言った。

「どこかで金の引き渡しを行う、という指示が来ると思います」用意だけさせておいて、結局何も言ってこない——肩透かしの嫌がらせをしてくる可能性もあるが。

「危険ですよね」真梨が眉をひそめる。

「危険だけど、これが仕事です」私は肩をすくめた。実際には今まで、こういう危険な場面に出くわしたことはないのだが。それを考えると不安になるものの、こういう時はマイナスばかり考えても仕方ない。

「何だか、申し訳ない気がします。春山のわがままで……私も、警察に相談した方がいいと思うんです」

「引き続き説得して下さい。事態は動いていますし、実際に金の引き渡しをする前なら、いつでも警察に任せることはできます」

「分かりました。春山を説得するのが、一番厄介な仕事なんですが」

「そうですね」私は笑みを浮かべた。真梨も苦労しているわけだ……。

ノックもなしにドアが開き、由祐子が入ってきた。

「あら、お楽しみ中？」

「何言ってるんだ」

由祐子が真梨を一瞥した。そういえば、この二人は初対面のはずである。何の情報も持っていないのに、由祐子はどうして真梨に対して、こんな敵意の籠《こも》った視線を向けるのだろう。こっちも厄介なことにならないといいが、と私は願った。由祐子の本音が読めないのが困る。

「夕飯がある。今のうちに食べておけよ」

「ラッキー」

子どものように言って、由祐子が立ったまま袋を開ける。まずフレンチフライを取り出し、食べ始めた。それを見た真梨が、苦笑しながら一礼して部屋を出ていく。

「誰？」由祐子が嫌そうに訊ねる。

「社長室長。社長の右腕だよ。ちなみに、元恋人でもある」

「あ、そう。手を出したら駄目よ」由祐子が忠告した。

「まさか」

「大河君の好みじゃない？」

「年上は苦手でね」

「年上？　若く見えるけど」

「二学年上」

「そうなんだ」

由祐子は依然として座ろうとせず、サンドウィッチに手を出した。案の定、中の具がぼろぼろと床にこぼれる。

「座って食べろよ」

「サンドウィッチって、立って食べるものじゃない？」

「何だよ、それ」

「いいから、いいから」

私たちはしばらく、黙々とサンドウィッチを咀嚼《そしゃく》し続けた。かなり大きいので、一個で十分腹が膨らんでしまう。

「大河君、バイクの免許、持ってる？」

「普通二輪なら」大学時代、周囲にバイクブームが起きて、私も免許は取っていた。

「それ、高速乗れる？」

「四百ccまで運転できるから大丈夫だけど……どうして」

「バイクを用意するわ。もしも追跡することになったら、小回りが利く方がいいでしょう。私は車で行くけど」

「危険じゃないか？」

「危険は承知で」由祐子がうなずく。「ただ金を渡してそれで終わり、じゃ何も解決しないでしょう」

「俺たちで犯人を捕まえるのか？　それで警察に引き渡す？」

「脅してボコボコにして、手を引かせる作戦もあるわよ」

「おいおい」

「——とにかく、犯人の身元が分かれば、向こうも手を出しにくくなるでしょう。要するに、均衡状態を作るみたいな感じ？」

「できるかね」

「あなたがやるの」由祐子がピシリと言った。「浮気の調査や、企業の信用調査だけで、いつまでも仕事が続くとは思えないでしょう。汚いことにも慣れておかないと」

「俺をプロデュースするのか？」

「大河君、こだわりがなさ過ぎだから」由祐子が肩をすくめた。

「そんなことにこだわってもしょうがないと思うけど」

私はそっと両手を見つめた。この手は、今はまだ汚れていないはずだ。この手を汚すことに、何の意味があるのか……。

第3章　失策

1

私たちは午後九時過ぎから、取り引き本番に向けて待機に入った。由祐子はどこかと連絡を取り、私が知らない間にバイクを調達していた。「ZQ」本社ビルの地下駐車場で確認する。

「KTMか……」実車を前にして、私は思わずつぶやいた。

「知ってる?」

「オーストリアのバイクだろう?」

私は大学時代にバイクの免許を取得して、二年ほど、二百五十ccのホンダに乗っていたが、卒業してからは縁が切れている。KTMというメーカーのことはもちろん知っていて、本格的なオフロードバイクのメーカーという印象が強い。しかし目の前にある黒とオレンジ色の派手なバイクは、オフロード色を濃厚に残すものの、どちらかというとツーリングモデルのようだ。

シートに跨《また》がってみるとサスペンションは硬めで、沈みこむ感覚はあまりない。私の身長だと、両の足裏が地面にべったりとつくが、それほど背が高くない人だと、両足とも爪先立ちでかなり不安定になるだろう。

「ちょっと一回りしてくる」

由祐子がヘルメットを渡してくれた。頭がすっぽり保護される感覚も久しぶりである。エンジンに火を入れると、激しい振動に揺さぶられた。地下の駐車場なので、排気音も大きくこだまする。特有の振動と排気音はまさに単気筒エンジンのそれ……この辺も、出自としての本格的なオフロードバイクをイメージさせる。基本的に軽さを追求するオフロードバイクは、ほとんどが軽量な単気筒エンジンを搭載しているのだ。

慎重にクラッチをつないで走り出す。そのまま地下駐車場のアプローチを走り上がって、夜の豊洲の街へ——二速にアップしてアクセルを開けると、一気に体が後ろに持っていかれる猛烈な加速感に襲われた。単気筒エンジンとはいえ、かなり高度にチューニングされているようで、ハイスピードでの長距離走行も余裕たっぷりにこなせそうだ。

ハンドル位置は高めで、体が直立するため、上半身にもろに風を浴びる。風と正面衝突する感覚も久しぶりだった。小さなカウルがあるので、少し背中を丸めて身を屈めると、風はそれなりに抑えられる。ずっと高速を走るような指示を受けたら、このミニカウルが助けになるだろう。

「ZQ」本社ビルの周囲を走り回り、元の場所に戻る。短いテスト走行だったが、何とかバイクに乗る感覚を思い出せた。

「どうだった?」由祐子が訊ねる。

「大丈夫だと思う」

スマートフォンで、このモデルのスペックを調べる。単気筒エンジンの排気量は四百ccに満たないが、最高出力は四十三馬力もある。乾燥重量は百五十八キロと軽いから、かなりのじゃじゃ馬なのは間違いない。

「君の方は？　俺の車、ちゃんと運転できそうか？」

「車は車でしょう」

「君が運転席に座ると、前が見えないんじゃないかな」

由祐子が私の右腕に軽くパンチをくれた。しかし顔を見ると、怒ってはいない。すぐに、バッグの中から小さな黒い電子機器を取り出す。

「それとこれ。バイク用のインカム」

「ああ」

私は受け取ったインカムのイヤフォンを耳に押しこんで、ヘルメットを被り直した。由祐子は近くに停めた私のグランドチェロキーに乗りこむ。すぐに、彼女の声が耳に流れこんできた。

「どう？」

「感度は良好」私は答えた。「どれぐらいの距離まで通話できるんだろう」

「カタログスペックだと、一マイル——千六百メートル。なるべく離れないようにするけど、一キロも届けば、まず問題ないでしょう」

「新しく買ったのか？」また費用が嵩む、と私は心配になった。

「元々うちにある機材だけど」

彼女はいったい、どれぐらいのギアを揃えているのだろう。探せば何でも出てくるのではないかと私は想像した。

バイクのテストを終え、一度「ZQ」の本社ビルに戻る。先ほど金を数えていた会議室で、真梨が不安そうな表情で出迎えてくれた。

「テストは完了です。問題ありません」私は彼女を安心させようと、わざと明るい口調で言った。

「何か、連絡は？」

「まだですね」

「十一時ちょうどに連絡がくるかどうかも分かりません」私は腕時計を見た。そう、指示は「十一時までに現金一千万円を用意し、次の指示を待て」というものだった。向こうは神経戦を挑んでくる可能性があるから、これから延々と待たされるかもしれない。本気で金を奪うつもりなら、十一時ジャストに明確な指示を出してきそうな気がするが。

私は、バッグを開け、中に入れた金をもう一度確認した。ビニールで綺麗にパッキングした百万円の札束十個は、ノートパソコン用のスリーブにぴったり収まっている。それをデイパックに入れて私が背負う。重さはさほど感じないが、緊張で背中がむずむずしそうだ。

「どうしますか」真梨が訊ねる。

「取り敢えず、ここで十一時までは待ちましょう」私は言った。「それから動き出しても遅くないはずだ」

「間に合いますかね」

「それは向こうの指示によりますけど、それほど焦らせることはないと思う。無理したら危ないことは分かっているはずですから」

由祐子はいつの間にか姿を消していた。煙草を吸いに行っているのだろう。二人きりで取り残されると、真梨の不安がこちらにも伝染してきた。

「春山はどうしてますか」

「社長室で待機しています」

「一人？」

「一人ですけど……」

「あなたがついていなくて大丈夫ですか？」

「今は、あまり一緒にいたくないですね」真梨が肩をすくめる。

気持ちは分かるが、この状況はあまりよくない。由祐子が帰ってきたタイミングで、私は「社長室に移動しましょう」と切り出した。

「その方がいいですか？」真梨は私の提案に疑念を抱いたようだった。

「誰にどんな形で連絡が来るか、分からないでしょう。少しでもタイムラグをなくすためには、関係者全員が一緒にいた方がいい」

真梨はまだ躊躇《ためら》っていたが、私はさっさと部屋を出た。既に社内のどこに何があるかは分かっているので、同じフロアにある社長室に真っ直ぐ向かう。ドアをノックすると「はい」と苛立った声で返事があった。

「入るぞ」ドアを開けながら声をかける。

春山はソファに腰かけ、手にしたグラスを眺めていた。中には琥珀色の液体……ウイスキーをストレートでやっているとしたら、危険過ぎる。そんなに酒に強いわけでもないのに。

「呑んでるのか？」

「いや」春山が怪訝そうな表情を浮かべる。「アイスティーだけど」

「それならいい。酔っ払われたら困る」

私は彼の向かいのソファに腰を下ろした。春山が私を一瞥したが、すぐに目を逸らして溜息をつく。

「そんなに緊張するなよ」

「仕事だったら緊張しない。だけど、こういうことは……」

「会社を経営していれば、際どい場面に遭遇することだってあるだろう」

「あるけど、全然慰めになってない」

もう一度溜息をついてから、春山がまた私を見た。ふいに、「その革ジャン、まだ持ってたのか」と言って表情を和らげる。

「押し入れから、久しぶりに引っ張り出してきたよ」バイクに乗ることは想定していなかったが、頑丈なので何かあった時には……と考えたのだ。

「物持ちがいい奴だな」

「わざわざ修繕したんだから、捨てるのももったいなかった」それに想い出もある。

私と春山は、ツーリング仲間でもあった。誘い合ってバイクの免許を取り、何度かツーリングにも出かけた。最大のイベントは、大学三年生の夏休みに敢行した北海道ツーリング……フェリーで北海道へ渡り、一週間かけてあちこちを走って回ったのだが、私は札幌の近くで派手に転倒してしまった。バイクは何とか無事だったものの、お気に入りの革ジャンは、背中が大きく裂ける致命傷を負った。その時、春山がレザーグッズの専門店を探し出してくれて、修理に持ちこんだのだった。腕のいい職人がいる店で、翌日には革ジャンは綺麗に修繕されて戻ってきた。

バイクから降りた後も、そういう想い出がある革ジャンは捨てられなかったのだ。とはいえ、実際に袖を通したのは十五年ぶりぐらいだろうか。

「今、ちょっとこの周りを乗り回してきたよ。感覚は忘れていない」

「何もバイクを使わなくても……もう乗ってないんだろう？　そもそも、何でバイクなんだ？」

「小回りが利く。状況によっては、相手を尾行する必要も出てくると思うんだ」

「危ないことはしないでくれよ」

「俺はそのために金をもらってる」だいたい、私を運搬役に指名したのは春山ではないか。

「ああ……」

振り向くと、いつの間にか真梨と由祐子が入ってきていた。真梨は、春山の隣のソファに座る。由祐子はドアの近くの壁に背中を預けて立っていた。彼女は、春山の目を引いたようだった。

「そちらの方は？」

「今回の仕事を手伝ってもらっている。頼りになるよ」

「座りませんか？　飲み物でも？」

「ここでいいですよ」由祐子がどこか不機嫌に答えた。「それより、煙草吸っていいですか？」

「それは……いや、社内は禁煙にしてるので」

由祐子は肩をすくめるだけだった。春山は由祐子の発言の真意を計りかねているようで、困ったような目つきで彼女をしばし見た。

「ここの電話、ナンバー・ディスプレイになってるか？」私は訊ねた。

「ああ」

「取り敢えず、十一時近くになったら、電話の前に座って待機していてくれ」

「メールがくるんじゃないかな？」

「メールよりも、電話の方が正体を摑まれにくい。俺だったら電話を使う」

「電話だったら逆探知できるだろう」春山が不機嫌に言った。

「いや」私は振り返って由祐子を見た。由祐子が静かに首を横に振る——無理。

「彼女は、そういうことの専門家なのか？」春山が疑わしげに訊ねる。

「ああ。ただ、実際に逆探知するかどうかは別問題だ。警察なら確かに、逆探知で相手の居場所を突き止められる。それこそ、今は一瞬で可能だ。でも、俺たちにはそんな権限はない。それに、相手が公衆電話からかけてきたら、どうしようもない。公衆電話を特定するのは、今でも相当難しいんだ」

「今時公衆電話かよ……そんなもの、街中《まちなか》で全然見かけないじゃないか。公衆電話のリストがあれば、それで絞りこめるだろう」

「お前が想像しているより、公衆電話の数はずっと多いよ」

「そうか……」春山が不機嫌に表情を歪める。

「かかってきたら、ナンバー・ディスプレイで番号を確認して、すぐにスピーカーフォンにしてくれ。俺たちも内容を聞きたい。それと、録音もできるな？」

「ああ」

「忘れず録音してくれ」

「自動で録音するように設定できる。それより、メールだったら？」

「後から確認する。とにかく、一刻も早く動くのが大事——」

電話の呼び出し音が聞こえて、春山と私は思わず顔を見合わせた。

「携帯じゃない？」

「固定だ」

春山が立ち上がり、自分のデスクに向かった。私もすぐ後に続く。春山が立ったまま受話器を取り上げようとしたので、私は「座って、落ち着いて話してくれ」と指示した。春山が、「お前に指図されたくない」とでも言いたげに、一瞬私を睨みつける。強気なのは構わないが、あまり苛々されても困る。

春山が椅子に腰かけるわずかな時間を利用して、私は電話のディスプレイを見た。「非通知」。やはり公衆電話からかけているのだろうか。犯人側にすれば、これが一番リスクが少ない。

春山が受話器を取り上げ、スピーカーフォンのボタンを押した。すぐに相手の声が聞こえてきたが、明らかに加工したものだった。

「金は用意できたか？」

「できた」

「午前〇時ジャストに、塩浜《しおはま》二丁目のガソリンスタンドの看板下に金を置け。浜崎橋手前のガソリンスタンドだ」

「そんなところに？」

「ガソリンスタンドはもう閉まっている。その時間なら人通りもない」

「金を置いたらどうする？　そっちが回収したかどうか、どうやったら分かるんだ」

私は背後から春山の肩に手を置いた。振り向いた春山に向かって、首を横に振って見せる。焦るな。相手を怒らせるな。春山は怒ったような顔で首を横に振った。

「こちらからまた連絡する」

「この電話にか？」

「何らかの方法で」

電話はいきなり切れた。春山が受話器に向かって「おい！」と叫んだが、既に手遅れだった。「クソ！」春山が短く悪態をついて、受話器を叩きつけるように置く。

「真野」

声をかけたが、由祐子はそれより先に動き出していた。バックパックからケーブルとパソコンを取り出し、勝手に春山の電話につなぐ。

「何だよ」春山が文句を言う。

「今の録音をこっちへコピーします」

由祐子は春山と目を合わせようとしない。彼女の中では、春山の評価は下がる一方だろう。確かにこの二人は気が合いそうにない。由祐子はすぐに作業を終えて、先ほどまでいたドア横のポジションに戻った。春山の近くにいたくないのは明らかだった。

「どうする？」春山が不安そうに訊ねる。

「言われた通り、午前〇時の十分前に、指定された場所に金を置く。俺たちは、少し離れたところで待機して見守る。何とか犯人を確保するつもりだ」

「二人だけで？」

「ああ」

「大丈夫か？　うちからも人を出そうか？」

「社員の福利厚生的に、それは勧められないな。危険だ」

「だけど、二人じゃあ……」

「俺を信じてもらうしかない。監視する人数が多ければ多いほど、向こうに気づかれる可能性も高くなるし」

「……そうか」必ずしも納得した様子ではなかったが、春山がうなずいた。「頼むぞ」

「ああ」

これで、社長室での用件は終了。重苦しい雰囲気に耐えられず、私はすぐに地下の駐車場に移動することにした。

「何かあったらすぐに連絡してくれ。状況が変化したら、こっちからもすぐに電話する。二人で一緒にいてもらう方がいいな。何度も電話する手間が省けるから」

「分かった」春山がまたうなずく。

「徹夜になるかもしれないけど」

「徹夜は慣れてるよ」

しかしこれは、通常の仕事ではない。果たして彼は、こういう「待ち」に耐えられるだろうか。


地下駐車場に戻って、私と由祐子はさらに打ち合わせをした。彼女がパソコン上に地図を表示し、指定されたガソリンスタンド付近を確認する。

「マンションと会社しかない街だな」私は画面を覗きこんで指摘した。

「そうね。ここだったら、相手は車で来ると思うわ」

「どうして」

「時間も遅いし、歩きだとリスクが大きいでしょう」由祐子が画面上に指を走らせる。

「車で来て、すぐに金を回収して逃げる――それが一番安全だと思う」

問題のガソリンスタンドは、豊洲方面から見て道路の左側にある。犯人が車を使うなら、豊洲方面から接近してくるに違いない。交差点のすぐ近くなので、逆方向から来てUターンするのは危険だろう。午前〇時だと、車の通行量も減っているはずだが、万が一パトカーが通りかかったり、事故を起こしたりすると厄介なことになる。一千万円がかかっているのだから、犯人も余計なリスクは冒したくないだろう。

「二人だときついな」

「本当は四人欲しいわね。交差点の角に一人ずつ」由祐子も同意した。

「君の方で、手配できないか?」

「今からじゃ無理よ。それに、四人いると指示も混乱するから。そうならないために、今回はバイクを用意したのよ」

「俺の負担が大きい」

「これは大河君の事件でしょう」由祐子が鼻を鳴らした。「ちゃんと自分で責任を持ってやらないと」

「それは分かってるけどさ」

私は彼女のノートパソコンを借りて、再度地図を確認した。すぐ近くに、大きな交差点がある。徒歩や自転車で細い裏道に入って逃げるのは大変そうだが、車なら逃走経路はいくらでもありそうだ。

「取り敢えず、俺はガソリンスタンドの豊洲寄りの位置で待機する。君は道路の反対側で、豊洲の方を向いて車を停めておいてくれ」

「二人だと、そのやり方が一番効果的ね」由祐子が同意した。「じゃあ、決まり。これ、持っていって」

由祐子がカーゴパンツのポケットからキャンディを取り出した。

「これは？」

「ミント三倍の強烈なやつ。眠気覚ましになるでしょう」

「別に眠くないけど」私は顔を擦った。今は緊張と興奮で目が冴えている。コーヒーも飲み過ぎた。

「念のため。徹夜になるかもしれないし」

「じゃあ、ありがたく」

私はキャンディを受け取り、革ジャンのポケットに押しこんだ。必要になるとは思えないが、彼女の好意を拒否する理由もない。

トイレを済ませ、十一時半に駐車場をスタートした。これまで探偵としていろいろな仕事をしてきたが、これだけ多額の現金を運んだり、犯人と直に接したことはない。そう考えるといやが上にも緊張が高まってきたが、自分ではどうしようもない。何が起きるか分からないから、その場で判断して動くしかないだろう。予《あらかじ》め相手の動きを予想していても、無駄になる可能性が高い。

デイパックをもう一度確認し、背中ではなく前方に回して、腹のところで抱えるようにする。走っている最中にデイパックが壊れて後ろに金をばら撒いてしまう可能性はゼロに近いが、前に抱えている方が何かと安心できる。

「よし」声に出して言い、自分に気合いを入れる。何が起きるか――それは午前〇時になれば自然に分かる。

2

豊洲の「ZQ」本社ビルから、金を置くよう指定されたガソリンスタンドまでは、距離にして約一キロ、バイクで走ると五分もかからない。交通量も少なく、短いが快適なツーリングだった。この時間になるとさすがに気温がかなり下がっているので、革ジャンを着てきたのは結果的に正解だった。

ガソリンスタンドの五十メートルほど手前でバイクを停める。実際に現場に来ると、監視にはまったく向いていないと分かった。ガソリンスタンドの手前はマンションで、脇道やバイクを隠しておくような場所がないのだ。結局、路肩に停めてひたすら待つしかないだろう。これだと、向こうに気づかれるリスクも相当高いのだが。

ガソリンスタンドには、二ヶ所に看板がある。どちらを目印にしろという指示はなかったので、近い方――マンション寄りの看板の下に現金を置くことにした。

現金を剝き出しで置くわけにはいかないので、デイパックごと地面に下ろし、看板の支柱にもたれかけさせて置いた。乏しい灯りの下で腕時計を見ると、午後十一時五十分――約束の時間まではあと十分だ。バイクに戻って待機しようかと思ったが、わずかな時間を利用して周囲を見ておくことにする。

ガソリンスタンドのすぐ先が交差点で、左へ折れれば浜崎橋、右へ行けば首都高にぶつかる。もっとも、首都高の出入り口はないので、そのまま近くから高速に乗って逃げるのは不可能だ。その辺は、こちらに有利に働くかもしれない。バイクの方が機動性がはるかに高いから、向こうがどんなに細い道に入って逃げても、楽についていけるだろう。

もう少し周囲を確認したかったが、時間がない。私はバイクに戻ってシートに跨り、インカムを使って由祐子と打ち合わせをした。

「来てるか？」

「向かいで待機中」

道路の向こう側を見ると、私のグランドチェロキーを確認できた。街灯の灯りに、巨体がぼんやりと浮かび上がっている。

「そっちからこっちは見えるか？」

「見えてるよ」

「状況によっては、インカムで通話できないかもしれない。見て、何かあったらそっちの判断で動いてくれ」

「了解……一度やってみたかったのよね」

「何を？」

「カーチェイス」

「勘弁してくれ」

彼女は手先が器用で、細かい作業は得意だ。だからといって、車の運転が丁寧とは限らない。ハンドルを握ると急に人格が変わるタイプではないか、と私は想像した。長年相棒だったグランドチェロキーがどこかの壁に突っこんで大破――それを想像すると身震いする。

「どうする？　このまま無駄話でもしてる？」

「まさか。これで通話はしばらくやめておくよ」監視に集中しないと。「何かあった時だけ連絡するということで」

「寂しいわ」

「おいおい――」

「じゃあね」

どうにもやりにくい。何度一緒に仕事をしても、由祐子のことはよく分からないのだ。捉え所がないというか、何を考えているか分からない。離婚の手助けをしたものの、彼女が結婚していたということ自体が、私には未だに信じられなかった。誰かと生活を一緒にできるようなタイプにはとても思えない。

何もないまま、午前〇時を過ぎた。ヘルメットを外してバイクに跨っているので、周囲の光景はよく見える。車の交通量も少なく、人通りもほとんどない。この辺はどこの駅からも遠く、敢えて最寄駅といえば、一キロほど離れた豊洲になる。

午前〇時五分、スマートフォンが鳴った。春山。犯人から何か連絡がきたのかもしれないと、急いで電話に出る。

「何かあったか？」

「犯人は？」春山の声には焦りがあった。

「動きはない」

「クソ」春山が短く吐き捨てる。

「そっちには？　電話やメールの連絡はないのか」

「ない」

「焦るなよ」私は忠告した。「このまま朝になるかもしれない。何だったら、そこで仮眠していてくれ」

「眠れるわけないだろう！」乱暴に吐き捨て、春山が電話を切ってしまった。

彼は「○時」と言ったら相手は確実に○時に来ると信じているタイプなのだろう。春山のビジネスでは確かに、時間厳守が原則かもしれないが、今回の相手は犯罪者なのだ。私たちが監視していることも当然念頭に置いているはずで、待たせるだけ待たせてこちらの集中力を削《そ》ぐ作戦かもしれない。

由祐子は沈黙を守っていた。彼女の方が、春山よりよほど我慢強いようだ。

そのまま三十分が経過する。春山がまた怒りの電話をかけてくるかもしれないと思ったが、スマートフォンは沈黙したまま……腕時計から顔を上げた瞬間、一台の車が私の横を通り過ぎた。これまでも何十台もの車が行き過ぎたのだが、私の勘は、「この車は普通の車ではない」と告げている。間違いない。通り過ぎた車のナンバーを急いで確認すると、隠されていた。

インカムのスウィッチを入れ、由祐子に「怪しい車が来た」と告げる。由祐子は「了解」とだけ返す。グランドチェロキーの状況を確認する余裕もなく、私は前方に意識を集中した。軽自動車だが、車種までは分からない。

私はバイクから降りて、ゆっくり歩いてガソリンスタンドに接近した。軽自動車はガソリンスタンドの前で乱暴に急停車し、すぐにドアが開く。男――たぶん男が車から降りてきた。防犯カメラに映った男と同一人物かどうかは分からない。そこで私は迷った。このまま詰め寄るか、手がかりとしてまず車の写真を押さえておくべきか。男は車の前方から回りこみ、ガソリンスタンドの看板のところへ小走りに向かった。しゃがみこみ、デイパックを確認している。

スマートフォンを取り出し、カメラを起動して構える。シャッターを押した瞬間、ストロボが強烈な光を発した。しまった……ストロボが発光しない設定にしておくべきだった。

男が慌てた様子で立ち上がり、車に戻る。デイパックは持っていない。気づかれた――私はバイクに駆け戻り、ヘルメットを被ってエンジンを始動させた。前の軽自動車がすぐに発進する。由祐子に「金を回収してくれ」と告げる。

「了解」

「俺は車を追う。行き先は報告する」

既に軽自動車は発進していた。軽らしくない、ロケットのようなスタートダッシュで、一気に右折車線に飛びこむと、信号が黄色に変わった交差点に突っこんでいく。私が交差点に到着した時には、信号は既に赤に変わっていた。ここは信号無視だ――右折した軽自動車を追って、そのまま交差点に突入する。その瞬間、激しくクラクションを鳴らされ、思わずブレーキをきつくかけた。前のめりでバイクが停まり、さらにクラッチを握るのが遅れてエンストしてしまう。軽自動車はとうに右折を終えて、首都高の方へ走っていった。

左から来た車をやり過ごし、もう一度エンジンをかけて信号無視で右折する。この先、三ツ目通りに入るのか、そのまま直進するのか……軽自動車は、信号が黄色に変わった交差点に突っこむ。私は

ＫＴＭの強烈なトルクによる加速で、何とか軽自動車に食いついた。曲がらず、真っ直ぐ——標識を見上げると、このまま走れば新木場に出ると分かる。

巨大な立体交差を通り過ぎる。スピードで軽自動車に負けるようなバイクではないので、私は一気にスピードを上げて追いついた。向こうが気づいたかどうか……何とか止めようと、右に出て横に並ぼうとしたところで、軽自動車が突然ハンドルを右に切った。煽られ、思わずブレーキレバーを握ってしまう。クソ、ここでＵターンか。

急いでこちらもＵターンしようかと思ったが、見ると軽自動車は広い道路を一杯に使い、円を描くようにＵターンして私のバイクの後ろについた。クソ、こうなると動きようがない。空中戦で背後を取られた戦闘機のようなものだ。

バックミラーを覗くと、軽自動車は細い脇道を左折するところだった。すぐにＵターン、あるいは足で押して戻って追おうとしたが、後ろから立て続けに三台、大きなトラックが走ってきたので、身動きが取れなくなってしまう。

車の流れが途切れたところで、Ｕターンして細い道路に入ってみた。しかし既に、軽自動車は見当たらなくなっている。しばらくその辺を流して探したが、もう見つけることはできなかった。

路肩にバイクを停め「クソ！」と吐き捨てる。金は奪われなかったものの、犯人を捕捉することはできなかった。これは明らかに私の失敗だ。撮影する時にストロボを焚かなければ、向こうには気づかれなかったかもしれないのに。

春山に電話を入れようと思った瞬間、インカムから由祐子の声が流れてきた。

「どう？」

「逃げられた」

「あらあら」

由祐子の呑気な声を聞いて頭に血が昇ったが、ここで怒っても無意味だ。怒りはミスした自分に向くだけなのだから。

「金は？」

「回収したわ」

「何か変わった様子はないか？　デイパックに……」

「変化はないわね。それより、何でストロボなんか使ったの？」由祐子が一転して、非難するように言った。

「スマホの操作ミス」

「しょうがないわね……あのね、私、一つ言ってないことがあったんだけど」

「何？」

「デイパックに、GPSをしこんでおいたの」

「そんなこと、勝手に——」

「向こうが気づく前提よ。気づいて破棄されたら、それはそれでいいと思って。途中までも追跡できたら、何か手がかりになるかもしれない……まあ、今回は役に立たなかったけど」

「しょうがないな」私は何とか怒りを引っこめた。「金は無事だったし、勝敗は五分五分かな」

「写真は撮れたの？」

スマートフォンを確認した。思ったよりもしっかりと写っている。ナンバーこそ分からないものの、軽自動車の車種を割り出すのは難しくはないだろう。問題の男は……黒ずくめの格好で顔は見えない。年齢も定かではなかった。この写真から、この人物が何者かを割り出すのは困難だ。

「それなりに写っているけど、後で詳しく解析しよう」

「了解。駐車場に戻って、車とバイクを交換しない？」

「君が乗って帰るのか？」彼女がシートに跨ったら、完全に片足爪先立ちになってバイクは斜めに傾くだろう。危なくて見ていられない。

「まさか。私、バイクの免許、持ってないもの」

「じゃ、どうするんだ？」

「回収する人間が来るから」

そう言えばバイクは、いつの間にか地下駐車場に置かれていたのだった。彼女には、こういう時に自由に使える「下僕」のような人間がいるのかもしれない。

「じゃあ、今夜はこれで解散しよう」

「写真だけ、私にも送っておいて。あの社長との話し合いは……私は別に内容は知らなくてもいいわ」

「気に食わないか？」

「私とは正反対の立場にいる人よね。社内でも嫌われてるんじゃないかな」

「俺の友だちなんだけど」

「大河君も、友だちは選ばないと駄目だよ」

これからその友だちに叱責を受けるわけか……この仕事もこれで終わりだろう、と私は諦めた。

「要するに、犯人を追い払ったわけだ」

春山が言った。そういう発想はなかったので、私は何も言えなかった。だいたい、春山が怒っていないので、気が抜けてしまっている。この状況だと、激怒してもおかしくないのに。

「追い払ったというか、向こうが気づいて逃げたんだ」私は正直に打ち明けた。依頼人に対して嘘は一切なし――探偵の心得の一ページ一行目に書かれていることである。

「向こうも用心してたんだろう」

「そうかもしれないけど、もう少し慎重にやるべきだった」

「現場の様子を、ストリートビューで見てた」春山が自分のスマートフォンを示した。「ここ、監視はやりにくい場所だよな？　近くのマンションの敷地にでも入りこまない限り、隠れる場所もない」

「それはそうなんだが……」

「もっと時間があれば、こっちも入念に用意できたかもしれないけど、あれじゃしょうがない」

「激怒すると思ってたよ」

指摘すると、春山がいきなり笑い飛ばした。

「こんなことで一々怒っていられないよ。俺は、結果的にこれで正解だったんじゃないかと思う。向こうはお前に気づいたんだろう？」

「ああ」

「百九十センチの大男に」

「何もしなくても目立つからな」自分の身長を忌々しく思った。

「うちが言いなりになってたんじゃないことは、向こうにも分かっただろう。これで手出しがしにくくなったんじゃないか。お前の存在が抑止力になったんだよ」

「抑止力としては、俺は頼りないと思う」

「そんなこともない」

午前一時半。社長室には、疲労感が重く漂っている。私は、先ほどスマートフォンで撮影した写真を春山に見せた。

「見覚えはないか？」

「分からないな」

一瞥しただけで簡単に言って、春山が真梨にスマートフォンを渡した。真梨がスマートフォンを手に取り、じっくりと眺めたが、すぐに首を横に振る。そのまま私に返そうとしたが、何かを思いついたように春山が途中で奪い取った。目を細め、隠されているものを探し出そうとでもするように、画面を凝視する。

「何か気づいたか？」

「いや……気のせいだと思う」

「知っている人間とか？」

「まさか」春山が強く否定した。「こんなことをする知り合いはいない」

私はスマートフォンを受け取り、自分でもまた写真を眺めた。中肉中背の男、としか分からない。キャップを被り、さらにマスクとサングラスで顔の大部分を隠してしまっている。このキャップは、会社の廊下に張り紙をした時に被っていたのと同じものではないだろうか。画面が小さいので、はっきりとは分からないが、後で由祐子が分析してくれるだろう。

「どうする？」

「どうするって、どうしようもないだろう」春山が欠伸《あくび》を嚙み殺しながら言った。「向こうも、しばらくは様子見になる可能性が高いんじゃないかな」

「ああ」

「だったら、こっちから積極的に打って出る必要はないさ。下手に向こうを刺激するのは馬鹿らしい」

「だけど、証拠はないでもない。この写真を警察に見せて――」

「警察は駄目だ」春山が押し殺した低い声で言った。「警察とはかかわりたくないし、外部には事情を知られたくない」

「しかしこれは、一気に犯人にたどり着くチャンスだぜ」

「たどり着かなくてもいい」春山があっさり言った。「このまま何もなければ、それでいいじゃないか」

いつの間に方針が変わった？　春山は、不安になった社員を落ち着かせるために、怪文書を流した犯人を特定したいと言っていた。その目的のためだけに、私も動き回っていた。しかし犯人が「怪文書」から「金の奪取」へと動きをエスカレートさせたのだから、こちらも新たな手に出て、犯人を割り出すべきだと思う。しかし春山は、既に全てが終わってしまったように鷹揚に構えている。

「あの一千万円、俺のポケットマネーなんだ」春山が打ち明けた。

「そうなのか？」そう言えば真梨は、一千万円の「原資」が何かは明言していなかった。

「ああ。取られなかったんだから、誰も損してない。とにかく、次に犯人が動き出した時に対処すればいいじゃないか」

「だったら、俺も動かない方がいいのか？」

「動いてもいいけど、誰も刺激しないように頼む。とにかく――」

「機密保持で」

「その通り」

春山が守りたい「機密」とは、やはり総務省との不適切な関係のことではないだろうか。そこは私が関与すべきところではないのだが、どうしても引っかかる。不法行為をしている人間を守るのは、探偵の倫理として正しいのかどうか。

「送ろうか？」私は立ち上がりながら言った。

「心配するな。足はある」春山が言って、真梨に目配せした。「下まで送って下さい。丁重に」

丁重か……それが皮肉かどうか、私には判断できなかった。


地下駐車場へ向かうエレベーターに乗った瞬間、真梨が溜息を漏らす。

「疲れましたね」私は話を合わせた。

「こういうこと、普通に仕事しているだけでは経験できないので……初めて経験する時は、疲れるものです」

「まだ残るんですか？」

「もう帰りますよ。会社にいてもしょうがないし」

「送りましょうか？」私はつい申し出た。

真梨が沈黙する。余計なことを言ったかな、と後悔したが、結局真梨は「お願いします」と言った。

彼女が荷物をまとめて降りてくるまで、地下の駐車場で待つ。車のエンジンをかけたまま、シートに身を沈め、目を閉じる。疲労感がどっと襲ってきて、今にも眠りに引きこまれそうになった。

真梨は十分ほどで戻ってきた。こちらの車が見つからない様子なので、クラクションを二回鳴らす。真梨は驚いたように立ち止まったが、それでもすぐに背筋をピンと伸ばして、グランドチェロキーに向かってくる。私はすぐに外へ出て、ドアを開けた。

「どうも」彼女が、よじ登るようにしてシートに座った。長身の真梨にとっても、グランドチェロキーのシート位置は相当高いのだ。

「どこまで行きますか？」

「市ケ谷まで、お願いします」

なるほど……市ケ谷なら、豊洲まで有楽町線で一本だ。通勤には便利だろう。ハードワーカーの彼女にとっては、通勤時間など無駄以外の何物でもないはずだし。

「市ケ谷の駅を目指していきますから、近くまで来たら指示して下さい」

「分かりました」

私はカーナビに行き先として市ケ谷駅を打ち込み、駐車場を出た。午前二時に近い豊洲駅付近は静まり返り、車もほとんど見ない。まるで、滅びた街の廃墟をひた走っているような気分になった。

「これから、どうしたらいいんですかね」真梨が不安げに切り出す。

「春山は様子見と……あれは本気ですか」

「本気だと思います」

「だったら、どこで気持ちが変わったんだろう」

「さあ……」真梨の声は疲れて元気がなかった。

「変わったのは分かりますか？　犯人に対して強硬だったのに、急にどうでもいいような感じになった」

「春山は、気まぐれなところがありますから」真梨があっさり言った。

「その気まぐれに振り回されて、あなたは大変じゃないですか？」

「そんなことは……ありましたね」真梨が認め、さらに小声でつけ加えた。「仕事でも、プライベートでも」

「今話すことではないかもしれませんけど、昔、春山とつき合ってたそうですね」

「春山が言ったんですか？」真梨の声に怒りは感じられなかった。

「ネタ元は明かせません」

「私じゃなければ、春山しか考えられないでしょう」真梨が溜息をついた。「まったく……あの人、やっぱりどこか人として大事なものが欠けているんですよ」

「そんな露骨に批判していいんですか？」

「事実ですから。昔のことはあまり話したくないんですけど、ひどかったですよ」

「つき合っている時に？　別れる時に？」

「どちらも。別れる時、私は会社を辞めようかと思ったんです。気まずいし」

「でも辞めなかった。あなたは今でも、春山の右腕だ。あいつが社内で一番頼りにしている人ですよね」

「どうでしょうね」真梨が溜息をつく。「今でも、あの時の自分の判断は間違っていたんじゃないかって思いますよ」

「やっぱり会社を辞めた方がよかったんじゃないかって？」

「給料、二倍になったんです。金で身を売ったみたいで嫌でした」

「でも、仕事は楽しいんでしょう？」

「責任もありますしね。でも、春山の近くにいると心底疲れます。彼には、何というか……情けがないんですよね」

「でも、恋愛はしてるじゃないですか」

「あれって、普通の恋愛と言えるんですかね。春山は、女性をアクセサリーだと思っている節《ふし》があるんです。だから私よりもアイドルの方がいいし、モデルさん、女優さん……見た目で選んで乗り換えていきますからね」

「見た目で選べば、あなただって十分……」アクセサリー、という言葉は出せなかった。それはあまりにも失礼だろう。

「別に、持ち上げてもらわなくてもいいです。自分でも自覚してますから。でも春山、いつか誰かに刺されるかもしれませんね」

「それは会社にとっても困る」

「困るでしょうね。でも、トラブルを呼びこんだとしても自業自得ですから」

「今回の件も？」

「まさか」真梨が即座に否定した。「さすがにそれはないでしょう。犯人の相手は春山じゃなくて会社なんだから」

会話が途切れる。途中から首都高に乗るとガラガラで、二十分足らずで市ヶ谷駅近くまで出てしまった。

「そこを右折でお願いします。二、三分です」

「了解」

真梨がすぐに「ここで大丈夫です」と言ったので、私は路肩にチェロキーを寄せて停めた。彼女は自分でドアを開けて歩道に降り立った。私も運転席を出て、彼女の横に並ぶ。夜の冷気が体を舐めていった。

「何かあったら、また連絡して下さい」

「何かあると思いますよ」真梨があっさり言った。「春山が何か言い出すに決まっています。明日になったら、あなたを呼べと命令するんじゃないかしら」

「それもあいつらしい……」

ふと、真梨の雰囲気が変わっているのに気づいた。すぐに、眼鏡をかけているせいだと分かる。初めて見る眼鏡姿——普段はコンタクトなのだろう。

「この時間だと眼鏡ですか」

「流石にずっとコンタクトはきついです」真梨が苦笑した。「本当は、お茶でもと言いたいところですけど」

「やめておきましょう」私は即座に言った。

真梨の表情が微妙に歪む。私の誘いを断るとは何事だ……と憤っているのかもしれない。

「弁護士時代、依頼人といろいろありました」

「恋愛沙汰？」

「そういうわけじゃないですけど、かなり痛い目にも遭いました。それ以来、依頼人とは個人的な関係は結ばないように気をつけることにしています。仕事が終われば別ですけど」

「こういうきつい時だから、誰かの助けが必要になるんですよ」

「それは私も同じですけど……判断を鈍らせるようなことはしたくない」

「真面目なんだ」真梨が急にラフな口調で言った。

「真面目じゃなくて、弱気なんです。自分の正気を保っていくためには、余計なことはしない方がいい」

「いずれまた、ということはないわよ」

「それは残念です。死ぬほど残念です」

「本気？」

「探偵は嘘はつきません」

そこで真梨が噴き出した。「じゃあ」と一言言い残して、踵を返す。私は彼女が瀟洒《しょうしゃ》なマンションのホールに姿を消すまで見送った。彼女は一度も振り返らなかった。

弱気過ぎたかな、と情けなくなる。一度ぐらい真梨と寝たからといって、この調査に影響が出るとは思えない。

しかし、弁護士時代に依頼人と個人的なトラブルがあったのは事実なのだ。ややこしい人生も悪くないが、ストレスなく仕事をするためには、物事をできるだけシンプルにしておく必要がある。

彼女はそれを理解してくれただろうか。

3

私は寝坊を決めこむことにした。自宅へ戻ったのは午前三時。あれこれ後始末を終えてベッドに潜りこんだのは四時前だった。とにかく十時までは寝よう——と決めたのだが、結果的には九時に眠りから引きずり出された。枕元でスマートフォンが鳴っている。

一晩経って春山の気が変わったのだろうか、と私は訝《いぶか》った。あいつならいかにもありそうなことだが……しかし、かけてきたのは由祐子だった。

「まだ起きてないわよね」開口一番切り出す。

「寝てたよ。帰ってきたのが三時だぜ」

「あの秘書の人とよろしくやってたの？」

「彼女は秘書じゃなくて社長室長」私はすかさず訂正した。

「同じようなものじゃない」

「全然違うよ。巨大企業の役員だぜ」

「それで、よろしくやったわけ？」

「何でそういう発想になるかね」私はベッドから抜け出した。由祐子はおかしなところに引っかかり、しかもやけにしつこくなる悪癖がある。

「何か、そんな感じがしたから」

「家まで送っていっただけだよ。遅かったから」

「ふうん……ちょっと会える？」

「いつ？」

「すぐに決まってるじゃない。十時でどう？　私がそっちへ行ってあげるから。シャワーを浴びて着替えて、十時には事務所へ来られるでしょう」

「……まあな」朝飯は抜きになりそうだが、そもそも今朝は食欲ゼロだ。

「じゃあ、十時で。遅刻しないでね」

電話を切り、すぐにシャワーを浴びた。昨日の疲れと敗北感まで消えるわけではないが、それでも目は覚める。

すぐに着替え、冷蔵庫からミネラルウォーターのボトルを取り出して事務所へ向かう。歩いて五分ほどの事務所ではコーヒーは用意できるが、取り敢えず渇きを癒すために水が必要だった。事務所へ入るとまず掃除……どうせ由祐子から何か言われるのは分かっているが、いつも通り彼女が使うテーブル、そして椅子はきちんとアルコール消毒した。真ん中だけでなく、隅から隅まで。

一段落してコーヒーメーカーをセットし、ペットボトルの水を飲みながら由祐子を待つ。彼女は電話を切ってから五十分後に現れた。十分前行動を自分に課しているわけではなく、単にせっかちなのだ。

由祐子はパンの香りと一緒にやってきた。食欲はないものの、この香りを嗅ぐとさすがに空腹を意識する。

「差し入れ」

「ありがとう」

「うちの近くのパン屋だけど、美味しいわよ」

私は、パンにはさほどこだわりはない。しかし袋に顔を近づけて匂いを嗅ぐと、パンもいいものだなと思う。コーヒーを淹れ、朝飯とも昼飯ともつかない食事を楽しんだ。チーズ入りの硬いパンが特に香ばしい美味さで、結構な大きさにもかかわらず、あっさり食べ切ってしまう。由祐子は、クロワッサンを少しずつ剝がすようにして食べていた。

「大河君、パンはあまり食べないよね」

「そうだな」

「パンを食べてるところを見たのって、昨日のサンドウィッチと、最初に会った時ぐらいかな」

「切手サイズのサンドウィッチ、ね」喫茶店のメニューだった。

「あの店、イギリスのアフタヌーンティーと勘違いしてるわよね」呆れたように由祐子が言った。

「味は全然覚えてないな。そもそも味の違いなんか分からないから」

「食べさせがいのない人だね」由祐子が鼻を鳴らす。コーヒーを一口飲んでから、ようやく用件を切り出した。

「昨日、大河君が撮った写真を、前に防犯カメラに映った写真と比較してみたの」

「ああ」

「同一人物ね」

「確率は？」

「九割」由祐子が自信ありげに言って、デイパックからパソコンを取り出した。スリープモードから復帰させると、二枚の写真が並んで提示されているのが分かる。どちらも、私には見覚えあるものだった。左側が、昨夜私が写した写真、右側が監視カメラに残ったものだ。どちらも顔をアップにして切り出してある。

「サングラス」由祐子が二個目のクロワッサンに手を伸ばしながら言った。

「それが？」

「同じブランドの同じモデルだと思うんだ。このつるを折り畳むところ――丁番《ちょうばん》って言うんだけど、そこのデザインが特徴的なのよ。レンズの形も同じだし」

確かに……言われて改めて見てみると、丁番はかなり大きく目立つ三角形だ。顔の側面まで覆うようなデザインの、ラップアラウンド型に近いデザインである。

「拡大すると、ブランドが分かるのよ。丁番のところにロゴがあるの、分かる？」

「分かりにくいな」サングラス全体が黒で、かすかに見えるロゴも黒……目を凝らしているうちに、何とか「Ｂａｔｓ」と読み取れた。

「コウモリ？」

「分からないけど、ドイツのブランドみたい。カタログを確認したら、確かにこのモデルがあったわ」

「高級品かな？」

「実勢価格で、日本では一万円台……ちゃんとしてるけど、そんなに高いわけじゃないわね。それがどうして気になるの？」

「この男なんだけど、そんなに金は持ってないような気がするんだ」服装、それに昨日使ったのも軽自動車だ。

「確かにね」由祐子が同意する。「まあ、サングラスはアウトレットで買えば安いだろうけど。何か手がかりになる？」

「こいつが誰か特定できれば、その時には補足材料になるよ」本人がサングラスを処分していなければ。だが、普通、際どい経験をした犯罪者は、その時身につけていたものをすぐに処分する。身元がバレないようにするためだが、この犯人にはそういう発想はないかもしれない。あるいは、よほど愛着のあるサングラスなのか。

「キャップは別だな」

「そうね。少しは変装したつもりかもしれない」

「顔が全然見えてないのはきついな……君の方で、透視したりできないのか？」

「申し訳ないけど、現代科学では透視は不可能よ。マスクを外した顔の輪郭ぐらいはＡＩで予想できるけど、それだけじゃ人相書きも作れない」

「確かに。でも、助かったよ」本当はあまり大きな手がかりにはならなかったが、ここは礼を言っておかないと。しかし由祐子は、どうしてわざわざ私の事務所まで来たのだろう。電話とメールで済む用件なのに。わざわざ朝食を差し入れるために？

それを確認しようと思った瞬間、スマートフォンが鳴った。春山か……と思ったが、見覚えのない携帯の番号である。いや、覚えはあった。この番号に電話をかけたことがある。

電話に出ると、河瀬だった。思いも寄らない相手だったので少し面食らったが、電話に出る。長くなるぞ、と目線で由祐子に告げた。由祐子はうなずき、クロワッサンをくわえたまま事務所を出ていった。煙草休憩だろう。

「河瀬さん……どうしました？」

「昨夜は、大変だったそうですね」

「何を知ってるんですか？」私は声をひそめた。

「概略ぐらいは」

「どこで聞いたんですか」

「春山ですよ。今朝、喚《わめ》き散らしてました」

あいつ……何を考えているんだ？　私は思わず舌打ちした。秘密を大声でばら撒いているようなものではないか。

「金は取られなかったんですよね」河瀬が慎重に訊ねる。

「私の口からは、詳しいことは言えません。社長に聞いて下さい」

「まずいなあ……」河瀬が不安げに言った。

「何がですか？」

「春山は元々独善的な人間ですけど、この件が始まってから、さらにひどくなっている。何でも自分で決めて勝手に……脅迫犯に金を払うなんて、絶対あり得ませんよ。常識外れだ。会社に損害を与えている」

「申し訳ない、その件は私にではなく社長に言ってもらえますか」私は逃げた。難しいところだが、今回の仕事に関しては、私は春山個人と契約しているのか、「ＺＱ」と契約しているのかはっきりしない。本当はこんなことではいけないのだが、探偵の仕事は事前にきちんと契約書を交わしてからゆったり始めるようなものではないのだ。

「こういうのは、幹部全員に諮《はか》って対処するものでしょう」河瀬が口を尖らせる様子が目に浮かぶ。

「それは御社の方針なので、私には何とも言えません」

まずい方向に話が動いている。社内の揉め事までこちらに持ちこまれたら、さらに面倒なことになる。

「――それで、ご用件は何でしょうか？　愚痴を聞いて欲しいというわけじゃないですよね」

「ちょっとお話ししたいことがあるんです。会えませんか」

「構いませんけど、いつですか？」

「時間は合わせられます。ただ、場所は……」

一緒にいるのを誰かに見られるとまずい、ということか。

「車でどうですか？　走りながら中で話はできるでしょう。会社の近くで拾いますよ」

「だったら、一時間後では？」

「大丈夫だと思います」私は腕時計を確認した。「遅くなりそうだったら連絡します」

待ち合わせ場所を確認して電話を切った。ちょうど由祐子が戻ってくる。

「出かけるよ」

「『ＺＱ』？」

「ああ。君はどうする？」

「留守番してるわ」

「ここで?」私は眉をひそめた。

「眠いのよ。ソファ、借りるからね」由祐子がわざとらしく目を擦った。「画像処理と分析で、昨夜はほとんど寝てないし」

「何でそこまでむきになるんだ? 下請け仕事みたいなものだろう」

「気になるから」真顔で由祐子が言った。「この件、あなたが想像しているよりも、ずっと複雑な真相があるような気がする。私もぜひ、それを見てみたいし」

「好奇心だな」

「そう。好奇心がなくなったら、人間、終わりだから」

それはもっともだが……彼女の場合、好奇心というより「興味本位」という感じがしないでもない。それでも私にとっては貴重な——もしかしたら唯一の戦力なのだが。


「ZQ」本社が入るビルの裏手に車を停めると、すぐに河瀬が歩道と車道を隔てる鉄柵を乗り越えてきた。彼が助手席に座り、ドアを閉めるか閉めないかのうちに車を発進させる。

「抜け出してきて大丈夫だったんですか?」私はまず訊ねた。

「あまり長くは外せませんけど……」

「じゃあ、この辺を適当に回ります」

「すみません」

「——で? 何の話なんですか?」

「この前は話さなかったんですけど、実は社内で揉め事があるんです」

「揉め事」ハンドルを握る手につい力が入る。「重大なトラブルですか？」

「重大かどうか、私には判断できないんですが。かなり古い話です」

「構いません。話して下さい」

沈黙。ここまできてもなお、河瀬は気持ちを決めかねているようだった。先を促そうとした矢先、河瀬が口を開く。

「二人、危ない人間がいるんです」

「正社員ですか？」

「ええ。一人は笠井悠太《かさいゆうた》、もう一人は国岡黎人《くにおかれいと》」

「ちょっと待って下さい」私は路肩に寄せて車を停め、スマートフォンを取り出した。字を確認して、すぐにメモアプリに二人の名前を打ちこむ。こんな重要な話は、運転しながらでは話せない。ブレーキから足を離し、すぐにまた車を発進させた。

「少し会社から離れます。車を停めますから、それから詳しく話を聞かせて下さい」

私は晴海通りを走って春海橋を渡り、晴海臨海公園の脇まで行って車を停めた。昼、公園の中では子どもたちが遊んでいるのが見えるが、人通りは少ない。高層マンションの目立ついかにも現代的な街だが、一般的な意味での賑わいとは程遠い感じだった。

「――すみません。続きを話しましょう」

「笠井というのは、SEです。十五年前、会社が発足した直後からいる人間です」

「スタートテンの一人ですか？」

「いや……そういうわけでもない」河瀬の口調は歯切れが悪かった。「普通の社員ですよ」

「何が問題なんですか」

「春山と気が合わない、としか言いようがないですね」

「そんな人、いくらでもいるでしょう」そもそも、これだけの大企業に育った「ZQ」の中で、春山が一社員に気を遣うようなことがあるのだろうか。自分の近くにいる幹部ならともかく……。「現在の肩書きは?」

「ですから、SEです」

「管理職ではないんですか?」

「違います。春山が引き上げなかった。というより『ずっとそのまま据えおくように』という指示が裏で出ているんです」

「分からないな」私は首を捻った。「そんな仕打ちをされるぐらいなら、辞めればいいじゃないですか。SEは専門職でしょう? 会社を変わることもよくあると聞きますよ」

「笠井は、我々よりも年齢が少し上なんですよ。今、四十二歳かな……『ZQ』に入った時には、もう結婚して子どもがいました。それで、今までずっと辞めるに辞められず——という感じだったんです」

「我慢したということですか」

「ええ。我々から見ても、春山は少しやり過ぎというか……個人の感情で人事を左右してはいけないと何度も意見したんですけど、聞かないんですよ。それに笠井も頑固なんです。頭を下げれば済むことだって度々《たびたび》忠告しているのに、その都度完全拒否ですから。今は、春山が笠井のことを覚えているかどうかも分かりませんけどね」

覚えている方がおかしい。グループ全体で何万人もの部下を抱えているのだ。十五年前に気に食わなくて「出世させるな」と命じたとしても、とうに忘れているのではないだろうか。逆に、そんなことをずっと覚えているとしたら、それも気味が悪い。

「笠井さんは、春山を恨んでいるんですか？」

「文句はよく言っているようです。どこまで本気かは分かりませんが」

「なるほど。もう一人、国岡さんというのは？」

「営業です」

「創業時からのメンバーですか？」

「いや、やはり創業直後ぐらいに入ってきたのかな？　この男も春山と気が合わなくて、昔はよく衝突していました。それで、笠井と同じように閑職に追いやられているんです」

「それでも辞めていないんですね？　家族のためですか」

「いえ」河瀬が唇を舐めた。「彼は独身です」

「だったら、何のために会社に残っているんですか？」

「復讐」

言葉が重過ぎる。春山も真梨も、社内に怪文書を貼り出すような人間はいないと否定していたのだが、あれは嘘だったのだろうか。あるいは今の二人の立場だと、そういう情報は入ってこないのか。これだけ大勢の社員を抱えているのだから、不良社員が一人や二人いても、気にしないのかもしれない。

「本気で復讐するつもりなんですか？」

「酒に酔うと、周りの人間にそう言うのが癖みたいです。ただ、昔からなので……周りの人間も、本気かどうか判断しかねているようです」

「彼がやったと思いますか？」

「私には何とも言えません」河瀬が首を横に振った。「ただ、気になることではあるので」

「何で急に、それを言う気になったんですか？」

「それは……」河瀬が両手を組み合わせた。「昨夜の件を聞いて、これはまずいと思ったんです」

「まずいというのは、春山のことですか？」

「春山も、昔はあんな風じゃなかった。スタートテン——最初の仲間たちでこぢんまりとやっている時は、金はなくてあるのは熱意だけで、それが楽しかったんですよ。金の面では苦しいこともあったけど、今ではそれもいい想い出です。ただ、会社が大きくなるに連れて、あいつは変わってしまった。傲慢というか、ワンマンというか……人の言うことを聞かなくなった」

「その変化は、私も感じていました。あなたが春山とビジネスを始める前からの知り合いですから、変化はもっとよく分かります。でも、こういう変化は仕方ないんじゃないですか？」

「苦しいこともあったんです。それを皆で乗り越えてきた。でもあいつは、苦しい時代のことを忘れてしまったのかもしれない。今はとにかく、自分で全てを仕切って、命令に従わない人間は潰す——馬鹿なワンマン社長の典型ですよ。ビジネスでは、それでもいいかもしれない。こういう商売では、即断即決のために、ワンマンの方が有利な場合もあります。ただ、昨日のようなことでは……いつか、あいつの判断が会社に大きなダメージを与えるかもしれない」

「それは、スタートテンの一人として、直接春山に言うべきじゃないですか」

「今朝、言いましたよ。言ったというか、衝突した」

それが上手くいかずに、私のところへ話を持ってきたわけか。

「あなたも春山を恨んでいるんですか？」

「恨む？　いや、そういうのとは違います」河瀬が即座に否定した。「私にとっても、会社は全てなんですよ。そしてその会社を仕切っているのは、結局春山なんです。春山を恨むのは、会社を恨むのと同じだ」

「しかし、こんなに会社が大きくなっても、ワンマンで全てをコントロールできるものですか？」

「あいつはそれをやろうとしている。ただ、それは百パーセント間違っています」河瀬が痛烈な一言を放った。「この辺で、目を覚ましてもらわないと困るんです。そのためには、この一件の真相を炙《あぶ》り出す必要があるんじゃないですか？」

「春山は、これからは攻める必要はないと言っていましたよ」

「それが駄目だって言ってるんですよ」河瀬が深刻な表情で言った。「喉元過ぎれば熱さを忘れる、じゃ話にならない」

河瀬の言い分はよく理解できる。春山は、経営者としてはまだ幸せなのではないかと私は思った。ワンマンになればなるほど、周りを固めるスタッフは少なくなる。そしてその少数の人間は基本的にイエスマンで、耳に痛いことは絶対にささやかない。その結果、事態が悪化しても気づかず、手遅れになることもしばしばだ。

「春山は――『ＺＱ』はそこまでまずい状態なんですか」

「そんなことはない——今ならまだ間に合います」

「この件を解決して、春山の目を覚まさせる？」

「春山が忙しいのは分かります。でも、今回の件はとにかくもっと真剣に考えてもらわないと」

「そのために、内部の人間の情報を私に提供するんですか？」河瀬のやり方は、あまりにも乱暴過ぎる気がした。彼が指摘した二人のうちどちらかが犯人だったら、社内は大混乱するだろう。私的には謎が解けてすっきりするかもしれないが、その後の会社のごたごたに巻きこまれたらたまらない。

「内部告発ではないです。二人が何かやったという証拠はない——具体的な情報はないですから。ただし、社内で怪しい人間というと、あの二人ぐらいしか思いつかない。一つの手がかりとして、ということです」

「分かりました」情報は情報だ。これがこの後、どんな風に転がっていくかは分からないし、今想像しても仕方がない。

河瀬の義憤というか、会社を何とかしたいという気持ちも、本心かどうかは分からない。スタートテンは、今でも一枚岩なのだろうか。現在も本社、あるいは子会社や関連会社で責任ある地位についている人が多いようだが、自らもある程度の権力を持つようになると、トップに対して対抗心や敵愾《てきがい》心《しん》を抱くようになってもおかしくない。この情報も、社内抗争の一環かもしれない……だが今は、それを考える意味もないだろう。

ここで犯人探しをするのは、春山の依頼とは外れている。言ってみれば「余計なこと」だ。しかし私の好奇心は激しく刺激されていた。

自分の気持ちに従って動けるのは、フリーの特権である。

社内事情は、ある程度は知っておきたい。こういう話ができる相手は真梨だが、昨夜の気まずい別れもあってやや話しにくい――しかし私は、敢えて図々しくいくことにした。ちょうど昼前だったので、電話をかけてランチに誘う。

「ランチ、ですか」予想通り、真梨の乗りは悪かった。

「昨夜のことなら――」

「その話は、今はしたくないですね」真梨がぴしりと言った。「それより、大事な話なんですか」

「分かりません」私は正直に言った。

「分からないって……」

「聞いたばかりで、判断ができないんです。あなたにそれを裏づけしてもらえれば」

「今回の仕事のことなんですか？」

「もちろんです」

結局真梨は、重い腰を上げた。時間は取れるというので、本社前で車に乗せて、少し離れた場所で食事を取ることにする。

車に乗りこんだ瞬間、真梨が微妙な表情を浮かべるのが分かった。何か、嫌なことに気づいたような感じ……我慢できないほどではないが気になるというレベルだろうか。

「何か？」

「いえ……」

「どこにしますか？」

「ららぽーとなら、食事ができるお店はいくらでもありますよ。うちの会社の人間は、あそこまではランチには行かないし、誰かに会う可能性は低いです」

「了解です」

少し車を走らせて、広大なららぽーとに入る。ここにはまったく詳しくないので、店は真梨に任せてしまった。彼女は、アメリカ料理のチェーン店に入った。内装はアメリカの古びたレストランという感じでまとめられており、窓からは運河が見える。客は日本人ばかりだが、そうでなければアメリカで店に迷いこんだ感じになるだろう。

彼女は何度か入ったことがあるようだった。私はメニューを眺め渡したが、値段はなかなか……アメリカの店らしくステーキやサンドウィッチも充実していたが、海老料理が名物のようで、名前も知らないメニューが並んでいる。

「何を頼んだらいいですか」私は思わず真梨に助けを求めた。

「サンドウィッチならポーボーイ」

「ポーボーイ？」

「可哀想《プア》な少年《ボーイ》……何でそんな名前になったかは知りませんけど、ニューオーリンズの名物らしいですよ。ニューオーリンズでは牡蠣を挟むのが一般的みたいだけど、ここは海老」

メニューの写真を見ると、どの料理もかなりボリュームがあるようだ。大口を開けてサンドウィッチを食べる気にもならない……考えてみれば、少し前に由祐子が用意してくれたパンを食べたばかりなのだ。

「でかいサンドウィッチを食べるまでの食欲はないですね」

「だったらサラダでは？」

「意識高い系の人の食事みたいですけど」

「サラダでも結構なボリュームがありますよ。意識高い系の人が絶対に食べないような具材も入っているので」

結局私は、ベーコンやレタスに加えて海老の入ったサラダを頼んだ。真梨はフィッシュ&チップス。昨夜あれだけ遅かったのに、翌日のランチに揚げ物を食べる元気があるのか、と私は羨《うらや》ましくなった。

「それで、ご用件は？」注文を終えると、素っ気ない口調で真梨が訊ねる。

「スタートテンについて、話して下さい」

「私はスタートテンには入っていません。以上」

「いや、それは……」あまりにも冷たい言い方に、私は少し苛立った。

「正直、あまりよく知らないんです」真梨が打ち明ける。「確かに、最初に『ZQ』を立ち上げたメンバーは十人です。それをまとめて『スタートテン』と言い始めたのは春山ですね」

「初期の立ち上げメンバーが全員残っている、ファミリーだ、みたいな感じですか」

「それはどうも、嘘らしいですよ」

「嘘？」探偵という職業柄、嘘という言葉には敏感に反応してしまう。

「本当は、六人だったとか」

「じゃあ、スタートシックス？」

「それは語呂が悪いというので、無理矢理テンにした……という噂を聞いたことがあります」

「春山も変なことにこだわるんですね」

「私が来る前ですから、どういうことかはよく知りません。ただ、年に一回はスタートテンの集まりがあるそうです」

「同窓会みたいな？」

「どうなんでしょうね」首を傾げ、真梨がジンジャーエールをストローでかき回す。「初心に戻るという意味かもしれませんけど、それこそ十人以外の人間は参加できないから、どんな集まりなのか、何を話しているかは分かりません。それがどうかしたんですか？」

「スタートテンは一枚岩ですか？」

「一枚岩って……今は違うでしょう。肩書きも立場もバラバラだし」

「出世している人とそうじゃない人がいる」

「ええ」

「不満はないんですかね」

「一つも不満がない会社員なんか、いませんよ」

「クーデターを起こすほどに？」

真梨が目を見開いた。ストローをくわえてジンジャーエールを吸い上げようとしたが、半透明のストローなので、途中で飲むのを諦めて水位が下がるのが見えた。

「何が言いたいんですか？」

「考え過ぎですかね」

「何があったんですか？　誰かから変なことを吹きこまれたとか」真梨はさすがに鋭い。

「ネタ元は言えないんですが、社内で怪しい人がいるという情報がありました」

「今回の事件で？　まさか……内部犯行はあり得ませんよ」

「あながちそうとも言えないでしょう。やはり、怪文書を貼りつけるために社内に入るのは、社員以外には壁が高い行為だし、昨夜のことも……もしも社員が犯人だったら、金を奪わずに逃げたのも理解できます」

「意味が分からない」真梨が首を横に振った。

「外部の犯人だったら、最初から金を奪うことが目的だったかもしれません。それなら、あの状況で金を置いて逃げる訳がない。金を奪って、必死で逃げたでしょう。そもそも車で来ているし、そんなに大荷物でもなかったんですから、手放す——取らない理由は見つからない。でも社員なら、危険だと判断すれば逃げるでしょう」

「つまり？」真梨が苛ついた口調で先を急かした。

「嫌がらせですよ。春山に対する」

「社長に嫌がらせをするような社員がいるとは思えません」真梨が否定した。

「あなたは完全に社内の事情を把握していますか？」

「それは——」真梨が唇を噛んだ。

「私は、この情報の扱いに困っています」私は正直に打ち明けた。「ためにする情報かもしれないじゃないですか。春山を不利な状況に追いこむために、わざと間違った情報を流したとか。春山にも、社内に敵がいないわけじゃないでしょう」

「スタートテンの誰かが情報源なんですか」

私は沈黙を守った。これ以上詳しく話すとまずい。真梨の想像に任せることにした。

「申し訳ない。情報源については、あなたにも言えません。ただ、確認したいのは——会社の上層部に、春山に対して個人的な恨みを抱いたり、クーデターを画策しているような人はいませんか？」

「だったら、それについては、これ以上突っこまない方がいいんですね」

「情報源は守らないと」

「言えないんですね」

「私が知る限り、いないです」

この言葉を信用していいのだろうか。真梨は、社長室長という重要なポジションにいる。会社のヘッドクオーターにして、社内の事情を全て知る立場だ、と私はずっと思っていた。しかし、河瀬が指摘した二人の不満分子に関する情報は、彼女からは出てこなかった。やはり会社が大きくなり過ぎて、トップに近い人間には、下々《しもじも》の情報は入ってこないのか……河瀬は彼女より少し下のポジションにいる分、下の情報に触れる機会が多いのかもしれない。あるいは、普段からあれこれ噂を集めて回っているのか。そういう「情報通」は、どこの会社にもいるはずだ。

「分かりました。だったら、キャッチした情報を少し調べてみます」

「春山は、今後は様子見と言っているじゃないですか」真梨が指摘した。

「これはサービスです」

「いいのかな」真梨がまた首を傾げる。

「私も気になるので」

「仕事のことだと、ずいぶん積極的なんですね」

私は思わず咳払いして「昨夜のことなら——」と言った。真梨が首を横に振って、私の言葉を遮る。

「昨夜はほとんど眠れませんでした。あんなことがあった後だと……一人はきついですね」

「私はよく寝ましたよ」

「探偵さんの神経は理解できません」

そこで料理が運ばれてきて、私たちは会話を一時中断した。サラダは、予想していたよりもボリュームがあり、これだけで十分腹一杯になりそうだった。真梨のフィッシュ&チップスも巨大――魚のフライは草履《ぞうり》ぐらいありそうだし、フレンチフライも皿からこぼれ落ちそうなほどの量だった。見ているだけで胸焼けしてくる。真梨はフレンチフライを一本摘んで食べると、猛然と魚に取りかかった。酢をかけ、大きく切り分けて口に運ぶ。タフな女性は、食欲も旺盛なのだろうか。単に、昨夜遅かったので朝食を抜いただけかもしれないが。

ゆるゆると話を続け、結局最終的にはこちらの要望を彼女に呑ませることに成功した。笠井と国岡に関する個人情報の入手。まず、連絡先や自宅が分からないと、調査のしようがない。

「その二人が怪しいと？」

「可能性はないでもありません」

「はっきり言わないんですね」真梨が苦笑する。

「はっきりしていませんから」

だからこそ調べるのだが……探偵仕事を真梨に理解してもらうのは不可能かもしれない、と私は思った。

4

笠井と国岡――どちらが怪しいか、しばし思案した末、私は国岡を第一候補に挙げた。笠井は家族持ちだから、簡単には乱暴なことはできないだろう。一方国岡は独身で、普段から春山に対する不満を隠そうともしていない。単なるポーズである可能性もあるが、強固な不満分子なのは間違いないだろう。

国岡は「ZQ」の中で「法人営業部」に所属している。文字通り法人相手の営業をする部署だが、肩書きはない。要するに平社員だ。十五年近くも会社にいて、何の肩書きもないということは、やはり「干されている」としか言いようがない。

国岡に直接話を聴くのはリスキーなので、周囲から攻めていくことにした。法人営業部に突っこむと疑われる――しかし私は思い切って、より危険かもしれない手に出た。笠井に話を聴くことにしたのだ。国岡とは面識もあるかもしれない。

夕方、彼が所属する「技術三部」に電話を入れて笠井を呼び出してもらい、勤務終了後に会う約束を取りつける。彼は明らかに戸惑っていたが、「国岡さんのことで」と言うと、急に食いついてきた。

「国岡が何かしたんですか?」

「そういうわけではないですが、情報収集をしています」

「役に立つかどうかは分からないけど……会いましょう」

二人の間にも何か確執があるのでは、と私は訝った。普段から仲が悪く、誰かに悪口を言うチャンスを常に狙っているのかもしれない。

笠井は、待ち合わせた喫茶店に五分遅れで現れた。目印にと、私は「新聞を読んでいる人間を探して下さい」と言ったのだが、それだけでは分からないかもしれないと思い「店の中で一番でかい人間です」とつけ加えた。本物のバスケットボールかバレーボールの選手がいたら、笠井は迷うかもしれないが。

迷わなかった。

「須賀さんですか」

「須賀です」私は新聞を畳んだ。

「本当に……大きいですね」半ば呆れたように笠井が言った。

「百九十あります」

「何かスポーツをやってたんですか」

定番の質問に私は苦笑しながら、「高校では将棋部でした」といつもの答えを返した。釈然としない様子だったが笠井はうなずき、私の向かいに腰をおろした。すぐにコーヒーを注文し、眼鏡の曇りを拭う。

「国岡のことでしたよね」

「ええ。『ZQ』に入ったの、あなたと同時期じゃないですか」

「私が少し先ですね。国岡は、『ZQ』が定期採用するようになった第一号ですよ」

「国岡さんの同期は何人ぐらいいたんですか?」

「二十人かな」

その時はまだ、私の知っているマンションの一室に会社があった。スタートテンに加えて二十人の新入社員がいたら、それなりに大きなスペースがないと仕事ができなかったはずだ。今のように、フリーアドレスやリモートワークが一般化していなかった時代だし。

「あなたは新卒ですか？」

「いや、別の会社でSEをやってました」

「転職ですね？　どうして『ZQ』を選んだんですか？」

「『ZQ』は尖った会社だったからですよ」

「尖った？」

「面白いことをやっていたから」笠井が、運ばれてきたコーヒーに砂糖とミルクを加えた。一口飲んだだけで、カップをソーサーに戻す。「プログラムを書く仕事でも、面白い、面白くないはありますからね。それに給料もよかった。当時いた会社の三割増しでした」

「それは魅力的だ……あなたはもう結婚して子どももいたんですよね」

「私のことを調べたんですか」笠井が眼鏡の奥から私を睨んだ。

「探偵ですから」

言い訳になるかどうかは分からなかったが、私は即答した。笠井が首を横に振る……納得できない感情を、自力で押し潰したようだった。

「国岡さんは新卒ですか？」

「新卒でした」

「まだできたばかりの会社に新卒で入るのは、かなりリスキーじゃないですか？」

「一般企業ならそうかもしれませんけど、ＩＴ系は違いますよ。そもそも、新しい会社ばかりでしょう」

「なるほど……それであなたは技術職、国岡さんは営業、と」

「ええ」

「国岡さん、会社に対してだいぶ不満があるそうですね」春山に対して、とは言わなかった。あまり一気に核心に入らない方がいいという判断だった。

「国岡は……まあ、ちょっと変わってますよ。コミュニケーションの取り方が独特なんです」

「どんな風に？」

「普通の人が普通に契約を取ってくるような相手とは、上手くいかない。でも、皆が尻ごみして、会いにも行かないような相手とは平然と話して、契約を成立させたりするんです。ああいうのは、私には理解できないですね」

「なるほど」私はうなずいた。変わり者同士引き合う、ということもあるのだろうか。

「一言多い人間でもありますけどね」笠井が苦笑した。

「そうですか？」

「昔は——私たちが入った頃は、よく全体ミーティングをやってたんですよ。営業も開発もなくて、全員が一堂に会《かい》した会議です。特に議題は決められていなくて、皆が好きなことを言い合う感じでした」

「ガス抜きみたいな感じで？」

「というより、会社として一体感を出そうとしたんでしょうね。会社を始めた十人——スタートテンっていうんですけど、その人たちと我々新規採用の間には壁があったから、それを取り除くためでもありました。でも、そんなに簡単に本音を言えるわけもないでしょう？　だいたい、冗談みたいな話ばかりでしたよ。でも国岡は、そこで平然と、本気で幹部批判をした」

「幹部というか、社長？」

笠井が渋い表情でうなずいた。コーヒーに手を伸ばしたが、カップは摑まない。本当は、コーヒーはそれほど好きではないのかもしれない。

「最初は社長も笑って聞いていたんですけど、何回も同じようなことがあって、とうとう切れちゃって。ミーティングの席で、罵《のの》り合いが始まったんですよ」

「それは……会社ではなかなか見られない光景ですね」私は呆れて言った。春山もエキセントリックなところがある男だが、国岡も相当なようだ。

「そのうち、全体ミーティングは中止になりました。国岡から発言の場を取り上げた感じです」

「何がそんなに不満だったんですかね、国岡さんは」

「さあ……営業方針に対する批判でしたけど、私の感覚ではあくまで『強い意見』でした。ただ、社長は批判されるのを嫌う人ですからね」

「それで、国岡さんを干すことにした」

「十五年近く、昇進なしです」笠井が皮肉な笑みを浮かべた。自分もそうだ、と暗に言っている。

「普通は、そんなことはあり得ないと思いますけどね」

「うちは、あるんです」

「それでも国岡さんは辞めていない」

「それもよく分からない……国岡も相当変わった人間ですよね。ただ、私が聞いている限り、仕事は

早川書房の新刊案内　2023

〒101-0046 東京都千代田区神田多町2-2　電話03-3252-3
https://www.hayakawa-online.co.jp
● 表示の価格は税込価格で
(eb)と表記のある作品は電子書籍版も発売。Kindle/楽天 kobo/Reader™ Store ほかにて

＊発売日は地域によって変わる場合があります。　＊価格は変更になる場合がありま

ポケミス創刊70周年

早川書房のミステリを代表する叢書〈ハヤカワ・ミステリ〉、通称ポケミス。これ
で、アガサ・クリスティーやエラリイ・クイーン、マイクル・クライトン、P・D・ジェイ
ズ、リチャード・オスマンなど、多くの作家の傑作を紹介してきたポケミス
1953年9月のミッキー・スピレイン『大いなる殺人』の刊行から今年9月でちょう
ど70年になります。

記念作品刊行第1弾

英国推理作家協会賞受賞の
究極のホワイダニット・ミステリ

渇きの地

クリス・ハマー／山中朝晶訳

オーストラリアの田舎町で牧師が銃を乱射し、五人を殺して射殺され
事件が発生した。町を訪れた記者のマーティンは、取材の中で牧師を
ばう住民が多くいることを知る。だが、ひとりの老人が住民の言う
は信じるなと告げ……。事件の真相と町の秘密とは?

ポケット判　定価2310円［絶賛発売中］　(eb9月)

記念作品刊行ラインナップ（予定は変更となる場合がありま

2023年10月	夜間旅行者（仮題）　ユン・ゴウン／カン・バンファ訳　韓国
2023年11月	喪服の似合う少女（仮題）　陸 秋槎／稲村文吾訳　中国
2023年12月	冷徹なる世界（仮題）　イーライ・クレイナー／唐木田みゆき訳
2024年1月	漆黒の夜を超えて（仮題）　ハビエル・セルカス／白川貴子訳
2024年2月	ポケミス2000番特別作品

ハヤカワ文庫の最新刊

9
2023

●表示の価格は税込価格です。
＊価格は変更になる場合があります。
＊発売日は地域によって変わる場合があります。

NF602

哲学が斬り込む、格差と分断の根源
解説：本田由紀

実力も運のうち 能力主義は正義か？

マイケル・サンデル／鬼澤 忍訳

eb9月

成功を決めるのは努力か環境か？ハーバード随一の人気教授が「能力主義」の是非を問い日本中に議論を巻き起こしたベストセラー

定価1320円［絶賛発売中］

SF2419

宇宙英雄ローダン・シリーズ696

集結ポイントYゲート

ヴルチェク、グリーゼ＆シェール／若松宣子訳

ドリフェル・ゲートから脱出したローダンらを、炎の侯爵アフ＝メテムは自分の配下にすべく、さまざまな手段で懐柔しようとする！

定価902円［絶賛発売中］

ゲーム理論から生まれた、Win-Winを築く交渉術

パイを賢く分ける

——イェール大学式交渉術

バリー・ネイルバフ／千葉敏生訳

eb9月

交渉の当事者同士が手を組むことで、分け合う価値＝パイの大きさを最大にしよう！ イェール大学のMBA課程で15年間教えられてきたシンプルかつ実践的な交渉術を、ゲーム理論の専門家で、コカ・コーラ社との企業売却交渉など豊富な経験を持つ著者が伝授する

四六判並製　定価2860円［20日発売］

ベストセラー『樹木たちの知られざる生活』の著者、最新作！ 元森林官が語る、森と地球の未来

樹木が地球を守っている

ペーター・ヴォールレーベン／岡本朋子訳

eb9月

樹木はどんな科学技術よりも優れた力で二酸化炭素を吸収し、雨量や気温を適切な状態へとコントロールする。そしてその調整の仕方を子や孫へと受け継いでいく——。長年、森林の管理をしてきた著者が、樹木の秘められた力を明かし、環境問題解決の道筋を説く。

四六判並製　定価2090円［20日発売］

「パティスリー界のピカソ」と称される天才パティシエの素顔とは

ピエール・エルメ語る

eb9月

アルザスのベーカリーに生まれた少年はいかにして世界最高のパティシエとなったのか。彼の代名詞でもある色鮮やかなマカロンはどのような試行錯誤を経て生まれたのか。パティシエとしてレシピ開発に明け暮れ

今でも普通にしているみたいですよ。それに関しては、辞めさせる理由はない」

「でも、社長も、国岡さんが気に食わなければ、何かの理由をつけて辞めさせるとか、子会社に飛ばすとか、処分する手はあったでしょう」

「自分の目の届くところに置いておきたかったのかもしれません。干してそのまま監視する……いい趣味じゃないですね」笠井が批判のニュアンスを滲ませた。

「社長は、そんなに陰湿なタイプなんですか？」

「陰湿というか、冷酷……残酷なところがないと、経営者は駄目なのかもしれない。ただ、うちの社長は段々変わってきました。年々きつくなっているというか」

「なるほど。でも、国岡さんが辞めなかった理由が分かりませんね。今も独身なんですか？」

「ええ」

「だったら、背負うものもない」

「復讐するためには、社内にいた方がいいでしょう。会社の外へ出てしまえば、手は出しにくくなります」

「怪文書の件、ご存じですか？」

「社内の人間は全員知ってますよ」笠井が皮肉っぽく言った。

「あんなに大きな会社なのに？」

「怪文書が出回ることなんか、滅多にないでしょう。噂はあっという間に広がりますよ」

「あなたも知っていたんですか？」

「知ってましたよ。興味はなかったですけど」

「私はそもそも、その怪文書について調べているんです」

「ああ……」どこか惚《ほう》けたような表情で笠井がうなずく。「社長の依頼ですか」

「誰の依頼かは言えませんが、とにかく調べています」

「それで、国岡を疑っているんですか？」

「彼が、普段から社長への復讐を公言している、という話を聞いたもので。気にしないわけにはいきませんよね」

「私は直接、そういう話を聞いたことはないですよ。部署も違うし、顔を合わせることもないので」

「呑みに行ったりすることはないんですか？」

「ないですね」笠井がゆっくりと首を横に振る。「国岡とはあまり気が合わないので」

「そうですか……ちなみにあなたも、社長にとっては頭の痛い存在だと聞いています」

笠井の顔からすっと血の気が引いた。薄く唇が開いたものの、言葉が出てこない。

「あなたも、社長と上手くいっていないと聞きました。事実ですか？」

「私は……単なる行き違いですよ」

「行き違い？」

「『ZQ』の発足当初は、社長が自分でプログラムを書いていました。優秀なプログラマーだったと聞いています。だからこそ、私たちのように後から入ってきた人間の仕事に満足できない部分もあったんでしょう。衝突もよくありました。それが嫌で、辞めていった人間もたくさんいましたよ。初期の頃は、社長が仕事全体に目を配っていましたしね。私も、結構やり合いました。ただそれは、ＳＥとしての思想の違いというか……仕事のやり方は人それぞれで、私と社長の考え方が合わなかっただけです。この業界ではよくある話ですよ」

「あなたは辞めなかった」

「子どもが産まれたばかりでしたからね」笠井が肩をすくめる。「背に腹は代えられなかっただけです。その後会社も大きくなって、社長と直接話すこともなくなりました」

「ずっと……出世できないじゃないですか」

「しょうがないですね」諦めたように笠井が言った。「そろそろ潮時かとも思いますけどね」

「潮時があるんですか」

「昔から、SE三十五歳定年説っていうのがあるんですよ。プログラムを組むにも、創造性が要求されますから。創造性や柔軟な考え方は三十五歳で枯渇する……ということですよ」

「だったら、三十五歳を過ぎたらどうするんですか？」

「管理する側に回るんですね――普通は」

「あなたは？」

「定年の三十五歳を、ずいぶん前に過ぎましたね」笠井が寂しそうに笑う。

「社長のこと、恨めしく思いませんか？」

「多少はそういう気持ちもないではないけど……家族第一ですから。『ZQ』は、業界平均よりもずっと、給料はいいんですよ」

家族のために屈辱に耐えるわけか。フリーの私は、何の保証もない不安に毎日晒《さら》されているが、笠井のようにストレスを抱えながら同じ会社で同じような仕事をしているのも辛いだろう。お互い様ということか、と私は思った。

「だけど私は、社長をひどい目に遭わせてやろうとか、そういうことは考えてませんよ。この会社にしがみついて、金を貰うことだけが目的だから」

「あなたの話を聞いていると、他にも社長に恨みを持っている人がいそうですね」

「そうかもしれません。ただ、今は、そういう人はさっさと辞めるでしょうね。ＩＴ業界は流動性が高いし、辞めることに抵抗感のある人は少ないですよ」

「あなたが例外ということですか」

「そうかもしれません」

「国岡さんは？」

「国岡は……自分で聞いてみて下さい。私は、彼に関しては何も言いたくないですね」


国岡に話を聴くために、いきなり家を襲うことにした。人は誰でも、帰宅すれば気が緩む。そこで際どい話をぶつけられると、つい本音を話してしまうこともあるのだ。

残業は許されない会社だと聞いたので、私は午後六時過ぎ、「ＺＱ」本社からほど近い彼の自宅前で待機を始めた。朝凪橋を渡って、直線距離にして一キロぐらいだろうか。住所的には江東区枝川になる。豊洲とはがらりと雰囲気が変わり、気安い呑み屋や古い一戸建ての家もある普通の住宅街という感じだった。既に真梨から、社員証の写真を入手している。四角い顔に張った顎、太い首。髪は短く刈り上げてあり、いかにも体育会系という感じがする。

国岡の自宅は、かなり古いマンションだった。ホールのすぐ前の道路にグランドチェロキーを停め、ハンドルを両腕で抱えこむようにして待つ。こういう張り込みの場合はスマートフォンを見ているわけにはいかないから、暇潰しの友になるのはラジオだけだ。FMから流れてくるのはクラシック――交響楽。つい眠気を誘われるが、これがヒップホップだろうがヘビメタだろうが、目が覚めるわけではない。私は基本的に、音楽には興味がないのだ。

雨が降ってきた。大粒ではないが、フロントガラスが濡れてくるので、視界が危うくなる。たまにワイパーを動かして、ガラスをクリアにしなければならなかった。

国岡は帰ってこない。八時……八時半。残業禁止といっても、そんなことは名目だけだろう。営業だったら、外で得意先と会っていて遅くなるかもしれないし、呑んでくだを巻いているかもしれない。酔っ払って帰ってこられたら面倒だな、と不安になった。さほど酒に強いわけではないせいか、私は酔っ払いの相手が苦手なのだ。

九時。車の前を人影が通り過ぎた。国岡だ。雨が降っているのに傘もささず、小走りでマンションのホールに駆けこむ。私は慌てて車から降り、彼を追いかけた。

「国岡さん」

呼びかけると、一瞬立ち止まって振り向き、迷惑そうな表情を浮かべる。

「須賀と言います」

「ああ」既に私の正体を知っているようで、国岡はさほど驚いていなかった。「社内を嗅ぎ回っているのは、あんたですか」

私は黙ってうなずいた。嗅ぎ回っているという言い方には悪意を感じたが、事実だから仕方がない。それにしても、自分が動いていることをほとんどの社員が知っているのではないかと不安になった。これではもう、極秘の調査はできないだろう。

「ちょっと話を聞かせてもらえますか」

「何の件で？」

「あなたと社長の件で」

「話すことは何もないね」国岡の表情が強張った。

これは、まともな会話は成立しそうにない……私はこの場で急いで話を進めることにした。

「あなたは、昔から社長との間にトラブルを抱えていましたね」

「ああ」国岡があっさり認める。

「ずっと恨みに思っていて、復讐する、と公言しているそうですね」

「言ってるよ。だから？」

「本気でそんなことを言ってるんですか」

「もちろん」

それこそ本気か？　私が凝視しても、国岡の視線はぶれなかった。突き刺すように私を見つめ続ける。

「あのさ、あんた、社内で出回った怪文書のことを調べているんでしょう？　昨夜は、脅迫されて金を届けたとか届けないとか」

私は何も言わなかった。調査の内容まで詳しく教えるわけにはいかない。

「俺はそんなことはしないよ。やるならもっと派手に、社長が恥をかくようにやる。それこそ、社会的に抹殺できるぐらいに」

「本気でそんな計画を立てているんですか？」

「それをあんたに言う必要はないだろう」

「犯罪には予備行為というのがあって――」

「あんたには関係ないよ。こっちの問題だ」

「しかし――」

「俺は何もやってない。信じるか信じないかはあんたの自由だ」

国岡はさっさとオートロックを解除し、中に入ってしまった。ダッシュすればドアが閉まる前に追いつけそうだが、今はそのタイミングではない。それより何より、国岡が嘘をついているとは思えなかった。嘘をつくつもりなら、そもそも社長を恨んでいないと言えばいいのだ。

いや……大きな嘘をつくために、小さな真実を混ぜこむやり方もある。

この突撃は失敗だったな、と悔いた。もっと周囲を固めて、有無を言わさぬ証拠を摑んでから直当たりした方がよかったかもしれない。

まあ、これで完全に失敗というわけではないだろう。相手が分かっている限り、やり直すことはできるのだ。


私は国岡の周辺調査をしながらその後の日々を送った。彼が社長に対して本当に憎しみを抱いていることは確信できたし、「復讐」をしばしば口にしていることも間違いなかったが、具体的な話が出てこない。結局、口だけの男なのだろうか……。

国岡に会ってから三日後、私はとうとうダウンした。生活リズムがすっかり狂ってしまい、ずっと時差ぼけのような状態が続いていたのである。午後十時過ぎにベッドに座ったと思ったら、いつの間にか寝ていた。

私を眠りから引き戻したのは、またもスマートフォンの呼び出し音だった。寝ぼけ眼を擦りながら画面を確認すると、午前五時。その時点では、たっぷり寝たのか寝ていないのか分からなかった。かけてきたのは真梨だった。こんな時間の電話は緊急事態に決まっている。私は一瞬で目覚め、電話に出た。

「朝早くにすみません」

「どうしました」私は低い声で訊ねた。

「先ほど、警察から連絡があって……」

「脅迫犯ですか？」私たちが知らない間に警察が動いていたのだろうか。

「違います」真梨の声は深く沈みこむようだった。「国岡と会いましたか？」

「ええ、三日前——四日前に」既に日付が変わっている。

「殺された、と警察から連絡が入ったんです」

私は飛び起きてベッドから抜け出した。

第4章　失態

1

早朝、私は四日振りに国岡の自宅マンションを訪れた。建物の前には規制線が張られ、出入り口まで近づけない。ここにいても埒が明かないと思ったが、他に上手い手を思いつかなかった。何か情報を摑んで、真梨に報告を入れたいのだが……。

朝六時、殺人事件が起きたというのに現場は静まり返っていた。さすがに野次馬が集まってくるにも早過ぎるか。それに今日は、日曜日である。ジョギングしている六十歳ぐらいの男性が足を止め、怪訝そうな表情で私に話しかけてきた。

「何かあったんですか?」

「さあ……私も通りかかっただけなので」私はとぼけた。

「事件ですかね」

「警察が来てるんだから、事件でしょうね」

「怖いねえ」

男性はさほど現場に執着する様子を見せず、そのまま走り去っていった。非日常的な事件よりも、自分の日常を守る方が大事なのだろう。

さて、どこから手をつけるべきか。誰かに話を聞けるわけでもなく、規制線の外から現場の様子を確認するしかなかった。どうやら現場はマンションの敷地内でなく、建物の外のようだ。出入り口の前に、現場服姿の鑑識課員たちが何人も集まり、しゃがみこんで調べている。時折、ストロボのライトが鋭く光った。

帰宅してきた国岡が、たまたまマンションの前で襲われたのだろうか。だとしたら路上強盗か通り魔の可能性が高い。しかしどうしてこの場所だったのか、そしてなぜ国岡が犠牲になったのかを考えると混乱してしまう。国岡はがっしりした体育会系の体形で、強盗や通り魔がターゲットにするタイプではない。国岡のような人間相手だったら、返り討ちを恐れ、背後からでも襲いたいとは思わないはずだ。

「須賀さん」

声に振り向くと、真梨が駆けてくる。さすがにこの状況なので、ほとんどすっぴんのようだった。そのせいか、ひどく顔色が悪く見える。

「おはようございます」

私が丁寧に挨拶すると、真梨が嫌そうな表情を浮かべ、「何か分かりましたか」と訊ねた。

「いや、私も今来たばかりなんです。それより、どういう経緯であなたに連絡が入ったんですか」

「国岡の社員証と名刺から名前と会社が分かったんでしょう。あちこち情報が回って、最終的に私のところに連絡が来たんだと思いますけど」

「社長室長も大変だ。こういうのは人事の仕事じゃないんですか」「ZQ」の全てのトラブルが彼女のところに集中している感じではないか。

「連絡があったんだから、しょうがないです。人事部の人間もすぐ来ますけど」

「そうですか……」

さすがに真梨も頼りになりそうな感じではない。彼女はしばし沈黙した後、思い出したように切り出した。

「後で、警察に来るように言われているんですけど」

「どこに、ですか」

「江東中央署です」

この辺の管轄はあの警察署か……弁護士時代、傷害事件の容疑者に面会するために訪れたことがある。

「車で送りますよ。そんなに遠くない」

「すみません……でも本当に、何が起きたんでしょう」真梨の顔色は蒼白かった。「須賀さん、国岡と話したんですよね？　トラブルでもあったんですか？」

「私を疑っているんですか」私は目を見開いた。

「そういうわけじゃないですけど……須賀さんはいろいろ調べていたわけだし」真梨が一歩引いた。

「まともに話もできませんでしたよ」私は肩をすくめた。「反発されただけです。それより国岡さん、社内では何かトラブルはなかったんですか」

「私は把握していません」低いが強い口調で真梨が言った。「もしかしたら、本当に国岡が脅迫事件の犯人だということは……」

「今のところは何とも言えません」

「警察には、脅迫のことを言った方がいいですか」助けを求めるように真梨が訊ねた。

「それは、御社のご判断です」

「判断できないから、須賀さんのアドバイスが欲しいんですが」

迷うところだ。この件が脅迫事件と関係しているかどうかは、まったく分からない。捜査が進んでいく中で、脅迫事件の事実が明らかになったら、警察は「どうして隠しておいたのか」と疑念を抱くだろう。しかし今の段階では……「ZQ」の立場を守るためには、言わない方がメリットがあるのではないかと思った。もしもこれが単なる通り魔事件だとしたら、わざわざ会社のトラブルを警察に教える必要はない。まさに藪蛇《やぶへび》だ。

「取り敢えず、黙っていましょう。警察に聴かれたことだけ答えればいい」

「分かりました」普段なら一言二言反論しそうな真梨が、あっさり同意した。慣れない事態に動揺している……脅迫は、じわじわと沁みてくる恐怖だ。それに対して殺人事件は「即効性」がある。頭をいきなり殴られたようなもので、通常の反応ができなくなってしまってもおかしくはない。

その時、一人の中年の男と目が合った。マンションから出てきたところで、鑑識課員と何か言葉を交わした後、こちらを見ると怪訝そうな表情を浮かべたのだ。私もすぐにピンときた。弁護士時代に知り合った石橋《いしばし》という刑事だ。当時は新宿中央署刑事課の係長で、容疑者に面会に行った時に、何回か言葉を交わしたことがある。印象はあまりよくなかった。とにかく強権的で、容疑者を馬鹿にしていた……同時に弁護士も。逃げようのない人間の弁護をして何が楽しいのか、とまで言い切った。

「私は弁護士ということにしましょう」私は真梨に提案した。それは嘘ではない。

「何ですか、いきなり」

「知り合いの刑事が来ているんです。私も話さなければならないでしょう。どういう立場でここにいるか、はっきりさせておいた方がいい」

「会社の顧問弁護士にしますか？」

「顧問は言い過ぎだな……たまに会社の仕事をする、ぐらいにしておきましょう。今回は、慌てて私に相談してきたということで」

「それじゃ、私があまりにも情けない感じもしますが」真梨が抗議した。

「こういう事件に対応するのは、弁護士と決まっているんです」

石橋が大股で近づいてきた。四十代半ばぐらいだろうか、精力感溢れる男で、常に低い声で脅しつけるように話し、相手に有無を言わさぬ迫力がある。私たちは規制線を挟んで対峙した。

「あんた――弁護士の須賀さんじゃないか」

「どうも、ご無沙汰しています」私はさらりと挨拶した。「今、こちらにいるんですか？」

「ああ、江東中央署――あんたは何をやってるんだ？」

「呼ばれて来ました」

「誰に？」低い声は、ただ話しているだけなのに脅しをかけているようにも聞こえる。

「こちらの」私は真梨を右手で指し示した。「『ZQ』の社長室長、伊佐美真梨さんです」

「ああ、どうも」真梨に対しては、石橋は素直に頭を下げた。「朝早く申し訳ありません。これから署の方で話を聴かせてもらえますか」

「同席します」私はすかさず言った。

「何であんたが？」石橋が、胡散臭《うさんくさ》そうに目を細めて私を見る。

「弁護士として呼ばれたので」

「弁護士先生が同席するような話じゃねえよ。一般的な、関係者への事情聴取だ」

「一応、弁護士としても事情を知っておきたいですからね」

「それは必要ないと思うがね。会社は関係ないんだろう？」

これは本音だろうか？　私は石橋の目を真っ直ぐ見た。細い目は何も語っていない。

「容疑者に対する事情聴取じゃないから、つき添っても問題ないでしょう」

「そりゃそうだけど、本当に弁護士先生に入ってもらうようなことじゃないんだぜ――今のところはな」

嫌な言い方をする。この男は何かと皮肉っぽく、扱いに手を焼いたことを思い出す。法律的には、警察官と弁護士は敵同士でも何でもない――刑事弁護士の敵といえば公判担当の検察官だ――のだが、刑事の方ではそうは思わないのかもしれない。せっかく捕まえた犯人を弁護して、あわよくば無罪判決を狙う人間。つまり、自分たちの苦労を水の泡にする可能性があると思っている。実際には、起訴されれば有罪率はほぼ百パーセントに近く、弁護士の努力で無罪判決が出ることなどまずないのだが。私も、日本の警察の捜査能力の高さについてはよく知っている。

「まあ、とにかく署には伺いますよ。伊佐美さんは私が送っていきますので」

「そうかい。ま、好きにして下さい。日曜の朝からご苦労さんですな」

皮肉たっぷりに言って、石橋が去っていく。真梨が不安そうに口を開いた。

「あの人がお知り合いなんですか？」

「弁護士時代の」

「お知り合いの割には、いかにも仲悪そうでしたけど」

「あの人と上手くやれる人間がいたら、お目にかかりたいですね」

署に着くと、他の刑事が真梨の事情聴取を担当した。意外なことに真梨は、私の同席を拒否した。江東中央署に到着した人事部長と一緒に話をするという。

「いいんですか？」

「弁護士の同席を強く要求したら、かえって疑われませんか？」

「それはまあ……そういう風に思う警察官もいるでしょうね」

「大丈夫です」真梨が私に身を寄せ、小声で言った。「脅迫事件のことは言わない——その原則は守ります」

「分かりました」依頼人——彼女が正式な依頼人かどうかははっきりしないが——が言うことなら、従わねばならない。

若い刑事が現れて、真梨と人事部長を連れていった。私は手持ち無沙汰になってしまったが、事情聴取が終わるまでは、ここで待っているしかないだろう。待ち時間のために、交通課の近くにある自動販売機で紙コップのコーヒーを買った。砂糖、ミルク入り。これで少しは空腹が紛れるだろう。

交通課の前のベンチに腰かけてコーヒーを啜《すす》っていると、石橋がやってきて私の隣に腰を下ろした。攻撃される前に、私は切り出した。

「少し話せませんか」

「ああ？　あんたと話すのは嫌なんだよな。弁護士先生は理屈っぽくていけない」

だったら横に座るなよ、と思った。この男の考えていることはよく分からない。

「理屈っぽくない弁護士なんかいませんよ」私は反論した。「理屈をこねるのが仕事なんだから」

「面倒臭《くせ》えなあ」石橋が両手で顔を擦る。

「依頼人のためにも、状況を知っておきたいんですよ」

「しょうがねえな」石橋が両の腿を叩いて立ち上がった。「サービスだぜ」

「どうも」

刑事課は上階にあるはずだ。しかし石橋はそちらへ上がるのも面倒なのか、交通課の取調室に向かう。ドアは開け放したままだったが、窓のない部屋なので、どうしても閉塞感に苦しめられる。

「しかしあんた、相変わらずでかいな」呆れたように石橋が言った。

「身長は自分ではどうにもなりませんよ……それで、どういう状況なんですか」

石橋が手帳を広げる。状況は頭に入っているはずで、これは一種のポーズなのかもしれない。

「通報は午前二時過ぎ。その時間にマンションに帰ってきた人が、被害者《ガイシャ》が倒れているのを見つけた」

「傷の具合は？」

「頭を鈍器で一撃、さらに胸を刺されてる。解剖してみないと死因は分からないが、刺し傷が致命傷になったんじゃねえかな」

「正確な発生時刻は分からないんですか」

「どうかね。あの辺は、夜になると急に人通りが少なくなるんだ。呑み屋が閉まる午前〇時過ぎだと、真っ暗だぜ」

「じゃあ、午前〇時から二時ぐらいまでの間の犯行と考えていいですか?」

「そんな感じだろうな」

「身元の確認が早かったですね」

「何も盗《と》られてなかったんだ。財布から名刺入れまで、全部揃っていた。で、試しに名刺にあった電話番号に電話してみたら、通じたんだよ」

「そんな時間に?」

「泊まりこみで仕事している人がいたんだ」

営業の仕事で、泊まりこみなどあるのだろうか。その疑問を口にすると、石橋が馬鹿にしたように鼻を鳴らした。

「海外とやり取りがあるんで、会社にいたそうだ。今時メールでも何でもあるのに、わざわざそんなことをする必要があるのかね」

「海外との直接のやり取りはよくあるようですよ」

「ほう、よく知ってるな」石橋が目を細める。

「あの会社のことは、ある程度は分かっています」

「あんた、顧問弁護士なのか?」

「細かい案件がある時に、相談に乗っているだけです。会社には、契約関係とかいろいろあるじゃないですか」

「なるほどね」石橋はさほど疑っていない様子だった。「ま、とにかく会社と連絡が取れたんで、然るべき人を紹介してもらったんだよ。社長室長がわざわざ来るとは思わなかったけどな」

「社長室長は、会社全体のコントロールタワーなんです。社員が殺されたとなったら、当然駆けつけてくるでしょう」

「そんなもんかい？」

「そんなものです」私は肩をすくめた。

「しかし何であんたが呼ばれたんだ」石橋が右肘《ひじ》をテーブルについて身を乗り出した。「刑事弁護士が関係する案件とは思えない。それとも、さっきの社長室長が犯人とか？」

「まさか。動転してただけでしょう。困ったら弁護士を呼ぶ、という人は少なくないですよ」

「日本では、一度も本物の弁護士と話したことがない、見たことすらないという人がほとんどだけどな」

「もっと気軽に相談すればいいんですよ」

「弁護士を頼むとクソ高いだろうが」石橋がせせら笑った。「金に余裕のある人間の、保険みたいなものだろう」

「まあ、何とも言えませんが……」私は肩をすくめた。「それより、警察の見方はどうなんですか？　通り魔か何か？」

「それは、今の段階では何とも言えないな。まだ方向性を示すほど、状況が分かっていない」

「そうですか」

「ま、会社の人から話を聴けば、何か分かってくるだろう」石橋は何故か楽観的だった。捜査経験の豊富なベテラン刑事なら、現場を見ただけである程度シナリオが描けてしまうのかもしれない。「で、あんたはどうするんだい？」

「彼女たちの事情聴取が終わったら、話をします。それで今後、何らかの対応が必要かどうか、判断しますよ」

「できればあんたとはかかわり合いになりたくないね」石橋が嫌そうな表情を浮かべる。「あんた、しつこいからな。俺らが何を言っても、軽く流しておけばいいんだよ」

「何も言わなければ、そもそもトラブルになりませんよ」

「トラブルねえ」石橋が喉の奥で笑った。「あの程度でトラブルって言われたら、警察は毎日戦争だ」

「そうですか……ところで石橋さん、今はこちらの署にいらっしゃるんですよね？」私は念押しで確認した。

「ああ。俺らみたいに、一生所轄仕事をする人間がいないと、警察の仕事は成り立たないのさ」

「そのお考えは尊重しますが、石橋さんがこの署の人なら、一つだけクレームが」

「ああ？」

「このコーヒー、そこの自販機で買ったんですけど、ミルク、砂糖入りを選んだのに砂糖が入っていなかった」嘘。少しでも石橋を苛立たせて、優位に立ちたかった。

「そんなこと、俺に言われても困る。自販機に連絡先の番号が貼ってあるから、電話しろよ」石橋が立ち上がった。「じゃあな、弁護士先生」

私は既に弁護士の看板を下ろしているが、嘘をついたわけではない。弁護活動をしても問題はないのだし。しかし余計なことを言わないのは正解だった、と自分を納得させる。

八時過ぎ、二人が解放されて一階に降りてきた。人事部長が真梨と何かこそこそ話し合ってから、すぐに署を出ていく。取り残された真梨が、腕組みをしたまま周囲を見回した。私を見つけると、ほっとした表情を浮かべて歩み寄ってくる。

「朝飯にしましょう」

「はい？」

「ちょうどそんな時間だ。どうですか？　すぐそこの木場公園の中にカフェがありますよ」

「まあ……そうですね」真梨が左腕を持ち上げて腕時計を確認した。「会社へ行かないといけないんですが」

「春山に報告ですか？」

「ええ」

「これは、社長が関係するような案件じゃないでしょう」私は首を捻った。春山が、社内のことを何でも把握しておかないと気が済まない性格だということは分かっているが、殺人事件にまで絡んでこなくても。

「とにかく、報告の準備だけはしておかないとまずいです。それに、国岡の家族への対応もしないといけないでしょう。そういうのは、警察に任せておくわけにはいきません」

「そういうのは、それこそ人事部の仕事でしょう。あなたも、何でもかんでも抱えこまなくても……とにかく、何か腹に入れておかないときついですよ。会社までは私が送ります」

「そうですか……」

木場公園の中にあるカフェには、以前も行ったことがある。確か、朝八時から営業しているはずだ。

広々とした芝生広場を突っ切って、江東中央署の反対側を目指す。朝の空気は冷たく爽やかで、ぼうっとしていた体が引き締まるような感じだった。

店内とテラス席があり、私たちはテラス席を選んだ。少し肌寒いが、耐えられないほどの気温ではない。モーニングメニューは数種類のホットドッグが基本……それぞれ選んでコーヒーももらった。モーニングセットとしては結構な値段で、二人で二千円近くになる。

「結局、警察には何を聴かれたんですか？」私はさっさと用件に入った。

「国岡の普段の様子とか、交友関係です。と言っても、私たちに話せることなんかないんですけどね」

「一般社員の動向までは分からない、ということですか」

「当然です」むっとした口調で真梨が答える。「普段から一緒に仕事をしているか、よほど親しい人のことじゃないと、分かりませんよ。それより、こういうのは普通の捜査なんですか？」

「そうですね。被害者の交友関係を探るのは、一般的な捜査です。今のところまだ、どういう事件なのか判断しかねているようですが。通り魔の可能性もある」何も奪われていなかったというから、路上強盗の線は捨てていいだろう。

「あんな時間に？」

「犯行時刻が確認できていないんです。その辺は、解剖してみれば分かるかもしれませんけど」

解剖という言葉を聞いて、真梨の顔が蒼褪《あおざ》める。しかしこの件については言い訳も緩い説明もできない。コーヒーとホットドッグが運ばれてきたので、とにかくコーヒーを飲むように勧めた。しかし真梨は、すぐには手を出そうとしない。

「起きてから何も胃に入れていないんでしょう？　せめてコーヒーぐらい、飲んだ方がいいですよ」

そこまで言うと、ようやく真梨がカップに手を伸ばす。コーヒーを一口飲むと、急に食欲のスウィッチが入ったのか、ホットドッグを猛然と食べ始めた。それを見て、私も手をつける。チリがたっぷり載ったホットドッグで、どうせ日本のチリは大したことがないだろうと思っていたら、予想していたよりもはるかに辛い――一本食べ終える頃には、額に汗が滲み出しそうだ。

二人とも無言でホットドッグを食べ続ける。あまり健康的な朝飯ではないが、今はとにかく、胃に何か固形物を入れておくことが大事なのだ。私の方が先に食べ終えたので、話を再開する。

「とにかく、あまり気にしない方がいいんじゃないですか。会社は関係ないでしょう」

「須賀さんは、国岡と話したでしょう。それが何か引き金になった可能性はないんですか」

「まさか」私は即座に否定した。「さっきも言いましたけど、そもそもまともに話もできない状態でした。国岡さんは警戒し過ぎというか、初対面の人と気軽に話すようなタイプじゃないんですね」

「それは私には分かりませんが……」

「私と話したことが、何かのきっかけになったとは思えません」

「そうですか。それならいいんですけど、脅迫の件も、調査は進んでいないんでしょう？」

「残念ながら、今のところ手がかりはありません」犯人からの接触もない――会社側が隠していれば別だが、おそらく犯人は警戒して、しばらく身を潜めていることに決めたのだろうと私は予想していた。金を奪い損ねたのだから、今後は大胆な手に出ることはできないのではないか。

「何でこんなことばかり起きるんですかね」真梨が溜息をついた。

「脅迫の件と今回の件は、取り敢えず分けて考えた方がいいですよ」私はアドバイスした。「脅迫は脅迫、殺しは殺し」

もしもこの二つがつながってしまったら大変なことになるが。

「ちょっと考えがまとまりません」

「無理にまとめることはありませんよ。分かっていないことが多いんだから」

「だけど――」

その時、テーブルに置いた真梨のスマートフォンが鳴った。裏返してあったのを手に取ると、思いきり顔をしかめる。

「春山ですか？」

「ちょっと――」

真梨がスマートフォンを耳に当て、テラス席から公園の中に向かって歩き出した。しばらくそのまま話していたが、やがてこちらに向き直り、肩を落として溜息をつく。

「行きましょうか」私は立ち上がった。「やっぱり春山でしょう？」

「どうして分かるんですか？」

「あなたをそんな顔にさせる人間は、春山ぐらいしか思いつきません」

2

春山は社長室にいた。日曜だというのにきっちりスーツを着てネクタイを締めている。そう言えば再会してから彼のカジュアルな格好をまったく見ていない、と気づいた。

目に見えて苛々している春山は、私を見て目を見開いた。部外者は関係ない、とでも言いたそうだった。

「どうしてお前が――」

「私がお呼びしました」真梨がすぐに言った。「こういう事態ですから、動揺してしまって……須賀さんにはご迷惑をおかけしました」

春山が真梨を睨む。彼がどこまで状況を把握しているかは分からないが、私をこの件に嚙ませたくないのは明らかだった。

「俺は帰るよ。伊佐美さんを送ってきただけだから」

「ああ、いや――ついでだ。ちょっと話をしよう。弁護士としてアドバイスしてくれ」

「俺は弁護士じゃない」つい反論してしまう。

「資格は持ってるんだから。法的なアドバイスがあれば、聞きたい」

私たちは、豪奢《ごうしゃ》な応接セットに落ち着いた。いつもの癖で、体を小さく見せようと背を丸めてしまう。

「人事部長から、概《おおむ》ね話は聞いた」春山が切り出した。

「特につけ加えることはありません」真梨が小声で言った。「人事部長と一緒に、警察と話をしました」

「参ったな……」春山が額に手を当てる。「何でうちばかり、こんな目に遭うんだ。須賀、どう思う？」

「脅迫とは関係ないと思う。今のところは」

「今のところ、か」

「それより、何でお前が出てきたんだ？　社長が直接首を突っこむようなことじゃないだろう」

「うちの社員が殺されたんだぞ！」春山が声を張り上げた。「黙ってのんびりしているわけにはいかないじゃないか。社員はファミリーなんだ！」

「ああ」相槌《あいづち》を打ったものの、私は少し白けた気分になった。ファミリーという割に、春山は国岡にひどい仕打ちをしてきたではないか。いや、家族だからこそきつく当たるのだろうか。「国岡さんは、どういう人だ？　かなり古いメンバーだって聞いてるけど」

「創業当初からじゃないけど、そうだな、古参メンバーだ」

「会社の規模が小さい頃は、毎日顔を合わせていただろう」

「ああ……ちょっと変わった人で、普通の人とは合わないんだ」

「合わない？」その辺の話は、笠井から聞いた情報と一致する。

「捻くれ者というかね。普通の営業社員が尻尾を巻いて帰ってくるような偏屈な人、いるだろう？　そういう人を籠絡《ろうらく》するのが得意なんだよ。だから成績は、平均するとそこそこよかった」

「最近は？」

「最近は……営業の一社員の動きまでは把握していない」

「平社員なんだよな？」私は確認した。「まだ役職がないっていうのは、ちょっと不思議な感じもするけど」

「それは、総合的な判断だろう。人事に関しては、俺はハンコを捺《お》すだけだから、詳しい事情までは把握していない」

　嘘。国岡を平社員に留めおいたのは春山だ。しかし、ここで突っこんでも答えは出てこないだろう。そして場の雰囲気を一気に悪くしてしまう可能性もある。私は質問を呑みこんで、話を進めた。

「会社としてはどうするんだ？　警察は、社内の人間から話を聴きたがると思う」

「それは、できるだけ協力するよ。こんな事件だから、早く解決してもらわないと、他の社員も動揺する」

「犯人は社員の可能性もあるぞ」

「ああ？」春山が目を見開いた。「まさか」

「最近、殺人事件の多くは家族内で起きる。でも国岡さんは独身だそうじゃないか」

「何でお前がそんなことまで知ってるんだよ」春山が私を睨んだ。

「道すがら、伊佐美さんから聞いた。好奇心旺盛なものでね」私は肩をすくめた。

「お前は昔からそうだな」春山の表情がわずかに緩んだ。「人の事情に首を突っこんで鬱陶《うっとう》しがられていたけど、それが俺には頼もしかった……それと、脅迫事件の方はどうだ？」

「いろいろ調べてるけど、今のところ新しい情報はない」

「その件は、もういいんじゃないかな」春山が唐突に言った。

「いいって……まだ何も分かってないんだぜ？　また脅迫が来たらどうする」

「その時はその時で考えるさ。だいたい、犯人側からはしばらく接触がないんだから、もう諦めたと考えた方がいいんじゃないかな」

「俺は、そうは断言できないな」

「これから、殺人事件の捜査で警察が会社に入ってくる。そこで、お前が動き回っているのが分かったら、警察は変に勘繰るんじゃないか」

それはいかにもありそうだ。会社の評判を第一に考える春山なら、そういうことを心配するのも理解できる。

「つまり、この依頼は打ち切りということか」

「ああ」春山が真剣な表情でうなずいた。「お前には迷惑をかけたけど、これ以上続ける意味はないと思う」

「俺はまだ諦めていない」私は首を横に振った。「犯人に迫れるチャンスはあると思うんだ。犯人を割り出してきつく警告すれば、今後、こういうことは二度と起きないと思う」

「冗談じゃない！」春山が声を張り上げる。「今日の事件だって、はっきり言って迷惑してるんだ」

「迷惑って、お前……殺されたのは社員なんだぞ。ファミリーって言ったばかりじゃないか」

「会社としてはマイナスしかない。痛くもない腹を探られたくないよ」

「しかしな——」

「とにかく、お前には迷惑をかけた」春山が頭を下げる。「足りない分の金は、後で請求してくれ」

「そうか……」

「社長、もう少し判断を先延ばしにしてもよろしいんじゃないですか」真梨が割って入った。

「もう決めた。これでいい」

春山が立ち上がり、自席に戻った。こちらに背中を向けている間に、真梨がちらりと私を見て、右手を耳のところへ持っていく——後で電話する。私は素早くうなずき、立ち上がった。

既にデスクで書類に視線を落とし始めている春山に、「じゃあな」と声をかける。

「ああ」春山は顔も上げなかった。しかし何か思い直したのか、さっと私を見る。「また飯でも食おうぜ。これからは、あまり間隔が開かないように会いたいな」

「そうだな」

社長室を出て、廊下を歩き出す。全てが中途半端——こういう状態は大嫌いだ。目の前に謎があるのに、手をつけられない。両手を縛られたような感じで、身動きが取れないのが悔しくてならない。

事務所へ戻り、経費の精算を始めた。依頼料は、最初にもらっている以上は受け取らないつもりでいたが、かかった経費は請求しよう。

そんなことは後でもいいのに、こうやって事務所で数字をいじっているのは、真梨からの電話を待っているからだ。彼女が春山を説得して、また調査を始められるようになるのではないか——。

スマートフォンが鳴る。真梨かと思ったら由祐子だった。

「何だ」ついぶっきらぼうな口調になってしまう。

「何だってなによ」由祐子がむっとした口調で言った。

「いや……別の電話待ちだったんだ」

「ネットニュースで見たんだけど、『ZQ』の社員が殺されたんだって？」

「ああ。今日は朝からその件で呼び出されていた」

「弁護士として？」

「そういうわけじゃない」

一瞬、沈黙が流れる。ほどなく、由祐子がわざとらしい明るい声で告げた。

「お昼、食べた？」

「いや」

「暇なら一緒に食べない？」

「食欲がない。朝飯を食べ過ぎた」実際、チリドッグがまだ胃の中で自己主張している。

「相変わらず胃弱ね……だったら、蕎麦とかどう？」

「蕎麦ねえ。まあ、いいか」

由祐子がこちらに来るというので、私は出かける準備を整えた。恵比寿界隈には何軒か蕎麦屋がある。私の事務所から一番近い蕎麦屋は、かなり単価の高い店で、せいろでも千円だ。夜のコースは三千八百円からで、いい酒を揃えているので、呑んべえたちの溜まり場になっている。日曜ともなると尚更だろう。私は足を向けにくい店なのだが、昼に店を開けると夜まで通し営業なので、午後の時間にも使えるのは便利だ。

事務所にやってきた由祐子を連れて、蕎麦屋に向かう。小さなマンションの一階に入っている店で、隠れ家的な雰囲気もあった。店内は落ち着いた感じで、席は半分以上埋まっている。難しい話を進められる感じではなかった。

「呑んじゃおうかな」由祐子が嬉しそうに言った。

「どうぞ。俺は呑まないけど」

「一人で呑むの、馬鹿らしいな」

「今朝、早かったんだ」私は両手で顔を擦った。「酒なんか呑んだら、すぐ寝ちまうよ。今日はまだやることがあってね」

「じゃあ私は勝手に呑むわよ」

由祐子はビールに板わさ、焼き味噌を頼んだ。蕎麦屋で酒を呑む際のつまみの定番。私は蕎麦の注文を後回しにした。

「朝の件、正式に絡んでるの？」小さなコップに注いだビールを一気呑みしてから由祐子が訊ねる。

「いや、俺が出る幕はない」

「でも、呼び出されたんでしょう？」

「動転したんだろう。あんな知らせを聞かされたら、誰だって動転するよ」

「誰が動転したの？」再びビールを満たしたグラスを顔の高さで保持したまま、由祐子が訊ねる。

「あの人？」

「『あの人』って言い方はやめろよ」私は苦笑した。「何だか……」

「恋人と愛人の駆け引きみたい？」

「どっちが恋人でどっちが愛人だ？」

由祐子が吹き出した。どうも彼女は、どんな状況でも私をからかわないと気が済まないらしい。

「それで、朝呼び出されて話をしただけで終わり？」

「今のところは」

「あっちの件は？」

「あー、それは……」私は口をつぐんだ。こういうことは、それなりに人がいる蕎麦屋では話しにくい。

「ここだと話せない？」

「ちょっとね。さっさと蕎麦を食べて、事務所へ行こうか。向こうで話すよ」

「忙しないけど、蕎麦屋で長居は粋じゃないもんね」

由祐子が手を上げて店員を呼んだ。せいろを二人前頼むと、またグラスを干す。

「勝手に頼むなよ」

「大河君、どうせせいろしか食べないでしょう？　相変わらず食欲なしって顔してるし」

「……まあね」

高いだけあってせいろは美味かった。とはいえ量は少なく、あっという間に食べ終えてしまう。少食の私でも、さすがにこれでは物足りない。蕎麦湯が濃厚に白濁したタイプだったのが救いで、蕎麦つゆを割って飲むと、ようやくささやかな満腹感が得られた。

事務所へ戻ってコーヒーを用意する。その間、由祐子は例によってテーブルの汚れをチェックしていた。

「ちゃんと掃除するようにした？」

「まあね」

「今日は綺麗に拭けてるじゃない」

「掃除は面倒だけど、清潔なのはいいことだよな」

マグカップを二つ持って、一つを由祐子に渡す。彼女は一人がけのソファに座り、私は自分のデスクについた。

「脅迫の件、依頼が終わりになった」

「どういうこと？」カップ越しに由祐子が鋭い視線を向けてくる。

「これ以上調査する必要はない。今日、社長に言われたよ」

「あの社長ねえ」由祐子が鼻を鳴らす。「別にいいんじゃない？　私は何だか気に食わないし」

「そう言うなよ。俺の友だちだぜ」私は思わず注意した。

「友だちは選んだ方がいいと思うけどなあ……でも、どういうこと？　金の受け渡しに失敗した後でも、調査続行ということで了解してもらってたわよね」

「ああ」

「急に気が変わった？　ああいうワンマン社長だと、そういうことも普通にありそうだけど」

「今朝の殺しで手一杯なんじゃないかな」

「社長がわざわざ対応するの？」由祐子が目を見開く。「ワンマンだからって、普通はそこまでやらないでしょう」

「殺しだから、警察も社内に捜査に入ってくる。そこで俺がうろうろしてるのがバレたらまずい、と思ってるみたいだ。殺しの方はともかく、脅迫事件に関しては警察にも知られたくないんだろう」

「どうも怪しいんだなあ」由祐子がカップをテーブルに置いて、腕組みをした。「これ、絶対裏があるよ」

「あるかもしれないけど、そこは俺が突っこむべきところじゃない――それより君の方の経費の精算、もう済んでるよな？　あのバイクとかにかかった金はどうする？」

「あれは好意で貸してもらっただけだから、費用は発生しないわよ」

「でも、『ＺＱ』まで届けてくれた人に払う金とかさ」

「下僕がやったことだから、あなたは気にしなくていいわよ」

「下僕？」

「黙って命令を聞いてくれる人ぐらい、私も何人かキープしてるから」

「とにかく——経費と依頼料の精算はこれでＯＫ？」

「いいわよ。でも、大河君は？」

「俺が何か？」私はコーヒーを一口飲んだ。マシンで淹れるコーヒーなのだが、同じ豆を使っていても毎回微妙に味が違う。今日は少し苦味が強かった。

「これで本当にやめるの？」

「依頼人がいなくなったからな」

「依頼人がいないと調査しないんだ」

「俺はボランティアじゃない」

由祐子も黙りこみ、狭いワンルームの事務所に嫌な沈黙が流れた。考えてみれば、これまで調査を中途半端にしてしまったことはない。必ず何らかの結論を出して——それが依頼人の希望に添う場合も添わない場合もあったが——一応の決着をつけてきた。こんな風に、中途半端に終わらせたことは一度もない。つまり、途中で依頼人に「これで打ち切り」と言われたことはないのだ。

「じゃあ、やめても別に後悔しないんだ」

「まあ……気にはなるけどな」由祐子の言い方が引っかかる。

「気になるけど放り出すの？」

「煽るなよ」私は苦笑した。由祐子には、こんな風に人の尻を蹴飛ばす癖がある。

「大河君、前に言ってたじゃない」

「何を」

「どうして弁護士を辞めたか」

「ああ……」

私はコーヒーを一口飲んだ。先ほどよりも苦味が増しているのは、嫌な記憶が蘇《よみがえ》ってきたからか。

「あの時は、依頼人と遣り合ったんでしょう？」

「依頼人というか、クソ野郎と」

「あーあ、そこまでひどく言うんだ」由祐子が皮肉な笑みを浮かべた。「弁護士を怒らせると怖いわね」

怒っていない――今は。最後に本気で怒ったのは、あの依頼人と喧嘩《けんか》をした時だ。

弁護士になって何年かが経ち、すっかり仕事に慣れた頃に相談を受けた案件だった。「詐欺の疑いで警察に勘繰られて困っている」という話で、最初から胡散臭い感じはした。依頼人は当時でも珍しいスタイル――黒いシャツのボタンを三つ開けて首元に太い金のチェーンを覗かせ、肌に深刻なダメージが出そうなほど黒く焼いていた――の男で、昭和のチンピラという感じだったのだが、それでも依頼人は依頼人である。

男は「芸能プロデューサー」と名乗り、アイドル系のイベントなどを取り仕切っていると説明した。この格好は「キャラ」で、今の時代には目立って覚えてもらえたら勝ち、というのが男の言い分だった。そして、「昔やんちゃしていた」頃の関係で、振り込め詐欺事件の容疑者として警察に目をつけられて困っている、何とかならないかというのが本題だった。

なかなか難しい依頼だった。「疑われている」というだけで弁護士が乗り出して、何らかの手を打つのはかなり難しい。以前、ある俳優から「覚醒剤を使っていると疑われている」と相談を受け、その時は民間の調査機関で尿検査、血液検査を受けさせて「シロ」を証明し、警察の当該部署と話したことがある。その時警察側は、「特定の人物を捜査しているかどうかは言えない」と惚《とぼ》け通した。とはいえ、その後その俳優に対する捜査が行われた気配はなく、今も映画やテレビドラマなどで脇役として活躍を続けているから、私の仕事にも意味はあったのかもしれない。

そういう経験はあったものの、振り込め詐欺に関してははるかに難しい。薬物事件の場合、検査などで「シロ」を証明すれば、それ以上捜査は進まない。しかし振り込め詐欺の場合、捜査対象は個人ではなく「グループ」だ。一人を庇《かば》っても、逮捕された他のメンバーから名前が出て、結局捜査の手が及ぶ可能性も高い。

結局私は、その依頼を断った。

正確には、相談を受けた時に「保留」を宣言して、その後知り合いの警察関係者に取材を試みた結果、「かかわらない方がいい」とやんわりと警告を受けたのだ。はっきりと「捜査対象になっている」とは言われなかったが、微妙な言い方の意味はすぐに察することができる。

二度目に会った時に「引き受けられない」と宣言すると、相手は激怒した。私としては事務所の方針として「実際に逮捕された、あるいは任意の捜査を受けている事実がないと弁護には乗り出せない」「刑事事件絡みのトラブルを事前に回避するような仕事はしない」と説明したのだが、向こうはそれでは納得しなかった。

相当揉めたが、結局私は依頼を断った。その後は脅しが入るようになり、私の神経は削られた。それまでも刑事弁護士としてかなりタフな経験をしてきたのだが、それで心が鍛えられるわけではなく、むしろダメージは募る一方だった。

そのプロデューサーは、結局逮捕された。プロデューサーと言ってもそう名乗っているだけで、実際のイベントなどにかかわっていないことは、こちらの調査でも分かっていた。要するに本業は、振り込め詐欺の首謀者だったのである。

この事件をきっかけに、私は弁護士としての仕事を辞めることになった。

直接の原因は、逮捕された自称プロデューサーの新しい弁護士が私に接触して、プロデューサーが私を「訴える」と言っていると伝えてきたことである。向こうにすれば「事前に対策してくれなかったから逮捕された」という理屈なのだが、こちらから見れば単なる言いがかりである。しかしこの弁護士も相当なワル、かつトンパチなタイプで、プロデューサーに言われるままに私を脅しにきたのだった。

話し合いは平行線を辿り、どこかで私は切れた。気づくと、この間抜けな弁護士を殴り倒していた。当時所属していた事務所の所長たちが割って入ってくれたので、相手に深刻な怪我を与えることはなかったが、当然トラブルになった。所長が頑張って、何とか法的な問題に発展することなく収まったのだが、その過程で、私は弁護士業務に対する熱意を完全に失ってしまった。

クソみたいなワルの弁護をすることにも飽き飽きしていたし、タチの悪い弁護士の存在も鬱陶しかった。刑事事件から手を引き、企業の法務担当として生きる道もあったが、そういうのは性に合わない——結局、所長たちの慰留を断って事務所を辞め、弁護士業務からも手を引いた。

そしてささやかな探偵事務所を始めて、現在に至っている。

依頼人の指示を受けて様々な調査を行うという点では、弁護士と探偵の仕事は似ている。違うのは落とし所だ。刑事弁護士の場合、裁判でしっかり依頼人の面倒を見なければならない。そして、当番弁護士として仕事が回ってきた場合には、依頼人を選べるわけではなく、どうしようもない人間の弁護をしなければならなくなることもあった。

しかし探偵なら、依頼人は選べる。気に食わない相手、嫌な相手の依頼は断り、自分の感覚に合った相手とだけ仕事をしてきた。それでも自宅と事務所の家賃を払えて、ちゃんと飯も食えているのだから、これ以上の贅沢は言えない。意外に探偵の仕事が肌に合っていた、ということか。

「大河君は、気に入らない相手の依頼は受けないよね」

「基本的には」

「何がポイントなの？　人柄？」

「案件の難しさもあるかな。やばそうな事件の方に惹かれる、ということもある」

「好奇心がポイントなんだ」

「……そうだな」

「それで、今回の件は？　いつもよりも熱心に取り組んでいたと思うけど」

「それは否定できない」

「だけど、依頼人がいなくなったら、それで打ち切っちゃうんだ」挑発するように由祐子が言った。

「いや……」依頼人がいないで動いていたら単なる趣味なのだが。

「中途半端に投げ出すと、後悔するわよ」由祐子がコーヒーを飲み干して立ち上がる。「じゃあね。コーヒーをごちそうさま」

「蕎麦も奢ったんだけど」

「じゃあ、二重にごちそうさま……それと」

「何だ？」

「私もこの件は気になってるけど、大河君が手を引いたら、もう何もできないからね」


由祐子がいなくなって、あれこれ考えた。脅迫事件に関しては気に食わないことばかりだが、それでも根源の疑問は消えない。いったい誰が、何の目的でこんな事件を起こしたのか。それを知りたいと願う気持ちは否定できないのだった。

改めて動き出しても、今度は後ろ盾がない。依頼人がいない状態で動いていたら、何かトラブルが起きた時に対処するのが難しくなる。しかし、どうしても好奇心は抑えられないのだった。中途半端にするのも嫌だった。

その時スマートフォンが鳴った。真梨。

「春山はどうですか」私は先に訊ねた。

「抑えておくのが大変です」真梨の声は深刻だった。

「抑える？」

「明日から本格的に警察の事情聴取が始まるんですけど、自分で全部に立ち会うと言い出しまして」

真梨は心底困っている様子だった。

「そんなこと、できるわけないじゃないですか」私は呆れた。「警察は何人も刑事を投入して、同時並行的に複数の社員から事情聴取しますよ。そこに春山が全部立ち会うのは、物理的に不可能だ」

「私もそう言ったんですけど、各部屋を巡回すると……」

「冗談じゃない」私は溜息をついた。春山は完全にピントが狂ってしまったとしか言いようがない。

「私は、依頼を切られました。だから殺人事件については、首を突っこむ権利はありません」

「でも、須賀さんは国岡と話していますよね？　その時の様子で何か……」

「事件に関係していると思われるような話はなかったですよ」

「脅迫の件は、どうするんですか」話が飛んだ。

「それこそ、春山はもう依頼人じゃない」

「私は未だに引っかかっています」真梨が打ち明けた。「この件がすっきり解決しないと、後でまずいことになるんじゃないかと……もしかしたら、殺人事件にも絡んでいるかもしれないじゃないですか」

「今のところは何とも言えませんね」

「私が個人的に依頼人になる、というのはどうでしょう」真梨が提案した。「お金は払います。それで今まで通り、調査を続けてもらうわけには……」

「それは賛成できません」

「どうしてですか？　金額の問題ですか？」

「春山は調査を打ち切ると言った。あなたが新たな依頼人になったとして、それが春山にばれると、面倒なことになりませんか？」

「それは……確かにそうですね」真梨が認める。

「私は、あなたが春山に振り回されて苦労されているのを目《ま》の当たりにしています。これ以上トラブルを起こすのは、避けた方がいいんじゃないですか」

「じゃあ、調査はこれで打ち切りということですか」

「いいえ、調査は続けます」私は低い声で宣言した。話しているうちに、急に気持ちが固まった。

「いいんですか？　依頼人がいなければ、お金になりませんよ。あなたの仕事も、ボランティアじゃないでしょう」

「金のためにやる仕事よりも、金のためではない仕事の方がずっと多いんです」

「何ですか、それ」

「ハードボイルド小説の中の、主人公の台詞《せりふ》ですよ。いつか使ってみたかったんです」

実際にそんなことばかりしていたら、破産してしまうが。

これは春山のためではない。真梨のためでもない。敢えて言えば自分のための調査だ。

3

会社の中に入りこめなくなったので、私は外で調査を行うことにした。

現金受け渡しの当日、軽自動車に逃げられた現場。あの時は既に日付が替わって人通りもほとんどなかったのだが、この辺りに住んでいる人もたくさんいる。聞き込みすれば、何か手掛かりが出てくるかもしれない。

しかし実際には、聞き込みは難航した。軽自動車に逃げられた場所は、塩浜通り沿いに広がる住宅街で、小さな会社やマンションなどが建ち並んでいる。こういう場所では、真夜中を過ぎた時間帯に何か起きても、気づく人は少ないものだ。

私は小さな会社、それに数少ない戸建ての住宅を訪ねて当時の様子を聞きこんでいったが、「これは」という情報には当たらない。むしろ邪魔がられ、胡散臭い目で見られて、聞き込みは一向に上手くいかなかった。そもそも日曜日で、会社は休みのところが多い。

いつの間にか陽が暮れていた。このまま夜も聞き込みを続けるかどうか迷い、塩浜通り沿いにあるコンビニエンスストアで飲み物を仕入れて一休みすることにした。

缶コーヒーを買って外に出ると、鉄製の車止めに腰かけて缶ビールを呑んでいる年配の男と目が合った。六十歳というより七十歳に近い感じ……ヨレヨレになったカーキ色のパンツに分厚い濃紺のシャツという格好で、キャップからは白くなった髪がはみ出している。疲れているというか、年齢に押し潰されそうになっているようにも見えた。

煙草に火を点けると、いかにも美味そうに煙を吹き上げる。疲れてはいるが、まだ人生を楽しむ余裕はあるようだ、と私は不思議に思った。

「顔色、悪いよ」男がいきなり声をかけてきた。

「そうですか?」酔っ払いにからかわれたかと思ったが、男の顔を見ている限り、それほど酔った感じはしない。缶ビールはまだ一本目かもしれない。

「お疲れみたいじゃないか。そんな缶コーヒーじゃ、疲れは取れないだろう。エナジードリンクの方がいいんじゃないか」

「ああいうのを飲むと、だいたい胃が痛くなるんですよ」

「体がでかい割に、情けないことを言うね」

「体の大きさと内臓の丈夫さは関係ないみたいですね――この辺にお住まいの方ですか？」

「俺？　うん。侘《わび》しい一人暮らしだよ」軽い調子で男が応じる。

「実は、ちょっと調べ物をしているんです。ご協力いただけますか」

「アンケートか何かかい？」

「いえ、探偵です」

「探偵？」男が目を見開いた。「探偵さんを見るのは、生まれて初めてだな。長く生きてきても、世の中には知らないことがいくらでもあるんだね」

「おいくつなんですか」

「六十八。もう死にそうだよ」言って、男が甲高い声で笑う。ビールをぐっと一口呷《あお》る様子を見た限り、とても死にそうには見えなかったが。実に美味そうに、豪快に呑む。缶ビールのＣＭに使えそうな呑みっぷりだった。

「それで、探偵さんは、こんなところで何を調べてるんだ」

私は事情を説明した。この男が何か知っているかどうかは分からないが、近所の人だとしたら話を聞いておいて損はない。

「夜中の話だよな？　一時ぐらい？」

「一時少し前です」

「あの時なあ。うるせえと思ってたんだよ」

「何か見ましたか？」

「というより、聞いた」男が訂正した。「たまたま起きてたんだよ。普段、この辺はバイクが通らないんだけど、その時やけに大きな音が聞こえてさ」

「それが私だと思います」

「いい迷惑だねえ」男が苦笑した。

「すみませんでした。本当に何か見てませんか？ そんなに大きな騒音だったら、外に出て確認しようとしませんでしたか」

「さすがにそこまではしないさ。呑んで、いい気分でセロニアス・モンクを聴いてたんだ。邪魔されてむっとしたけど、すぐに聞こえなくなった」

しばらく話を続けたが、役に立つ情報は出てこなかった。最後に、念のために名前と連絡先を確認する。

「俺の名前なんか聞いてどうするの」男が馬鹿にしたように笑った。

「念のためですよ。後でまた、確認したいことが出てくるかもしれないし」

「高石《たかいし》って言うんだ。下の名前は別にいいだろう」高石は携帯の番号も教えてくれた。

「ありがとうございます。お仕事は何かされているんですか？」

「悠々自適と言いたいところだけど、そうもいかなくてね。ビルの清掃の仕事をやってる」

「きつくないですか？」

「そりゃあきついけど、背に腹は代えられないからね。飯を食って、酒を呑んで、新しいジャズのCDを買うには、働かないといけないんだよ」

「お一人だと大変ですね」

「あんたは？」

「私も一人暮らしです。家族が増える予定もないです」

「家族は面倒なもんだよな。一人が呑気でいいね」

「大変だったんですか？」

「思い出したくもないな」高石がゆっくりと首を横に振った。「とにかく、家族っていうのは何かと面倒なものだから。あんたも、結婚する時はよくよく考えた方がいいよ。親との関係もそうだけどね」

「普通ですけどね」富山の実家は、教員一家だ。父親はバレーボール競技を引退してから高校の教師になり、母親は小学校の教員。二人とももう定年で辞めているが、妹も地元の中学校で教えている。残った家族との関係が悪いわけではないが、私の方からはどうにも連絡が取りにくい。せっかく弁護士になったのに——と母親は口には出さないが、言葉の端々からそういう本音は感じられる。

「それならいいけど、まあ、そのうち揉めるよ」

「そうですか？」私は首を捻った。両親とも穏やかな人だから、修羅場《しゅらば》が想像できない。

「金の問題が絡むと大変なんだ。今は相続とか遺産とかで揉めるケースもよくあるだろう」

「高石さんもそうなんですか？」

「俺は、まあ……相続云々言う前に、いろいろあった。思い出したくもないね」高石がビールをぐっと呷った。「どんなに仲が良さそうに見える家でも、中では何かと問題を抱えている。困ったもんだよ」

「そうですか……何か思い出したら電話してもらえますか？」私は名刺を渡した。今日唯一の収穫と言っていいが、直接犯人につながる材料ではなかった。しかし高石は話し好き——私と話すのを楽しんでいた様子だから、何か思い出せば連絡してくれるだろう。

「しかし、探偵さんねえ……」妙に感慨深げに高石が言った。「まさか、探偵さんにお目にかかれるとは思わなかったよ」

私も、自分が探偵をしていることが未だに信じられないのだが。


現場での聞き込みにほとんど効果はないと判断して、翌日の月曜日から私は別の調査を始めた。国岡はどうして殺されたのか——どうしても、脅迫事件と何か関係があるのではという疑いが消せない。私は笠井に連絡を取った。電話に出た彼はいかにも嫌そうにしていたが、強引に話を進めて、その日の昼に会うことにした。

「ランチでもどうですか？」

「いや、弁当なので」

「だったら、食事が終わった頃に豊洲まで行きますよ。どこか話ができる場所はありますか？」

実は私は、今でも自由に会社に入れる。真梨が用意してくれたゲスト用の入館証をまだ持っているのだ。昨日電話で話した時に返そうかと申し出たのだが、私が調査を続けるつもりだと言うと「そのまま持っていて下さい」と言われた。しかし社内に入りこむとややこしいことになりそうだから、外で会う方がいいだろう。

「近くに公園があるんですが」

「豊洲公園？」

「いや、三丁目公園です。会社の北側にある」

「そこなら分かります」何度も豊洲に通ううちに、あの辺の地理にもすっかり詳しくなってしまっていた。

「そこで待ってますよ。十二時半でどうですか」

「大丈夫です。あまり話したくないですけどね……」笠井は腰が引けていた。

「分かります。申し訳ないですけど」

電話を切り、出かける準備を整える。その最中、河瀬から電話がかかってきた。この男にもいずれまた会わねばならないと思っていたのだが……一種の不満分子だと考えていいだろう。こういう人は、とかく隠れた情報を話したがるものなのだ。

「ちょうど出かけるところだったんですが」約束の時間までは、一時間ほどしかない。

「会えませんか」河瀬が切り出した。

「構いませんけど、いつにします？」

「今日はどういう予定になっていますか」

「そうですね……」私は壁の時計を睨んだ。「たぶん、一時過ぎには体が空きます。その時には、御社の近くにいますよ」

「殺人事件の調査をしているんですか？」河瀬が声を潜めて訊ねる。

「それは警察の仕事です」河瀬には、あまり手の内を明かしたくなかった。何回か話をして、ネタ元に使えるかもしれないと思っているが、あくまで私にとってのネタ元である。こちらから情報が流れるのは避けたい。

「そうですか……一時半では？」

「結構ですよ。場所はどこがいいですか」

「また車の中で話せるといいんですが」

「分かりました。取り敢えず、先日あなたを拾った場所で会いましょう。車も用意します」

となると、今日はかなり忙しくなる。昼飯を食べている暇もないか――いや、私にとって食事の優先度は必ずしも高くない。

車を出し、豊洲へ向かう。恵比寿から豊洲へのルートにもすっかり慣れてしまった。豊洲にはコイン式の駐車場があまりないので、仕方なく「ZQ」が入ったビルの地下駐車場にグランドチェロキーを預ける。少し時間が余ったので、公園の向かいのビルに入っているパン屋でサンドウィッチとコーヒーを仕入れ、公園で軽い昼飯にする。公園というよりスポーツ広場という感じのスペースで、フットサルなどが楽しめるようだ。しかし昼時のこの時間では、運動をやっている人はいない。片隅のベンチに腰を下ろして、慌ただしく食事を終えると、十二時二十分。私は「ZQ」本社に近い側に移動して、立ったまま残ったコーヒーをちびちびと啜った。自転車置き場の横に、鉄骨を組み合わせた奇妙なモニュメントがあるのだが、これは何だろうか……。

十二時半ちょうどに笠井の姿が見えた。ひどく慌てた様子で、信号が変わった瞬間にダッシュして人ごみから抜け出してくる。私のところに駆け寄って、呼吸を整えながら「お待たせしました」と言った。

「ベンチが塞がっていますから、歩きながら話してもいいですか」

「ええ」

私たちは、公園の周囲を歩き出した。昼時なので、近くの会社から出てきたサラリーマンの姿が目立つが、内密の話をしていて聞き耳を立てられる心配はなさそうだ。そのうち、公園の外周部にあるベンチに空きを見つけ、並んで腰を下ろす。

「ご用件は……」

「国岡さんのことです」

横に座った笠井がびくりと身を震わせる。明らかに怯《おび》えていた。

「国岡さんが殺されたことは、ご存じですね」

「もちろんです。会社の中は大騒ぎですよ」

「あなたも警察の事情聴取を受けたんですか？」

「私が？　まさか」飛び上がらんばかりの勢いで、笠井がこちらを向く。「私は何も関係ありませんよ」

「あなたは話を聴かれなくても、他の人はかなり厳しく突っこまれたんじゃないですか」

「――それは、そうみたいです。社内に犯人がいるのかって、皆、疑心暗鬼になってますよ」

「犯人がいるんですか？」

「まさか」笠井が即座に否定したが、声の調子は弱い。「あり得ません。会社の中で殺人事件なんて」

「事件が起きたのは会社の外ですけどね」私は訂正した。

笠井が、力なく首を横に振る。自分が警察に追及されていなくても、かなり精神的なダメージを受けているのだろう。

「実は……国岡は、社内で変な動きをしていたんです」笠井が打ち明ける。「どんな風に変だったんですか」

「嗅ぎ回っていたというか……色々な人に話を聞いていたようです。それも、怪文書について」

「何を知りたがっていたんですか？」

「はっきりしたことは分かりませんけど、要するに犯人探しをしていたようです」

私は首を捻った。それは意味が分からない……どうして国岡がそんなことに興味を持つ？

「国岡さんは、犯人を炙り出そうとしていた？　つまり、犯人は社内にいると疑っていたんでしょうか」

「それは分かりませんけど、そんな話も聞きました」

それで私の頭に、嫌な考えが浮かんだ。脅迫状はやはり社内の人間がしかけたもので、国岡は何らかの方法でその犯人を割り出した。それが犯人を刺激してしまい、国岡は危険人物として消された——いや、それは考え過ぎだろう。脅迫は、会社にとっては大問題だと思うが、それで誰かを殺すのは明らかにやり過ぎだ。

「国岡さんが話を聞いていた人、誰か紹介してもらえませんか」

「それは……直接は知らないんです。噂で聞いただけで」

「探ってもらうわけにはいきませんか？」

「冗談じゃない」笠井が声を荒らげる。「そんな危ないこと、できるわけないでしょう」

「あなたが怪文書を貼った、ということはないですか」

「ありません」笠井がキッパリと言った。「そんなリスクは冒せませんよ。私は平々凡々……家族のために生きていくだけですから」

「しかし、社長に対する恨みはあるんじゃないですか」

「そんなこと、もうどうでもいいです。穏やかに仕事をして穏やかに暮らしたい——それだけです。もういいですか？　午後の仕事があるので」

「——失礼しました」

立ち上がった笠井にならって私も腰を上げ、軽く一礼した。笠井は別れの挨拶もせず、さっさと立ち去っていく。彼は怒っているわけではなく、妙に不安そうだった。会社が揺れている今、笠井自身も不安定な立場にあるのは間違いない。

悪いことをしてしまったな、と悔いる。彼が昔、春山に恨みを持っていたのは間違いない。だが今はそれを押し殺して、家族のために耐えているのだ。そういう人間に、余計なプレッシャーを与えるべきではなかった。


約束の時間ちょうどに車を停めると、歩道で待っていた河瀬が乗りこんできた。私が車を出すと、すぐに話し出す。

「殺人事件の方はどうなっているんですか」

「その件は、私はノータッチです」

「そうですか……脅迫の方は？」

「今は、動きはないですね」

「警察の方が何か摑んだようですよ」

「脅迫事件について？」私は思わずハンドルをきつく握った。

「そうなんですよ。もしかしたら国岡が犯人だったかもしれない」

「どこからそんな話になったんですか」河瀬がいきなり話題を変えた。

「煙草吸ってもいいですか」

「煙草、吸ってましたっけ？」

「一年前に禁煙したんですけど、このところごたごたが続いて、ストレスでどうしても、ね」

「窓を開けてもらえば、構いませんよ」

河瀬がワイシャツの胸ポケットから煙草を取り出し、素早く火を点けた。窓を細く開けて煙を逃がしたが、それでも車内はすぐに煙草臭くなってしまう。我慢できないほどではないが、気にはなる……私もすぐに、運転席側の窓を開けた。

「警察は、国岡のデスクを調べたんです。被害者のデスクまで調べるものですか？」

「それは普通の捜査だと思います」まだ容疑者をまったく絞りこめていないのだろう。今は、交友関係を調べるにはスマートフォンが最高の素材になるが、ロックが解除できたかどうかは分からない。となると当然、自宅や会社のデスクも調べることになる。名刺などを押収して、関係があった人を調べていくのだ——弁護士をやっていた頃には、刑事たちから話を聞く機会も多く、捜査方法についても自然に耳に入っていた。

「同じ部署の人間が立ち会っていたそうですけど、変な物が出てきて、念のために警察が押収したという話があります」

「変なもの？」

「紙です」

「紙？　紙のどこが変なんですか？」

「うちの会社、徹底したペーパーレスなんです。使うとしたら、個人のメモ帳ぐらいでしょうね。ところが、Ａ４サイズのまっさらな紙が何枚か出てきた。それって、貼り出された怪文書と同じサイズですよね。それに、太めのマジックペンも。色も赤と黒の二種類です」

「確かに同じサイズだし、怪文書は赤と黒のマジックペンで書かれていました。でもそれだけで、怪文書を書いたのが国岡さんだと断定することはできませんよ」

「春山に対する悪口も度を越していたと、私は聞いています。須賀さんも、国岡に話を聞いたんでしょう？」

「聞きましたけど、まともに話ができる状況じゃなかったんです。まあ、証言拒否と言っていいでしょうね」

「それだけ、ヤバいと思ったんじゃないですか」河瀬が指摘した。「探偵さんが突っこんできたら、証言拒否するのが普通でしょう」

「こっちの力不足だったと思いますが」

「いやあ、話をしたらヤバいと思ったに決まってますよ」

河瀬の決めつけは危険だが、筋が通らないでもない。彼が隠し持っていた紙とマジックペンが脅迫文の材料だった可能性は否定できないが、警察が押収したままだったら、検証しようがない。脅迫の件を警察に話せば、より正確に調べられるはずだが、そんなことをしたら春山は激怒するだろう。

「今のところは、何とも言えません」

「何だか頼りないですね」河瀬が鼻を鳴らした。

「申し訳ない……ですがこれは、デリケートな案件なんです。一気に突っこんで、無理に調べることはできない」

「参考になりませんか？」河瀬は露骨にがっくりきていた。

「いや、参考にはなりますよ」

私は慰めた。参考というより、実際には混乱の原因になっているのだが。

4

私はそのまま、江東中央署に向かった。勝算があるわけではないが、とにかく当たっていかないと何も動かない。

普通の人が警察署で用事があるのは、だいたい交通課だけだ。交通課は大抵一階の目立つ場所にあり、直接訪ねていける。しかし他の部署には、勝手に入れない。入っていけば誰何《すいか》されて、正当な理由がなければ叩き出される。

厄介なことにならないよう、私は署の代表番号——警視庁の所轄の代表番号は、どこも末尾が「0110」だ——にかけ、刑事課につないでもらった。今、石橋がどういう肩書きか分からないので、取り敢えず名乗って呼び出してもらう。

電話がつながるまでしばらく時間がかかった。刑事課ではなく、特捜本部の方に詰めているのだろうと気づく。狭い刑事課では人が入り切らないので、殺人事件などの特捜本部は、道場や広い会議室に設置されるものだ。

「はい」石橋はいかにも面倒臭そうに電話に出た。「弁護士なら間に合ってるぞ」

「そのうち何かあるかもしれませんよ」

「馬鹿言うな」石橋は本気で怒っている様子だった。「何の用だ？」

「ちょっと、先日の殺人事件の関係でお話が」

「ああ？　何の権限で？」

「会社側――『ＺＱ』から相談を受けていますので、情報収集です」

「会社に情報を流す理由はないぜ」

「まあまあ、そう言わずに……今、署の一階にいるんです。お茶でもどうですか？　奢りますよ」

「営業マンの商談じゃねえんだよ。あんたとコーヒーなんか飲んでる暇はない」

「コーヒー抜きでも構いませんけど」

「ああ、分かった、分かった」石橋が面倒臭そうに言った。「あんた、俺が知ってる弁護士の中で、一番しつこい奴だな。ここで電話を切っても、どうせまた電話してくるんだろう？」

「ご明察の通りです」

「今からケツを蹴飛ばしに行ってやる。警察の仕事に首を突っこむなよ」

石橋は私のケツを蹴飛ばす代わりに、刑事課の取調室に放りこんだ。私はすかさず、ドアを背にした手前の椅子に座った。

「そこは取り調べ担当の刑事が座る場所だ」石橋が指摘する。

「分かってますよ」私は平然と答えた。「そして奥が被疑者――刑事さんは相手に逃げられないように、手前に座ってドアを塞ぐ、ですね」

「さすがに詳しいな」

「しかし私は容疑者ではない」

「屁理屈が多い野郎だな」

言いながら、石橋が奥の椅子に腰を下ろす。煙草を取り出すと素早く火を点け、携帯灰皿を叩きつけるようにテーブルに置いた。

「ここ、吸えるんですか？」

「今、庁舎内は全面禁煙だよ」

「いいんですか？」

「係長特権だ」

今も係長か……所轄の係長は、階級的には警部補か警部である。階級が上がれば本部に異動することもあるはずだが、彼は依然として同じ階級なのだろう。以前の所属が新宿中央署だということを考えれば、都落ちしてきた感も否めない。新宿中央署は、都内でも最大規模のマンモス署、江東中央署はそれに比べてだいぶ小さくなる。

まあ、警察内部の人事に関しては、私は細かいことは知らないのだが。

「で？　何だ」

『ZQ』をかなり厳しく調べているそうですね」

「別に厳しくねえよ。通常の捜査だ」

「被害者のデスクに捜索《ガサ》をかけるのも？」

「何で話が大袈裟に伝わってるんだ？　被害者の持ち物を調べるのだって、ごく普通の捜査だろうが」

「それで、何か分かりましたか？」

「いや」石橋があっさり否定した。

「パソコンは？」

「会社のパソコンは中を調べたよ。会社管理のものだから、起動用のパスワードも分かった。でも、特に怪しいものはなかったな。基本的にはビジネス関係……メールも書類も全部調べたが、事件につながりそうなものは一切ない」

「自宅の方は？」

「そっちも何も出てこねえんだ」石橋が渋い表情を浮かべる。「パソコンはあったが、こいつはロックされていてまだ起動できていない。個人用のスマホも同じだ」

「捜査支援分析センター《SSBC》が奮闘中、ということですか」

「セキュリティを考えると、パスワードでロックしておくのは当然だけど、こういう時は困るな」

「プライベートな方のパソコンやスマートフォンの方が、交友関係を探るのにはいいかもしれませんね」

「そうなんだけど、その線は時間がかかるだろうな」

「他に何か、手がかりは出てないんですか？」

「あのな、あんた、図々し過ぎるぜ」文句を言った石橋が煙草の煙を私に吹きかけた。「何のつもりか知らないけど、どうしてそんなに捜査の経過を聞きたがるんだ？」

「会社の中で、かなり動揺が広まっているんですよ。それで相談を受けましてね」

「それは、こっちがどうこうできる問題じゃねえな」馬鹿にしたように石橋が言った。「捜査の内容を、いちいち教えたりはしない」

「被害者の会社ですよ？　知る権利はあるんじゃないでしょうか」

「そういう決まりはないね」

「敢えてお願いに来たんですけど」

「ああ、駄目駄目」石橋が顔の前で面倒臭そうに手を振った。「弁護士に一々捜査の進行具合を説明してたら、きりがない」

「会社のデスクの捜索では、何か他に見つかってませんか？　そこにあるべきじゃないものとか」

「いや、そういうのはねえな」

「基本、ペーパーレスの会社ですよね。書類なんかもなかったんですか？」私はじわじわと話の核心に迫った。

「紙は出てきたけど、まっさらな紙だから何の情報にもならねえな。一応、押収はしたが」

河瀬の情報は正確だったのだ、と私は一人うなずいた。

「何だ？　何かおかしなことでもあるのか」石橋が食いついてきた。

「いや、そういうわけじゃないですけど……『ZQ』はペーパーレス化をかなり前から進めていたそうなので、紙があるのがちょっと意外なんです」

「ずいぶんあそこの内情に詳しいんだな」石橋が疑わしげに私を見た。

「元々社長と知り合いなんですよ」これは明かしても問題ないだろう。「大学の同級生で、昔はよくつるんでました」

「ほう。あんたもいいコネ、持ってるじゃねえか」石橋が鼻を鳴らした。

「別にメリットはないですけどね」私は肩をすくめた。「学生時代に起業した時は危なっかしくて、いつ潰れるかと心配してましたよ。こんなでかい会社になるとは想像もできなかった」

「その頃だと、あんたの方が前途揚々だったわけか……何で弁護士をやめたんだ？」

鋭く突っこまれ、私は口をつぐんだ。この男は何を知っている？　何が言いたい？　警戒していると、石橋が突然ニヤリと笑った。

「あんたの態度が何だか怪しかったから、調べたのさ」

「わざわざ？」

「ちょいと電話をかければ分かることだよ」耳の横に手を当ててみせた。「弁護士ってのは、やめるものなのかね」

「資格は今でもありますよ。弁護士事務所を辞めただけで、弁護士の業務をしても法律上は問題ありません。そもそも弁護士は個人事業主みたいなものですからね。警察官とは違います」

「しかし、本物の弁護士ならともかく、実際に弁護士業務をやっていない人間が事件に首を突っこんでくるのは、いかがなものかと思うぜ」

「別に首は突っこんでませんよ」

「今、突っこんでるだろうが！」石橋がいきなり声を荒らげる。

おっと、まずい……私は素早く立ち上がり、一礼して取調室を出た。

「おい、話は終わってねえぞ！」

石橋の怒声が追いかけてくる。私は振り返って「弁護士以外の人間と話す義務はないでしょう」と言い返した。

「捜査妨害だぞ」

「だったら逮捕しますか？」私は両手を揃えて体の前に突き出した。「逮捕されれば警察内部の情報を取りやすくなる。ありがたい話ですね」

「いい加減にしろ！」

石橋の怒鳴り声に背中を押されるように、私はさっさと立ち去った。

全ての歯車が狂ってしまった。あちこちにぶつかって、細かい話はいろいろ入ってくるのだが、一歩も前に進んでいない。

効率が悪いことこの上ない。もちろん、人は効率だけを追求するわけではないのだが。それにしてもこの訪問は失敗だった。情報はほとんど引き出せず、石橋の怒りを買ってしまっただけなのだから。相手を刺激するような話し方はやめようと思うのだが、気に食わない相手だと、どうしても悪い癖が出てしまう。

さて、これからどうするか……まだ夕方までには間があるし、現場へ戻って聞き込みを再開してみてもいい。今日は月曜だから、昨日と違って話を聞ける人も少しはいるかもしれない。

車に乗りこんだ瞬間にスマートフォンが鳴る。画面には真梨の名前……何かあったのだろうかと訝りながら電話に出る。

「どうしました？」

「厄介なことになりました」真梨の声は暗い。「例の怪文書、マスコミに流れたんです。『週刊ジャパン』から問い合わせがありました」

「それはまずいな」私は思わず舌打ちした。今、スキャンダル――というか事件記事に関しては、新聞やテレビではなく週刊誌が主戦場になっている。特に「週刊ジャパン」は独走を続けており、毎週のように世間の耳目を引くスクープを飛ばしていた。巨大IT企業「ZQ」がターゲットなら、ちょっとしたネタでも大スキャンダルに仕立てるだろう。

「ちょっと来ていただくことはできますか」真梨が遠慮がちに切り出した。

「構いませんよ。実はすぐ近くにいるんです」

「調査中ですか？」

「ええ……それよりこれは、誰からの依頼と考えればいいんでしょう？　あなたが個人的に？」

「いえ」真梨の口調に戸惑いが生じる。「実は、春山があなたを呼べと」

「昨日の今日なのに？」正直、私は呆れた。しかし、週刊誌の取材が入ったというのは、予想していなかった新展開である。春山が前言を覆《くつがえ》して私に助けを求めてきても、仕方がないことだ。

私自身がそれに納得できるかどうかは――何回か深呼吸すればいい。それで落ち着いて話ができる。何より、春山は友だちなのだ。その態度に不審感を抱いていても、信じたいという気持ちはまだ残っている。

真梨は、春山と話をする前に、詳しく事情を説明したいと言った。自分がクッション役になるつもりかもしれない。社長室長の立場と仕事に同情しつつ、私は彼女のオフィスを訪れた。春山の部屋の隣に社長室のスタッフが集まっているのだが、ここに入るのは初めてだった。彼女の執務スペースは、その一角にしつらえられた個室だった。こういう会社は基本的にフリーアドレスで仕事をするものだと思っていたが、少なくともヘッドクオーターたる社長室はそうではないらしい。

ガラス張りの部屋だったが、ドアを閉めると外の音は入らなくなる。一人がけのソファが四つ。大勢で打ち合わせはできないが、そのためには別の会議室がある。私たちは向かい合ってソファに腰を下ろした。

「何か飲みますか」真梨はまだ気遣いを失っていないようだった。

「いや、結構です。早く済ませないと春山が爆発しますよ」

「もう爆発してます」真梨が溜息をついた。

「私は宥め役ということですか?」私も溜息をついた。「調査の名目ではなく、宥め役だったら、通常より高い料金を請求します」

「それはどうぞ、ご自由に」真梨がゆっくりと首を縦に振った。

「それで——『週刊ジャパン』からはどういうアプローチがあったんですか?」

「今日の午前中に、電話で問い合わせがありました。広報部が対応したんですが、向こうには、会社に貼られていた三種類の脅迫文全てのコピーが渡っていたようです。社内に貼られていたことも把握していました」

「向こうの取材の主眼は?」

「もちろん、事実関係の確認です」

「認めたんですか？」

「社内に貼り紙があったことは――そう、認めました。事実ですから、嘘をつくと後で面倒なことになりかねません。ただ、総務省との関係云々については否定しました」

「それは、私が聞いていた公式見解と同じ、ということですね」

「公式見解というか、事実です。総務省との癒着はありません」

「そうですか……向こうはそれで納得したんですか？」

「分かりません。私が聞いた限りでは、記事にするつもりかどうかは……」

最後の脅迫文が貼られてから、結構時間が経っている。「週刊ジャパン」の調査能力をもってすれば、総務省などに突っこんで事実関係を把握するぐらいの時間的余裕はあっただろう。しかし私は、「週刊ジャパン」にこの情報が渡ったのは、金の受け渡しが流れてしまった後ではないかと疑った。あれで会社に対する直接攻撃を諦めた犯人が、「週刊ジャパン」を使って間接的に「ZQ」を叩こうと考えても不思議ではない。

しかしそれでは、犯人が金を要求してきた事実が浮いてしまう。犯人の本当の狙いは何なのだろう。総務省との癒着を明るみに出して「ZQ」を叩くことなのか、それとも陰で取り引きして金を奪うことなのか。両方を同時に進めるのは無理がある。

「もしかしたら、犯人グループの中で仲間割れがあったのかもしれません」

私は推理を披露した。それを聞いた真梨はうなずいたが、あまり熱心な様子ではない。

「今、それを考えても仕方ないんじゃないですか」

「取り敢えず、春山を宥めに行きますか」私は立ち上がったが、ふと思い出してもう一度腰を下ろした。「国岡さんのデスクから、脅迫に使われたのと同じ紙が見つかったようですね。警察が押収していったそうですが」

「どこで聞いたんですか？　そもそも、国岡が殺されたことまで調べているんですか？」

「流れで……です。どうなんですか？」

「そういう話は聞いていています。ただ、実際に脅迫文に使われていたのと同じ紙かどうかは分かりません。警察に返してくれと言うのも筋が違うでしょう」

「そんなことをしたら、脅迫の事実がバレてしまう」

いや、既に警察はこの事実を把握しているかもしれない。多くの社員に事情を聴いているのだし、「週刊ジャパン」の方で突っこんで取材をしている可能性もある。

こうなると何でもありだ。

そして事態を収め切れなかったのは、私の責任である。


春山は目に見えて苛立っていた。学生時代も、焦ると「ヤバい」を連発するのが口癖だったのだが、当時とは深刻度が違う。自分がコントロールできないものはこの世に存在しないと信じていたのに、実際にはどうにもならないことがあると思い知って、地団駄踏んでいる感じだった。私が部屋に入っていくとすぐ立ち上がったものの、直後に動きが止まってしまう。応接セットに座るでもなく、自分の椅子に腰を下ろすでもなく、その場で呆然と固まってしまった感じだった。

「春山」私は低い声で呼びかけた。

「あ……ああ」急に目が覚めたようにがくがくとうなずく。

「どうする？　どこで話す？」

「座ってくれ」

ようやく応接セットの方に向かったが、歩き方がぎくしゃくしている。同じ側の手と足が同時に出てしまってもおかしくないぐらいのぎこちない雰囲気だった。

春山がソファに腰を下ろすのを待って、私は向かいに座った。真梨は「自分も同席する」と言ったのだが、私は押し留めていた。春山が爆発寸前――既に爆発していると聞いていたので、その怒りが彼女に向かうのを避けるためである。せめて真梨には、できるだけ平静を保っていて欲しい。

「話は伊佐美さんから聞いた」

「ふざけた話だ。あの会社にはたっぷり金を使ってるんだぜ」

「金？」私は一瞬混乱したが、すぐに意味を理解した。「ああ、広告か」

「そうだよ。億単位のつき合いだ。それなのにこんな取材をしてくるなんて、不義理も甚《はなは》だしい」

「『週刊ジャパン』には広告を出してたのか？」

「いや。でもあの会社には――」

「出版社は、会社全体でどこかとおつき合いしている、という感覚はないんだ。各部門の独立性が高いから、隣の編集部が何をしていても関係ない、というスタンスなんだよ」

「そんなの、おかしいだろう」春山が子どものように唇を尖らせた。

「出版社だけじゃないだろう。カンパニー制で、部署の独立性が高い会社もある」

「分かるけどさ……あの連中、金で買えないのか」

「無理だろうな。総合週刊誌の連中の最優先順位は雑誌を売ることで、他のことはずっと順位が下がる」

「お前、何とか『週刊ジャパン』の内情を探れないか？　記事にしてくるかどうか、分からないかな」

私は一瞬言葉を呑んだ。彼は何か私の個人的な事情を知っているのか？　実際、「週刊ジャパン」に伝手《つて》はあるのだ。しかしできれば、それは使いたくない。適当に話を誤魔化した。

「それは最高機密だと思うよ。でも、伊佐美さんから話を聞いた限りでは、まだ取材を終えていない感じがする」

「どうしてそう思う？」

「本当に記事にするなら、会社じゃなくてお前のコメントを欲しがるからさ。『ZQ』という会社には価値があるけど、お前も有名人だ。有名人をチクチクいじるのが、週刊誌のやり方じゃないか」

「何で俺がいじられなくちゃいけないんだ」

「有名人だし、女優さんの交際相手だからさ」

「逆だろう！」春山が怒りの声を張り上げる。「俺の交際相手が女優、なんだ」

微妙なところだ。どちらが「主」でどちらが「従」か……知名度で言っても五分五分ではないだろうか。この議論を続けていったら、プライドの高い春山は本格的に爆発しそうだ。

「とにかく、お前は有名人なんだ。有名人のコメントは誰でも欲しい」

「だけど、記事にするかどうかは分からないわけだ……」

「堂々としてろよ。広報は、総務省との関係を否定したと聞いている。だったらこれ以上言う必要はないだろう。仮にお前の家の前で『週刊ジャパン』の記者が待ち伏せして話を聞こうとしても、ノーコメントを通せばいい」

「それで引き下がるような連中か？　こっちから積極的に打って出た方がいいんじゃないか？」

「打って出る？」私は思わず眉をひそめた。「何をするんだ？」

「会見して、潔白を主張するとか」

そこまで言うのなら、総務省との癒着は本当に単なる噂だったと考えていいだろう。ただし、これが嘘、あるいは春山が単に事実を知らないというだけなら、とんでもないことになる。「潔白」を主張する会見をした後で「実は癒着があった」という証拠とともに記事が出たら、目も当てられない。

「気持ちは分かるけど、やめておいた方がいいな」私はやんわりと言った。「そういう会見は、積極的にやるものじゃないと思う。何か記事が出るとかした後に、釈明――記事を否定するような形でやるのが普通だ」

「お前は経営コンサルか？」

春山が皮肉を飛ばしたので、私は思わず立ち上がった。

「ふざけてるなら帰る。お前がヘルプを欲しがっているっていうから来たんだぜ」

「須賀――」

「今の俺は、依頼人も仕事も選ぶ。気に食わない相手とは仕事をしない」

「分かった、分かった」春山も立ち上がり、両手を広げて下に向け、二、三度振ってみせた。「悪かったよ。座ってくれ」

私は春山を一睨みしてから、ゆっくり腰を下ろした。もしかしたら春山は、自分だけが高いステージに上がったと勘違いしているのかもしれない。実際、彼に命令したり、叱りつけたりする人間は、もういないのだろう。結婚していれば、妻がコントロールタワーになるケースが多い。独身なら、まだ親が口出しするかも——そう言えば学生時代、春山は家族の話をほとんどしなかった。そういう話題は折に触れて出るものだが……私の方では結構話した記憶がある。

「お前、どうしたいんだ」

「お前はどう思う？」私の質問に、春山が質問で返した。

「はっきり言っていいか？　今の俺は、『ZQ』に雇われてるわけじゃない。友だちとして雑談しているだけだ。アドバイスしても、法的な裏づけもない」

「そう堅いこと言わないでくれよ」春山がすがるように言った。「とにかく俺は……会社を守りたい。それしか考えていない」

「会社を守るためには、何段階もハードルがある。お前は今、どのハードルの前にいるんだ？」

「それも分からないから困っている」春山が首を横に振った。

「お前でも判断に困ることがあるのか？　即断即決がモットーだろう？」

「会社経営とは違う。要するに、こんなことには慣れてないんだよ」春山が額に手を当てる。「参ったな……結局、事態はまったくよくなってないんだ。むしろ悪化している」

「申し訳ないな」私は頭を下げた。「もっと早く手を打っておけば、何とかなったかもしれない」

「もう一度、お前に仕事を頼めないか？　まだトラブルは起こりそうだ。その度にお前を呼びつけていたら、お互いにきついだろう。何だったら、会社内に部屋を用意するから、常駐してもらってもいい」

「そういうわけにはいかないよ。他にも仕事があるからな」

「そうか……」春山が顎に手を当てて顔を伏せる。

「何かあったら言ってくれよ。いつでも来るし、できる限りのことはする。今まで、ほとんど力を発揮できてないけどな」

「頼むわ」春山が顔を上げ、真顔で頼みこんだ。

「ああ——詳しいことは、伊佐美さんと話しておくよ」

「申し訳ない」

謝罪の一言に衝撃を受けながら、私は真梨のオフィスに戻った。真梨は心配そうな表情で待ち受けている。私は黙ってうなずき、廊下に出た。

「確かに春山はだいぶ参っています。精神的に混乱している」

「そうですか……」真梨が溜息をついた。

「正直に言えば、あんなにダメージを受けた春山を見るのは初めてです。今のところ、私にやれることはないので、そちらでケアしてもらうしかないですが」

「分かってます」

「大変ですよ」

「それも分かってます」

私はエレベーターの方へ歩き出した。これ以上話すこともないのだが、真梨はついてくる。

「お茶でもどうですか？　もう少し、善後策を検討しておきたいんです」

「検討できる材料もないですけどね」我ながら少し冷たいなと思いながら、私は言った。「私にも、春山が何を考えているのか、分からなくなってきました。本当に守りたいものが何なのか……あなたには分かりますか?」

「それはもちろん、会社でしょう」

「会社か……」春山は会社と自分を同一視しているのだろうか。いずれにせよ、これだけ焦った状態では、まともに話もできないだろう。少し頭を冷やす必要がある。

春山も、私も。


自宅へ向かって車を走らせている時、スマートフォンが鳴った。また春山かと思ったが、ハンドルを握っているので確認できない。ハンズフリーモードで話し出すと、意外な相手だった。

「須賀さんですか? 遊佐です」

「ああ……どうも」すぐには遊佐=莉子と結びつかなかった。「何かありましたか」

「申し訳ないんですけど、ちょっとお時間をいただけませんか? 話があるんです」

「構いませんけど……仕事の話ですか?」

「いえ」莉子が否定する。「春山のことです。駄目ですか?」

「いや――話は伺います。どこに行けばいいですか?」

莉子まで絡んでくるとなると、話がさらにややこしくなりそうだ。しかし、断る上手い手も見つからない。探偵は、いつでも言い訳を百個ぐらい用意しておくべきなのだが。

第5章　家族

1

芸能人とは簡単には会えない。莉子の場合、春山との交際でマスコミに追われているから、なおさら面倒だ……それにしても、芸能マスコミというのもよく分からない存在である。芸能人が誰かとつき合っているかどうかを報じて、何の意味があるのだろう。そんなニュースがなくても、誰も困らない。隠しておきたいのをすっぱ抜かれて、それで交際が潰れてしまったカップルもいるはずだ。そういう「被害者」は損害賠償を請求できるのでは……それは弁護士の思考方法か。

莉子は待ち合わせ場所として、表参道にあるカフェを指定してきた。そんな人目につくところで大丈夫なのかと心配になったが、莉子は「個室を用意してもらえるから」と気にしてもいないようだった。

約束の時間の少し前にカフェに着き、店員に莉子の名前を告げると、すぐに小さな個室に通される。四人ぐらいで内密に会うのに適した感じだが、特に密会用に用意された部屋とは言えない。出入りする時に他の客に見られる恐れもあるが、莉子はその辺をどう考えているのだろう。

その莉子は、まだ来ていなかった。私は席につき、手持ち無沙汰《ぶさた》のまま室内を見回した。グレーと青が混じったような、落ち着いた色の壁紙。テーブルと椅子は白で、シンプル極まりないインテリアだった。それはそれで何だか落ち着かない……スマートフォンで暇潰しをしようかと取り出した瞬間、ノックの音がしてドアが開き、莉子がすっと入ってくる。何度か会ったことがあるのだが、それでも独特の芸能人オーラにはまだ慣れない。例によってノースリーブのワンピースで腕を剝き出しにしている——十一月なのに。

「一人ですか」私は訊ねた。

「今は」言いながら、莉子が私の向かいに座る。「あの……ちょっと食べていいですか」

「もちろんです」

「お昼を抜いちゃって。須賀さんもどうですか？　ここ、サンドウィッチが美味しいんです」

「私は遠慮しておきますよ。飲み物だけで十分です」

そこでまたドアが開き、店員が水を運んできた。莉子はクラブハウスサンドウィッチとアイスティーを頼む。私はコーヒーだけにした。

料理と飲み物が運ばれてくるまでは、ややこしい話はできないだろう。私は無難な会話を進めた。

「ここは行きつけなんですか？」

「たまに来ます」

「普通にお店に入るだけでも大変じゃないですか？　ファンの人に気づかれると面倒でしょう」

「東京だったら、そんなこともないですよ」莉子が澄ました表情で言った。「気づかれても、放っておいてもらえますから。ロケなんかで地方に行った時の方が大変ですね」

「東京と地方では、芸能人に対する意識が違うんですかね」

「どうなんでしょう」莉子が首を傾げる。「東京の人の方が、プライバシーを大事にする感じはしますけどね。自分も放っておいて欲しいから、相手にも声をかけないとか」

「どっちが楽ですか？　無視されてるのと、ファンに囲まれてるのと」

「そんなこと、一概には言えませんよ」莉子が苦笑する。

何とか話を転がしているうちに、料理が到着した。莉子のクラブハウスサンドは巨大……口を一杯に開いても齧りつけないぐらい、大量の具が挟まっていた。つけ合わせの生野菜とフレンチフライも大量。そもそも楕円形の皿の横幅が、三十センチもある。まさにアメリカのダイナーで供されるサンドウィッチだった。

「それ、全部食べるんですか」私は思わず聞いてしまった。

「そうですけど……」莉子が怪訝そうな表情を浮かべる。

「あなたの体形からすると、とてもそんなに食べるようには思えない」この前も、巨大なミラノ風カツレツを一人で平らげていたのだが。

「代謝がいいんだと思います」平然と言って、莉子がサンドウィッチに齧りついた。当然のように具がぼろぼろとこぼれるが、気にする素振りも見せない。なぜか下品ではなく、豪快かつ爽やかな感じがする。テレビで食レポをやらせたら、視聴者受けがよさそうだ。

私はコーヒーをちびちびと飲みながら、莉子の食事が終わるのを待った。こんなに巨大なサンドウィッチを食べながらでは、話はできない。待ち時間は長くなると思ったが、莉子はあっという間に食べ終えてしまい、デザート代わりのつもりか、太いフレンチフライを一本ずつつまみながらアイスティーを飲み始めた。

「それで……春山のことですよね」莉子の方で切り出す。

「最近、会いました？」誰かに聞かれる心配などないはずなのに、莉子が声を潜めた。

「ええ」

「どうですか？　どんな感じです？」

「あいつの身辺が――会社がばたばたしているのはご存じですよね？」

「少しだけ聞いています。彼ははっきり言わないんですけど、何があったんですか」

「あいつが言わない限り、私の口からは言えません」ここは譲れなかった。春山は、今は依頼人ではないが、その秘密――事情をぺらぺら喋るわけにはいかない。たとえ春山の家族に対しても。ましてや莉子は、家族ではない。家族候補、とは言えるかもしれないが。

「そうですか……でも、おかしいですよね」

「いろいろ苦しい状況にあることは間違いありません」少し譲歩して私は言った。これぐらいなら、話しても問題ないだろう。

「かなり追いこまれているみたいなんです。私は話もできません」

「会ってないんですか？」

「ええ……会えない、会ってる暇がないって。こんなこと、今までなかったんですけど」莉子の顔が暗くなる。

「あなたの優先度は高いですよね？」

「そうだといいんですけど」溜息をつき、莉子がフレンチフライを皿に戻した。「心配なんです。須賀さんも知っているかもしれませんけど、遼太郎は何かに夢中になると、他のことが見えなくなるんです。それが今回は、悪いことですから……ひどくならないといいんですけど」

「ケアしておきますよ」本当にそうできるかどうか、自信はなかったが。実際、春山の本音がまったく読めないのだ。急に怒り出したかと思うと「どうにかしてくれ」と泣きついてきたり。最初は、ごく小さな棘《とげ》が刺さったぐらいの不快感しか抱いていなかったかもしれないが、今はかなり苦しんでいるのは間違いない。春山は基本的に頭のいい男で、そういう人間に特有の先読みの速さがある。普段の仕事ではこれが有利に働くのだろうが、こういう場合は精神の不安定さにつながってしまう。先走ってあれこれ悪いことを想像し、何とか先に手を回して解決しようとするのだが、だいたいそれは上手くいかない。そしてどんどん悪循環に陥る。

「変なこと、聞いていいですか」

「どうぞ」

「春山との関係は、本気なんですか?」

「本気って?」莉子が首を傾げる。

「例えば、結婚を考えているとか。ビジネスでも組もうとしているわけですから、あなたにとって春山は大事な存在なんですよね」

「須賀さんはどう思います?」莉子が逆に聞いてきた。

「どうって……」ひっかけの質問に思えて、私は回答を保留した。

「IT系企業の社長が、モデル上がりの女優とつき合っている——彼から見れば私はトロフィーワイフで、私は彼の地位と金を利用しようとしている、ぐらいに思ってません?」

「そういう話はよく聞きますけど、人間って、そこまで打算的になれるものですかね。金だけでつながった男女が一緒にいるのは、なかなか辛いものだと思いますよ」

「須賀さん、ロマンチストなんですか？」

「どうして？」

「男女は恋愛感情だけでしか結びつかない、とか思ってません？」

「結びつかないというか、そうあるのが自然じゃないかと思います」

「うーん……遼太郎と似てますね」

「あいつと？　まさか」

「遼太郎、真面目なんですよ。恋愛については、本当に真面目です」

そんなことはないと私は知っている。彼とつき合っていた真梨が、かなり辛い思いをしていたのだから。それに、私の感覚では恋人を取っ替え引っ替え、である。恋愛に真面目な人間は、そんなことはしないだろう。しかし、彼の過去の恋愛事情を、現在の恋人に話すわけにもいかない。

「心配してるんですね」

「心配です」深刻な表情で、莉子がうなずく。「遼太郎、今までいろいろ大変な思いをしてきたんですよ。だから、幸せになる権利があると思います」

「大変っていうのは、仕事で？」

学生時代の話ではあるまい。私の目から見た春山はごく普通の大学生……金に困っていた様子もないし、友人づき合いも普通だった。もちろん、起業した後では、何度も危機があったと思うが。

「須賀さんは、いつの時代の遼太郎を知っているんですか？」

「基本は、大学生の時ですね」

「それは、四年間だけですよね」挑発するように莉子が言った。自分の方が、はるかに春山の人生を知っている、とでも言いたげだった。

「あなたは、つき合い始める前の春山のことも知ってるんですか？」

「それは――」莉子が声を張り上げかけたが、言葉を呑んでしまった。

「何か知っているなら教えて下さい。もしかしたら、現在のトラブルにつながっているかもしれない」

「何でもありません」莉子が首を横に振った。「今の話は忘れて下さい」

そう言われると、かえって忘れられなくなる。しかし、敢えて突っこまないで相手を不安にさせるのも、探偵のテクニックだ。そうなるとむしろ、喋りたくなる。私は黙ってうなずき、コーヒーを飲み干した。

「春山のことは、注意しておきます。私に何ができるかは分かりませんけど」

「よかった」莉子が笑みを浮かべる。営業用ではなく、心の底からの笑顔だった。「相談できる相手もいなくて……須賀さんなら話を聞いていただけると思ったんです」

「話を聞くのが商売みたいなものですから」私はうなずいた。「しかし春山の周りには、常に人がいますけどね」

「でも、気楽に相談できる相手はいないんです」

「それは……」彼女の言う通りだ。しかしそれに同意すると、春山を貶《おとし》めてしまいそうな気がする。

私は話題を変えた。「『週刊ジャパン』が、会社の揉め事を記事にしようとしているのは知っていますか」

「そうらしいですね。遼太郎、はっきりとは言いませんでしたけど」

「ちょっと調べてみましょう。向こうの出方が分かれば、春山も少しは落ち着くかもしれない」

「そんなこと、できるんですか」莉子が目を見開く。

「まあ……」私は人差し指で頬を掻いた。「とにかくやってみましょう。何か分かったら連絡しますよ。あなたの口から知らせた方が、春山も安心できるんじゃないですか」

「いいんですか？」

「これはサービスです」むしろ、春山に対する友情でやっている、と言うべきだろうか。ただし私は、彼に対する気持ちが揺らいでいるのを意識していたが。学生時代とはすっかり変わってしまった春山……個人的には、クソ野郎一歩手前という感じだ。春山のためではなく、むしろ莉子の想いに報いたい、と思った。この二人の関係をしっかり理解しているとは言い難いが、莉子の春山に対する想いだけは本当だと思う。

「ありがとうございます」莉子が頭を下げる。顔を上げた時、目が少しだけ潤んでいた。

「本当に何とかできるかどうかは分かりませんけどね」

「須賀さんなら、何とかしてくれると信じています」

買い被りだ。私はよく「頼りがいがある」「何とか解決してくれそうだ」と言われるのだが、それは背が高いせいだろう。身長と探偵の能力には何の関係もないが、何となく堂々としているように見えるらしい。内心は常にびくびくしているのだが。

世の中には様々な人のつながりがある。多くは金を介したものだが、友情や愛情が起点になっているものもある。私が重視しているのは、情報を介した人間関係だ。ＳＮＳで誰でも極秘の情報に触れられると信じている人が多いが、実際には極秘の情報はネット上には滅多に流れてこない。流れていたら大問題だ。

本当は、この伝手は使いたくなかった。情報を介した関係の場合、プラスマイナスの計算がやりにくいのだ。自分の方がマイナスになることだけは避けたい。

事務所に戻り、私は「週刊ジャパン」編集部の知り合いに電話を入れた。長く現場の記者として働き、今では特集担当デスクになっている伊丹《いたみ》。優秀な事件記者なのは間違いなく、私は弁護士時代に担当した事件の取材で知り合った。その時に、ちょっと多めに情報を流したので――こちらの裁判を有利に進めるためだった――ありがたがってくれて、その後も関係は続いている。互いに情報を求めて接触するという、極めて事務的な関係で、一緒に食事をしたこともない。本当に、情報が間にあるだけの関係だった。

「おやおや、久しぶりですね」伊丹の声は、どこか皮肉っぽかった。

「どうも」

「何かいい情報でも？　それならうちの記者をすぐに向かわせますよ」

「私からは特にないですね」

「何だ。ええと……」伊丹が少し間を置いた。「今のところ、六対四で私の方が出超だと思いますよ」

「『ＺＱ』の取材、してますよね」

一瞬、沈黙。早く回答を引き出したかったが、こういう時に焦ってはいけない、と私は分かっている。伊丹との会話は、常に腹の探り合いなのだ。結論を焦るとろくなことにならない。

「個別の案件についてはお答えできませんね」伊丹が急に、役人っぽい答えを返してきた。

「知ってるんですよ」

「あなた、『ＺＱ』と仕事してるんですか？」伊丹が逆に訊ねる。

「仕事の内容について言えないことは、伊丹さんもご存じでしょう？　探偵の倫理観に反する」

「じゃあ、お互いに何も喋れないということで、この話は終わりでいいかな」声に苛立ちが混じる。

「週刊ジャパン」が「ＺＱ」を取材しているのは間違いないのだし、伊丹は取材スタッフのキャップとして指示を飛ばしているはずだ。だからこそ、話せないのだろう。自分が担当していなければ、もう少し譲歩して情報を漏らすかもしれない。

「いやいや……忠告していいですか」

「忠告は、いつでもありがたく聞きますよ」伊丹のペースが戻った。

「あの件、記事にならないと思います」

「ほう」

「事実無根とは言いませんけど、大した話にはならないでしょう」

「ずいぶんよく、事情をご存じのようだ」伊丹が皮肉っぽく言った。『ＺＱ』の内部事情に詳しいんですね」

「それも言えないんですが、とにかく、労力の無駄は省いた方がいいでしょう」

「須賀さんね、それはある意味脅迫になるよ。書くな、と脅してるみたいなものだから」

「忠告ですよ。クオリティの高い『週刊ジャパン』が恥をかくようなことがないように、私も気を遣ってるんです。だいたい、会社側は取材に対して、半分否定してるでしょう。『週刊ジャパン』としては、否定された部分が本当じゃなければ、記事にできないはずだ」

「ちょっと突っこみ過ぎじゃないかな」

「——という仮定の話で言いましたけどね」

「相変わらず分かりにくい人だね」伊丹が苦笑する。

「お互い様ですよ」

「須賀さんは、心配し過ぎじゃないかな」

「心配するのが仕事みたいなものなので」

「そのせいで胃が痛くなったりしたら、馬鹿馬鹿しいでしょう」

「そうですね。胃薬には縁のない生活をしたいですね」

「この件には胃薬はいらないよ」

「書かない、ということですか」私はすぐに突っこんだ。

「摑んだ情報を全て書いていたら、『週刊ジャパン』の誌面はギスギスした、殺伐としたものになってしまう。うちは総合週刊誌なんで、バランスが大事なんですよ。グラビアページにも力を入れてるのは知ってるでしょう」

「書かないんですね」私は念押しした。

「あなたが心配するようなことはありませんよ。次号を見れば、すぐに分かる」

「だったら、『ZQ』にもそう言ってあげればいいのに」

「そんな義務も義理もないですよ。こっちは、取材すべきことを取材する。それが記事になるかどうかを、取材相手に言う義務はないんです。誌面を見てもらえば分かる話だから」

「そうですか……これでバランスシートは三対七ぐらいになりましたか？」

「かなり大きな情報を貰わないと、五分五分にはなりませんね」伊丹が笑った。「今度は、何かいい情報がある時に連絡して下さいよ」

「なかなか、美味しい情報には辿りつかないんですけどね」

電話を切り、私はほっと息を吐いた。伊丹は分かりにくい男――なかなか本音を言わないし、禅問答のような会話が大好きだ――なのだが、「ＺＱ」の件は記事にならないと私は判断した。確かに彼の言う通りで、何か疑念があれば取材するのは当然だろう。結局記事にするほどの話ではなく無駄足になる、というのもいかにもありそうだ。伊丹ほどのキャリアがあれば、そういう虚《むな》しい出来事は何度も経験しているだろう。

私は莉子に電話を入れた。彼女はスマートフォンを手に待っていたかのように、すぐに電話に出た。

「たぶん、『週刊ジャパン』では記事になりません。確証はないですけど」

「本当ですか？」莉子の声が弾む。

「記事にするほどの材料ではない、という判断ではないかと思われます。絶対ではないですけど、まず記事は出ないでしょう」

「よかった……」

「あなたから春山に話してあげるといいですよ。その方が、あいつも喜ぶでしょう」

「そうします」

「でも、あなたが『週刊ジャパン』の情報をどうやって入手したのか、あいつは疑問に思うかもしれませんよ」

「何とかします。情報の出どころよりも、中身が問題でしょう」

「そうですね」多少なりとも人の役に立てたと思うと気分がいい。気分がいいまま、質問をぶつけた。

「ところで、春山の過去に何かあったんですか？　私が知らない時代に」

「それは……遼太郎に聞いて下さい。私が話すのは失礼だと思います」

「つまり、あなたは知ってるんですね？」私は突っこんだ。先ほどの話の蒸し返しになってくる。

「遼太郎から聞いて下さい」莉子が繰り返した。「でも、ありがとうございました」

「遊佐さん――」

電話がいきなり切れた。芸能人ならではの傲慢さや身勝手さを感じ――いや、彼女は恋人のプライバシーを守ろうとしているだけだろう。春山に対する彼女の本気度がうかがえる。微笑ましいというべきか……いや、やはり釈然としない。

2

全力で追うべき線がないのが辛い。となるとデスクワークだ。事務所にこもって、私は今回の一連の事件の概要をノートに書き出し始めた。紙に書いていくことで考えがまとまる場合もある。

始まりは、「ＺＱ」の社内に貼られた怪文書だった。それが何度か続いた後、犯人側から金の要求があった。犯人は現場に姿を現したものの、私に気づいて、金を奪わずに逃げ出した。その後、社内の不満分子の洗い出しをする中で、国岡という人間の存在が浮かんだが、調査を続けようとした矢先に彼は殺されてしまった。

国岡殺しだけが、異常な重みを持っていると思う。怪文書や、それを元に金を奪おうとするのは、凶悪犯罪とは言えない。しかし、会社の関係者が殺されるとは……全体の構図から完全に浮いている。

駄目だな、と私はボールペンをテーブルに投げ出した。全てがつながっているかどうかも分からない。国岡殺しの捜査がどうなっているか、警察の情報が欲しかったが、そう上手くは手に入らないだろう。どうしたものか……腕組みして、この手詰まり状態に思いを馳せていると、スマートフォンが鳴った。画面に表示されているのは、見慣れぬ携帯の番号。しかし無視するわけにもいかず、私は電話を取った。

「はい――」

「ああ、あんた、本当に存在してるんだね」

「はい?」第一声が、私の頭に疑念を植えつけた。

「何だい、忙しい探偵さんは、俺のことなんか忘れちまったのか?」

この、妙に人懐っこい言い方は……すぐに記憶がつながった。

「高石さんですか?」番号は聞いたが登録はしていなかった。

「ご名答」

私はかすかに期待した。もしかしたら、金の受け渡し当日のことで、何か情報を思い出したのか?

「何かありましたか?」

「いや、そういうわけじゃないんだけど」高石が急に口籠る。「電話なんかかけて、迷惑だったかな」

「そんなこともないですよ」

「いや、俺、探偵さんなんかに会ったのは初めてだからさ。記念に、一緒に酒でもどうかと思ったんだけど」

「それは……」何と呑気な話か。私は、酒など呑んでいる場合ではないのに。

「迷惑かな」

「迷惑ではないですけど」断るのは簡単だ。「仕事がある」と言えば、大抵の場合はそれで話が終わる。しかし今日は、何故か高石の誘いが魅力的に感じられた。調査が行き詰まり、やるべきことが見つからないせいだろう。「そうですね……ちょっとご一緒してもいいですよ」

「そう？　それは嬉しいな」高石が本当に嬉しそうに言った。

「ご自宅の近くですか？　伺いますよ」

「今、木場駅近くにいるんだ」

そこが彼の自宅の最寄り駅なのかもしれない。自宅近辺にはゆったり酒を呑めそうな店がないから、駅前まで出てきたのだろうか。あの辺は私も多少知っているが、彼の好みの店はどんな感じだろう。

「あのね、『マイルス』っていう店がある」

「何の店ですか」

「ジャズバーだよ。『マイルス』って言ったら、マイルス・デイヴィスじゃないか」

「はあ」そう言われても、音楽全般に疎い私には、何のことか分からない。高石は、店は洲崎《すさき》神社のすぐ近くだ、と教えてくれた。詳しい住所？　分からない……まあ、いいだろう。洲崎神社というキーワードがあり、店の名前が分かっていれば辿り着ける。

電話を切り、私は身支度を整えた。本当はシャワーを浴びていきたい。喋り好きな高石の性格を考えると、今夜は長くなりそうな予感がしていた。


『マイルス』は、四階建てのマンションの一階に入っていた。焦茶色の重いドアを押し開けると、耳をつんざくトランペットの高音が襲いかかってくる。音量は抑えられているからまだいいが、これが大音量だったら即座に両手で耳を塞ぐところだ。

中はそれほど暗いわけではなく、奥に向かって細長い造りだということはすぐに分かった。左側にカウンター、右側にテーブル席が二つある。客はカウンターに二人連れ……高石の姿は見当たらない。彼はどこから電話を入れて誘ったのだろうと不思議に思いながら、カウンターに向かう。バーテンに話を聞こうとしたが、その瞬間、背中から声をかけられた。

「やあ、探偵さん」

おっと、テーブル席にいたのか。ソファの背が高いので、姿が見えなかった。私は彼の向かいに座った。出来上がった様子……機嫌も顔色もいいが、泥酔までは至っていない。

「やっぱりマイルス・デイヴィスは、六〇年代半ばがベストだね」高石が人差し指を立てた。

「ああ、これがマイルス・デイヴィスですか」私は指を天井に向けた。

「あんた、本当に知らないの？」高石が目を丸くした。

「残念ながら、ジャズには全然詳しくないんです」

「ウェイン・ショーター、ハービー・ハンコック、ロン・カーター、トニー・ウィリアムスを率いるマイルス。黄金のクインテットだね」

「はあ」

「マイルスは長い活動の中で何度もスタイルをチェンジしている。五〇年代のハード・バップの時代もいいし、七〇年代のファンクに接近した時期もいい。マイルスを聴き続けるのは、一人の人間の成長と変化を感じることなんだよ」

「そうですか……」濃いファンというのは、こうやって素人に蘊蓄《うんちく》を語りたがるものなのだろうか。今はほとんど何の趣味もない私には、理解できないことだった。

「まず、呑んでくれよ」高石はずっと上機嫌だった。

「じゃあ、ハイボールを……」

「あと、ここは意外に食い物が美味いんだ。ピザなんか絶品だよ」

言われて店内を見回す。ピザが美味い店というと、いかにもイタリアから輸入した窯《かま》を使っています、というイメージなのだが、この店にはそんなものはない。電子レンジか……しかし空腹も感じ始めていたから、手軽につまめるピザもいいだろう。

私はハイボールとピザを注文した。そのタイミングで、高石はオンザロックのお代わりを頼む。これが何杯目だろう、と少し心配になった。

軽くグラスを合わせ、炭酸の刺激の強いハイボールを一口呑む。高石は一口で、グラスを半分ほど空にしてしまい、私をからかった。

「何だい、探偵さんっていうのは、滅茶苦茶酒が強いのかと思ってたよ」

「そんなこともないですよ」

「探偵さんについては知らないことばかりだな」

「私もよく分かりません」

一瞬間を置いて、高石が吹き出した。「いやあ、あんた、やっぱり面白いな」と嬉しそうにうなずく。面白い……そんな風に言われたことはない。自分でも、面白い人間とは思ってもいなかった。しかし私自身、彼との会話には心地良さを感じている。何の共通点もないのだが、会話のリズムが合っているのだろうか。

「若い頃は、俺もトランペットをやっててね」

「マイルス・デイヴィスの影響ですか？」

「そうそう」高石がうなずく。「中学生の時に初めてジャズを聴いて、はまってね。自分でもやれるんじゃないかって思いこんでしまった。楽器を始めるきっかけなんて、だいたいそんなものだと思うけど」

「中学生でジャズは早いですね」私にはその良さがさっぱり分からない。店内ではずっとジャズが流れているのだが、耳を通り過ぎていくだけだった。

「そうかもな。だいたい、酒を呑むようになってからはまる人が多いんじゃないかな。ジャズと酒は切っても切り離せないものだし。でも、プレーヤーになるには、もっと早くからはまらないと……二十歳過ぎて楽器を始めるのは、なかなか厳しいものがあるんだ。まだ感性が若いうちに始めた方が、絶対に上達が早いんだよ」

「だったら高石さんのトランペットの腕は、かなりのものだったんですか」

「いや、それがさっぱりでね」高石が力なく首を横に振った。「やっぱり、楽器をやるには特別な才能が必要なんだろうね。自分は、マイルスみたいな天才とは全く別の人種だとすぐに悟ったよ。自分で楽器をやってみて初めて、マイルスの偉大さが分かったとも言えるし」

「それで今では、聴く方専門ですか」

「まあね。でも、昔みたいにレコードやCDを集めて……なんてことはできなくなった」

「場所を取りますからね。今は配信で購入する方が普通でしょう」

「違う、違う」高石がむきになって、激しく首を横に振った。一瞬真剣な表情になり、人差し指と親指を擦り合わせて「金の問題だよ」と言った。

「確かに、安いものでもないですけど……」

「今や、趣味に使える金もろくにないってことだ。昔は、高い金を払って海賊盤も買い漁っていたものだけど、今は無理だね」高石が溜息をつく。「歳をとって金がないっていうのは、厳しいもんだ。あんたの年齢だと、そんなことは考えもしないだろうが」

「そんなこともないですよ」私は即座に否定した。由祐子と話している時に、「六十を過ぎてどうなるかな」とこぼして爆笑されたことがあるが、私にとっては結構深刻な問題だ。「フリーランスで、何の保証もない仕事ですから、将来のことを考えると鬱々《うつうつ》とします」

「探偵稼業っていうのは、金にならないのかい?」

「儲かる仕事ではないですね」カツカツというわけではないが、将来安泰とはとても言えない。

「堅実にやるのは馬鹿馬鹿しいけど、結局そういう人間が、安心して年齢を重ねるんだろうね。俺ももう少し踏ん張ればよかったよ」

「何か、商売でもやられていたんですか？」

「小さい工場をね。親父から引き継いだ金属加工業で……俺は経営者に向いてなかったんだろうな。結局潰しちまった」高石が溜息をついた。

「いつ頃ですか？」

「十年……いや、もっと前だな。それ以来、息を潜めるみたいに暮らしてるわけですよ」高石が自虐的に言った。

「今は、清掃のお仕事でしたよね」

「そうそう」高石が両手を合わせて箒を動かす真似をした。「体はきついんだけど、特技もない人間は、そういう単純労働をするしかないんでね。まだまだ働かないといけない」

「借金でもあるんですか？」私は思わず訊ねた。

「答えにくいことを聞くね」高石が苦笑する。「借金か……まあ、そういうことです。それは何とかなりそうだけど、とにかく金のかかることは何もできない。今は酒と、ジャズを聴くぐらいしか楽しみがない」

酒も、経済的にはかなりの負担になる。しかしこれがないと、高石はストレスを発散する場がなくなってしまうのだろう。こういう人を、私はたくさん見てきている。借金を返しきれずに自己破産した人、それもできずにひたすら身を隠す人……人間の世が続く限り、金の問題で人生が大きく変わってしまう人は決していなくならないだろう。

「まあ、後は死ぬだけの人生だから、のんびりやりますよ。こうやって呑み屋で人と語り合うことだけが楽しみだね」

その言葉がきっかけになったように、高石の酒のペースが一気に上がった。ずっとオンザロックをお代わりし続けていたのだが、氷でウイスキーが薄まらないうちに呑み干してしまうので、ほとんど生《き》のウイスキーの一気呑みを繰り返しているようなものだ。終《しま》いには完全に潰れて、テーブルに突っ伏して軽いいびきをかき始めた。

まいったな……私は苦笑しながら、まだ手をつけていなかったピザと呑み物を持ってカウンターに移った。彼のペースに圧倒されてしまって、私自身はハイボールを一度お代わりしただけだった。二杯目には、まだほとんど口をつけていない。カウンターの内側で暇そうにグラスを磨いているバーテンに声をかけた。

「寝ちゃいましたけど、大丈夫ですかね」

「ああ」私と同年配のバーテンは、皮肉っぽく唇を歪めた。「三十分以内に目を覚ます確率五〇パーセント、一時間以内だと九〇パーセントにまで上がりますよ」

「そんなに正確に分かるんですか？」

「週五で来ますからね。いつもこんなものなんです。起きるまで、放っておいてもいいですよ。今日は空《す》いてますし」言って、バーテンがピザの皿に視線を向けた。「冷えちゃったでしょう。温めますよ」

「お願いできますか」

うなずき、バーテンが皿を下げた。カウンターの奥まったところにあるトースターで焼いたようだ。ピザをトースターに戻すと、その前にしゃがみこんでじっと様子を見守る。バーテンというより、料理人のようだった。

ほどなく、ピザが戻ってくる。円形ではなく長方形のピザで、八つに切り分けられている。それぞれのピースはほぼ正方形で一口サイズだった。端から取り上げて食べてみると、確かに美味い。硬くなる直前のクリスピーさという感じで、酒を促進させる味つけだった。

「ピザ、美味いですね」思わずバーテンに笑顔を向ける。

「他に何かどうですか？」

「いや……取り敢えずこれを食べてしまいますから」チーズたっぷりのピザを一人で全部食べたら、夕飯はこれで十分という感じだった。

「しかし、高石さんも、もう少し体を大事にしないとね」バーテンがテーブル席に視線を向け、首を横に振った。

「毎晩あんな感じだと、きついでしょうね。ご家族はいないと聞いてますけど」

「そうみたいですよ」バーテンが声を低くする。

「一人暮らしですか」

「ずいぶん昔に離婚したって聞いてますよ。それこそ、二十年以上前に」

一度家庭を築いた者が、離婚後に二十年以上も一人暮らしを続けるのは、精神的に厳しいのではないだろうか。しかも彼は、仕事でも失敗したと言っていた。それは、酒に逃げるしかないよな、と同情する。

「あんな風に酔っ払って、いつも帰りはどうしてるんですか」

「起きると、歩いて帰ってるはずですよ。家は、ここから徒歩十分ぐらいのところじゃないかな」

「あの状態で、歩いて帰れるんですか？」

「不思議なんだけど、酒が抜けるのが異様に早いみたいなんですよね。もしかしたらあれも、狸寝入りかもしれないけど」バーテンが苦笑する。

「じゃあ、この話も聞かれてる？」私は肩越しに高石の顔を見た。組んだ腕に額を乗せ、完全に寝入っている。

「そうかもね。まあ、なかなか本音を読みにくい人だから……話していることも、嘘か本当か分からない。俺は、八割がほら話じゃないかと思うんですけどね」

「でも、害はないじゃないですか。私は話していて楽しいですよ」

「そうかもしれないけど、毎日同じ話を聞かされる立場としてはね……適当に相槌を打ってるけど、ちょっとうんざりしてるところもあるんですよ。お客さんに対して、そんな風に言うべきじゃないかもしれないけど」

「そんなにくどいですか？」確かに、同じ話が循環するように何度も出てきたが、鬱陶しい感じはしなかった。適当に相槌を打っていれば、機嫌よく次の話題に移っていく。人の話を聴くことを商売にしているせいかもしれないが、私は相手に話させるのは上手いと思う。由祐子は「相槌王」と馬鹿にするように呼ぶのだが。

「俺は誇大妄想か何かじゃないかと思ってますよ。言ってることがね……」

「そんなに嘘っぽい話なんですか？」

「『ZQ』って知ってます？」

「ええ」突然、思いもよらぬ名前が出てきて、私は短く相槌を打つしかできなかった。

「あそこの社長、なかなかの有名人でしょう？　アイドルやモデルと浮名を流して……まあ、若い

ＩＴ系の社長は、金を儲けて勘違いしてしまうんだろうけど」

「その社長がどうかしたんですか？」

「あれが自分の息子だって、酔っ払うと毎回言うんですよ。嘘をつくにしても、もっとリアリティのある話がいいと思うんだけどねえ」

「毎回ですか？」

「ほぼ毎回ですね」

妄言？　しかし何かが引っかかった。確かに高石は、面白おかしく話すのが好きなタイプのようだが、そこに春山が絡んでくると……いや、私は春山の家族についてほとんど何も知らないのだと気づいた。彼が、家族のことをあまり話したがらなかったからだが、特におかしいとは思わなかった。大学生の男同士が家族について語り合うのは、かなり奇妙な光景ではないだろうか。

――違う。母子家庭だということは知っている。何かの拍子に聞いたのだが、あまり話したがらない感じだったので、それ以上しつこくは聞かなかった。当時でも、母子家庭も父子家庭も珍しくはなかったが、彼の態度を見て、何か特殊な事情があるのだろうと察したのだ。

母子家庭――父親がいないわけだ。その父親が高石？　あまりにも突拍子もない話だが、何故か「嘘だ」とは言い切れない。高石にしても、嘘をつく理由が見当たらないのだ。「あんな立派な男が俺の息子で」と自慢したがるものだろうか？　しかも、相手が信じるとは限らないのに。

「どうかしましたか？」私が考えこんでしまったので、バーテンが怪訝そうに訊ねた。

「いや……何でもないです」莉子はこの辺の話も知っているのだろうか、と私は想像した。

「起きたみたいですよ」

言われて、体ごと後ろを向いて確認する。高石がもぞもぞと動き出し、ゆっくりと顔を上げたところだった。両腕を突き上げながら、大あくびをする。私を見ると、恥ずかしそうな笑みを浮かべた。今は泥酔している様子はないが、そろそろお開きにした方がいいだろう。

「高石さん、今日は帰りましょうか?」

「あ? ああ、そうだな」高石がうなずく。

私は財布を出して、支払いを済ませた。動きに気づいた高石が「俺が出すよ」と言ったが、私は引かなかった。

「先輩に奢らせて下さいよ。気分がいいので」

「あんた、変わった人だねえ」

「いえいえ……」

高石の足取りは、少し怪しかった。タクシーを拾った方がいいのではと思ったが、そう勧めると、高石は「大丈夫」と言い張った。

「じゃあ、家まで送りますよ。ちょっと散歩しましょう」

「悪いね」

私たちは、連れ立って歩き始めた。そう言えば、最初に会った時は彼の家の近くで、まだ住んでいる場所を見たことはない。見たからといってどうなるものでもないのだが、知っておいても損はないだろう。

「ちょっと時間がかかるけど、いいのかい?」

「ちょうど酔い覚ましになりますよ」

「覚ますほど呑んでないだろう」

「そもそもそんなに強くないので」

「じゃあ、ゆっくり行きますか」

高石は、まだ「老い」を感じさせるような年齢ではないが、かなり酒が入っているので歩みは遅く、私が普通に歩くペースとは合わない。汐浜《しおはま》運河を渡る橋に入ると結構な坂になり、一気にペースダウンしてしまった。途中で立ち止まり、夜空を仰ぎながら一休み……「足腰が弱ってるな」と弱気な言葉を漏らす。

「そんなこともないでしょう」

「いやいや、日々実感してるよ。仕事では結構歩くけど、その他には駅前の呑み屋に行くのが、唯一の運動だからねえ」

「東京に住む人は、だいたいそんな感じではないでしょうか」

「あんたもかい？」

「同じようなものです」

のんびりした夜の散歩は続いた。木場駅前の店から自宅まで歩いて十分程度と聞いていたのだが、実際には二十分ほどかかった。途中に汐浜運河があって、橋を渡らなければならないために、どうしても遠回りになってしまうのだ。しかも高石の歩みはゆっくりしている。

高石の自宅は、平成――いや、昭和の終わり頃に建てられたような二階建てのアパートだった。さすがにかなり古くなっていて、寒い季節には隙間風に悩まされるのではないかと心配になった。

「ちょっと上がっていくかい？　コーヒーぐらいご馳走するよ。インスタントだけど」

「いえ、申し訳ないですから」会うのが二度目の人の家に上がりこむのは、あまりにも図々しい感じがする。ただし、どうしても聞いておきたいことがあった。「息子さん、いらっしゃるんですか」

高石はズボンのポケットから家の鍵を取り出していたが、落としてしまった。ゆっくりと体を折って拾い上げると、私の顔を凝視する。

「家族がいたこともあったな」

「今、ご家族はどうしているんですか？」

「知らないね。音信不通だから」

「息子さんの活躍は知っているんじゃないですか？」春山はメディアにもよく登場するから、目にする機会もあるはずだ。

高石は答えず、鍵穴に鍵をさしこんだ。解錠して、ドアノブに手をかけたが、ドアを開けようとはしない。

「息子さん、春山なんですか？　春山遼太郎……もしもそうなら、自慢の息子さんですよね。一代で、あれだけ会社を大きくしたんですから」

「でかい会社を持ってるからって、偉いわけじゃないだろう。人間性とは何の関係もない」

「春山があなたの息子さんなんですか」

高石は何も答えなかった。そのままさっさとドアを開けて、中に入ってしまう。私は目の前で閉まったドアに近づき、ノックしようと右手を振り上げたが、何故か手が動かない。踏み込み過ぎたか……仮に春山が高石の息子だったとしても、それが何だというのだ？

しかし引っかかる。探偵の勘としか言いようがないが……引っかかったら調べることになるだろう、と私は自覚していた。それが、仕事には直接関係ないにしても。

3

その日の夜、自宅へ戻ると、私は大学時代の友人の一人、三木《みき》に連絡を取った。私や春山とよくつるんでいた男で、卒業後は全国紙の記者になって、ずっと経済部で取材を続けている。既に午後十時を過ぎていたので、電話をかけるのも申し訳なく、まずメッセージを送って「電話していいか」と確かめる。すぐに既読になり、直後、三木から電話がかかってきた。

「何だい、こんな時間に探偵さんが何の用だ？　ビビらすなよ」

「そんな、ビビるような話じゃないよ」私は敢えて声を低くした。「春山なんだけどさ」

「春山？　今をときめくＩＴ業界のリーダーがどうした？」

「お前、昔より皮肉っぽくなってないか？」学生時代から、何かと表現が大袈裟ではあった。昔はそれを面白いと感じていたのだが、今は「持ち上げて落とす」式の皮肉にしか聞こえない。新聞記者をやっていると、どうしても物事を斜めから見るようになるのかもしれない。

「そんなこと、ない。春山は、俺らの間では出世頭じゃないか」

「そりゃそうだ」

「で？　春山がどうかしたのか？　ネタになりそうな話か」

「新聞記者的発想はやめろよ」私は釘を刺した。「奴のプライベートな話なんだ。ちょっと噂を聞いたんで、本当かどうか確かめたいと思ってさ」

「噂でも何でも、聞きますよ」三木は前のめりだった。昔から人の噂話が大好きな人間だったが、新聞記者になってその傾向に拍車がかかったのかもしれない。

「春山、母子家庭じゃなかったか？」

「そう、だな……そんな話は聞いたことがある」

「親父さんは？」

「さあ、そこまでは知らない」

「春山と、家族の話をしたこと、あるか？」

「あったと思うけど……どうかな」三木の返事ははっきりしない。「いや、そうだ、あったよ。それで奴と喧嘩したことがあった」

「喧嘩？　穏やかじゃないな」

「呑んでて、俺が家の愚痴をこぼしたんだよ。親父が急に、卒業したら実家に戻って県庁の職員になれ、なんて言い出してさ」

「そんなこと、あったのか？」三木の実家は三重県だったはずだ。

「自分も県庁の職員だったから、そうした方がいいって思ったんだろうけど、冗談じゃねえよな。俺はその頃もう、新聞記者になろうって決めてたし」

「お前の田舎、三重だっけ？」私は確認した。

「そう。三重県庁なんてさ……地方の県庁の役人って、全員目が死んでるんだよ」

「それは大袈裟じゃないか」

「いやいや」三木が軽く声を上げて笑った。「マジだって。一生地元に縛りつけられて、同じような仕事をしてさ……働き始めて五年も経つと、将来が完全に見えちゃって、目が死ぬんだろうな。親父に逆らって正解だったね」

「新聞記者の目は死んでないのか？」

「いや、それは――」三木が絶句した。「お前もひどいこと言うねえ」

「悪い、悪い」すぐに謝って、私は続けた。「それで、春山とは？」

「親父と大喧嘩した話をして、愚痴をこぼしたんだ。そうなると、自然にお前のところは――みたいな話になるじゃないか。そこで春山が、急に激怒してさ」

「お前に？」

「俺にというか、自分の父親に対して。あんなふざけた野郎は絶対に許せないって言い出したんだ。その後は、家族の話を持ち出した俺に対してまで怒り出した」

「それでどうした？」

「どうもこうもないよ。気まずくなって、その日はそれでお開きさ。あんなに怒ったあいつは見たことなかったけど……次に会った時にはけろっとしてたから、酒のせいもあったんじゃないかな」

「そんなに父親を嫌ってたのか」

「みたいだな。でも、それがどうした？」

「いや、ちょっと噂で聞いたものでね」

「どんな噂だよ」

「まあ、いいじゃないか。大した話じゃない」

「ふうん」三木が疑わしげに言った。「探偵さんが『噂』なんて言うと、いかにも何かありそうだけどな。『ZQ』絡みでヤバい情報でもあるのか？」

「ないよ」私は即座に否定した。この件はあまり深追いしない方がいい。「週刊ジャパン」が取材しているということは、他のメディアにも情報が流れている可能性があるのだ。三木が知らなければ、何もわざわざ私が教える必要はない。

「何か、勿体《もったい》ぶってないか？」三木はまだ疑わしげだった。

「そういうわけじゃない。最近、春山と何回か会ったから、気になったんだ」

「何だよ、同窓会をやってるなら、俺も誘ってくれよ」

「そんな大袈裟なものじゃないよ。奴と呑みたければ、自分で誘えばいいじゃないか」

「経済部の平記者が、『ZQ』の社長を呑みに誘う？　あり得ない」

「同級生じゃないか」

「それでも、何となく気が引けるんだよ」

「そうか……」この話はここで行き止まりか。しかしそこで私は、さらなる手がかり——人脈を思い出した。「そう言えば、学生時代に春山とつき合ってた娘《こ》、いたよな」

「ああ」

「ええと——岩山遥《いわやまはるか》」

「そうそう」

「今、何してるんだろう」

「知らないのか？」三木が疑わし気に言った。「探偵さんは、意外に世間の情報に疎いんだな」

「悪かったな、疎くて……で、何をやってるんだ？」

「今や、結構有名な料理研究家だよ」

「マジで？」

「名前で検索してみろよ。すぐに分かるから」


Wikipediaの記載をどこまで信じるかは難しいところだ。しかし、ある人のことを調べる時に、基礎データにするぐらいはいいだろう。それをベースに、後は他の方法で裏取り、肉づけしていけばいい。

岩山遥は、ブログで注目された人間だった。自分のブログでレシピを紹介したりしているうちに、出版社の目に留まり、『美人飯《びじんめし》』というタイトルの本を出したのが五年前。このご時世では「差別的」と批判されそうな感じもするタイトルだが、彼女の写真を見た限り、そう名乗っても不自然ではない感じはした。内容的には「綺麗になるための料理」というコンセプトでまとめられたレシピ集で、その後『2』『3』とシリーズ化され、食に関するエッセイを集めた本も出ている。今は、こんな形でメディアの世界にかかわっていく人間もいるのだ、と私は感心した。

こういう人にどう接触するか……春山が彼女とつき合っていた頃、私も二、三度会って言葉を交わしたことはあるが、向こうは私を覚えているだろうか。あまり印象に残る顔でないことは、自分でも意識している。もしかしたら、身長がいい目印になるかもしれないが。

遥はブログ、ツイッター、インスタグラムと様々な形で情報を発信しているが、ダイレクトメッセージを送っても返事をもらえるかどうかは分からない。しかしすぐに、彼女が芸能事務所とマネジメント契約を結んでいることが分かった。直接連絡を取るよりも、そちら経由の方がつないでもらえる可能性が高い気がする。

翌日、電話をかけて弁護士だと名乗り——微妙な嘘だが——契約関係で、ある人間について調べている、遥がその人物についてよく知っているはずなので、ぜひ話を聴きたいと説明した。調べればすぐにバレてしまいそうな設定だった。事務所は「連絡を取ってみます」と言ってはくれたが、これでつながることはまずないだろう……午前中にこのやり取りを終え、早めに昼食を取ろうと事務所を出ようとした瞬間、スマートフォンが鳴る。見慣れぬ番号——先ほどまで話していた事務所の番号ではなかった。

「須賀です」

「須賀君って、身長百九十センチの？」

「岩山さんですか？　よく分かりましたね」ようやく身長が役に立った。

「百九十センチもある人って、そんなにいないから」

「急に連絡して申し訳ない」

「いいけど、仕事の話ですか？」

「詳しい内容は言えないけど、そういうことです。できたら、ちょっと会って話せないかな」

「いつ？　今日？」妙に焦った感じの声だった。

「今日会えれば、今日で。予定はどうですか？　忙しいんじゃない？」

「今日はね……ええと、須賀君、東京にいる？」

「東京ですよ」

「どうしても今日だったら、三時ぐらいにどうかな。スタジオにいるから、おやつぐらいお出ししますよ」

「おやつはともかく、三時で大丈夫ですよ」

スタジオの場所を聞き、電話を切る。あまりにもあっさりと話が通り、私は少し拍子抜けしていた。彼女は乗りが軽いというか……もしかしたら、面倒なことは最優先で処理してしまおうとするタイプなのかもしれない。


遥のスタジオは、私の事務所からも近い目黒にあった。マンションの一室で、まるでモデルルームのような感じ……綺麗に磨かれたキッチン道具や食器が揃っている。生活感はない。アシスタントだろうか、二十代に見える女性が一緒にいた。

「相変わらず大きいわね」遥が私を見上げた。そうか……彼女は小柄だったと思い出す。たぶん、百五十センチぐらいだろう。

「身長は、簡単には縮まないからね」

「今、弁護士なんでしょう?」

「弁護士の資格は持ってる」あまりにも嘘を重ねると、バレた時に問題になると思い、私は少し事情を明かした。「でも今は、弁護士の仕事はしてないんだ」

「そうなの?」遥が首を傾げる。ネットで拾った写真を見た限り、美人だという印象を抱いたが、こうやって実際に会ってみると、化粧が薄いせいか、むしろ「可愛い」という形容詞が適している。

「企業なんかに頼まれて、調査方面の仕事をやってるんだ。今回もそういう話なんだけど、弁護士と名乗った方が話が早いから」

「そうなんだ……どうぞ」

「失礼します」促されるまま、部屋の中央にある大きなテーブルについた。六人が同時に食事できるサイズで、ダイニングルームの大部分がこのテーブルで占められている。

「ショーソン・オ・ポムを焼いたの。ちょうど撮影が終わったところだから、食べる？」

「それは？」

「アップルパイ。でもアメリカのじゃなくて、フランスのやつ。作り方も違うのよ」

「じゃあ、ご馳走になろうかな」

遥がすぐに皿を出してくれた。楕円形の小型のパイ……アメリカのアップルパイとは確かに違う。あれは、大きく円形に焼いたのを切り分けて出すものだろう。こちらは、一つ一つ焼き上げるサイズのようだ。

「スイーツにも手を広げてるんだ」

「それは最近。スイーツは奥が深いから、死ぬまで楽しめそうね」

彼女は私の正面ではなく、斜め前の席に座った。その距離感が、私に逆に緊張感を与える。余計なことは喋らないぞ、という意思が透けて見えた。

「こういう仕事をしているとは思わなかった」

「須賀君みたいに、硬い仕事をする人ばかりじゃないわよ」

「君の方は、いかにも今っぽい感じがするな。昔から料理は好きだったんだ」

「ちょっと種明かしすると、うちの実家はフランス料理のレストランなのよ」

「じゃあ、昔から料理好きで？」

「自分でお店をやろうとは思わなかったけどね。お金の計算もしなくちゃいけないでしょう？　そういうの、苦手で」

「じゃあ、卒業後は？」

「普通に就職したわよ。趣味で料理のブログをやっていたら、それが見つかって今に至る、という感じかな。会社はとっくに辞めちゃったけど」

「そうか……」

「ちなみに、独身。須賀君は？」

「今のところ、女性には縁がない生活だな」

「お互い、寂しい独り身だ」

「君は華やかな感じじゃないか」

「別に、派手な世界じゃないわよ。私の場合、今は活字がベースだし。たまには動画もアップしてるけど」

「そんなものか……」

「食べてみて」遥が、私の皿に手を差し伸べた。

小さなフォークが添えられていたが、このサイズだと手で持って食べた方がいいだろう。ほのかに温かいパイを摘み、一齧り。甘味よりも酸味が感じられたが、噛み締めているうちにじんわりとりんごの風味が口中に広がってくる。

「美味いね。そんなに甘くなくていい」

「よかった。これで今後の道が広がるわ」

普通の会話を交わしているのだが、何だか落ち着かない。彼女の方は、いかにも昔から私のことを知っているような様子なのだが、こちらはほとんど記憶にないのだ。

そんな人に向かって、昔の彼氏の話を持ち出すのはどんなものか……素早く彼女を観察する。独身だと言ったし、確かに左手薬指に結婚指輪はない。もっともそれを言えば、どの指にも指輪はなかった。彼女の場合、料理が仕事だから、指輪が邪魔になるのかもしれないが。

「今日の用件なんだけど、ちょっと話しにくいことかもしれない」

「私、別にタブーはないわよ」遥が平然とした表情で言った。

「昔の話なんだ」

「昔って？」

「学生時代の話」

「それは、結構古いわね」遥が苦笑する。「具体的には？」

「春山遼太郎」

今度はぴくりと身を震わせる。やはりまずいところに触れてしまったかもしれない、と私は後悔した。しかし既に話題にしてしまっているから、どうしようもない。

「何、いきなり」

「謝るべきところかな」

「うーん」遥が顎に人差し指を当てた。「あまりいい思い出じゃないのは間違いないけど、死んでも思い出したくないっていうほどじゃないかな」

「話してくれるかな」

「それは、質問の内容によるけど……何が知りたいの？」

何とか普通のペースで話せているのでほっとした。ただし、彼女の本音は読めていない。いつ爆発するか考えると不安になったが、いつまでも同じ場所で足踏みしているわけにもいかない。

「春山の家族のことなんだ」

「家族って……ご両親とか？」

「ああ」

「何でそんなこと、知りたいの？」

「申し訳ない」私は頭を下げた。「調査の内容や目的に関しては、何も言えないんだ。信頼関係があるから」

「春山君、結婚するとか？　それで家族がどうなっているか調べるように頼まれた？　弁護士なのに、興信所みたいな仕事ね」

「春山が結婚する話は聞いていないけど、まあ、そうだね……興信所の仕事のようなものだと思ってもらっていいよ。さっきも言ったけど、今は弁護士の仕事はしていない。いろいろな調査を請け負ってるんだ」

「そうなんだ」

遥は自分の分のショーソン・オ・ポムには手をつけず、紅茶を一口飲んだ。私の肩越しに、背後の壁に視線を集中させているようだった。話していいかどうか、自問自答している感じがする。

「あなたの方がよく知ってるんじゃない？　春山君とはずっとつるんでたじゃない」

「そうなんだけど、不思議と家族の話はしたことがないんだ。何故か、そういう話にならなかった。あいつが避けていた感じがするんだよな。母子家庭だということは知っているし、父親との間に何か諍《いさか》いがあったことも聞いてるけど、それだけなんだ」

「そうなんだ……」遥がショーソン・オ・ポムをフォークで二つに割った。しかし依然として手をつけようとはしない。「春山君、ずいぶん偉くなっちゃったわよね」

「あれだけ大きな会社をコントロールしてるんだからな」

「学生時代に起業した時は、この先どうなるかと思ってたわ。私は反対したのよ」

「そうなのか？」

「だって、最初の二年間は赤字を垂れ流すだけで、ずいぶん持ち出しもあったみたい。正直、あれじゃ持つわけがないと思ってた。春山君なら就職先なんて選び放題だったはずだし、起業した経験も採用側は評価してくれるはずだから、一度就職して蒔き直した方がいいって、私は何度も言ったの」

「あいつは、言うこと聞かなかっただろう」頑固さは、学生時代から変わらない――いや、今は昔よりはるかに頑固になった。

「全然」遥が首を横に振った。「自分に自信があるのよね。だから、一度こうと決めたら絶対に引かない」

「別れたのはそれが原因？」

「はっきり言えば、そういうこと。危なくて見ていられなかったもの。私は就職して普通に働いていたから、彼のやり方は絶対に通用しないと思っていた」

「別れたのはいつ？」

「卒業して一年ぐらいしてからかな」

春山が「ZQ」を立ち上げたのは、大学四年生の時だった。「就職より起業」と言い放ち、自分の能力に百パーセントの自信を持っていたわけだが、最初の二年間ぐらいは本当に危なかったのだろう。

「もしかしたら、私が貧乏神だったのかも」

「まさか」

「でも、別れた後に『ピント』をリリースして大ヒットして。結局あれって、スマホが普及するタイミングに上手く合ったのよね」

「分かるよ」

「だからと言って、私は縒《よ》りを戻そうとは考えなかったけど。彼、やっぱり一緒にいると疲れる人なのよ。とにかく自分のこと第一だから。一緒にいても、相手のことが見えてないみたい。女性関係も、ずっとそういう感じじゃないかしら。いろいろ噂も聞いてるわよ」

「女性関係はね……全部が本当かどうかは分からないけど」

「今も、女優さんとつき合ってるんでしょう?」

「どうだろう。何とも言えないな」私は莉子の顔を思い浮かべながら曖昧に言った。

「何だか、成金の典型的なパターンじゃない?」遥が鼻を鳴らす。「お金を儲けたら、若い、見栄えがいい恋人を作って、それを取っ替え引っ替えする。ちょっと意外な感じもするけど」

「そうかな」

「春山君、そもそも女性関係には淡白な感じだったから。でも、人は変わるわよね……ごめん、余計な話だった」

「いや、いいんだ。それで、あいつのご両親のことだけど」

「春山君が小学生の頃――高学年の時かな、ご両親が離婚したのよ。お父さんの浮気が原因だったみたいだけど、小学校の高学年になればそういう事情は理解できるはずだから、かなりショックだったみたい。春山君のお母さん、投資をやってたのよ」

「株？」

「そう。実はかなり優秀なトレーダーで、子どもと二人で暮らすには十分な利益を出していたみたい。お父さんからは、養育費として毎月仕送りがあったみたいだけどね」

「お父さんは、サラリーマン？」

「詳しいことは知らないけど、町工場か何かを経営していたみたい。ご両親が離婚してから、大田区から中野区に引っ越したって言ってたから、本当じゃないかな。東京で町工場って言ったら、大田区でしょう」

「確かに、あの辺は工場が多い」私はうなずいた。「春山から、お父さんの話を聞いたことは？」

「あるけど、切れ切れね。たぶん、まだ自分の中で整理がついてなかったんじゃないかな。多感な時期に嫌なことを経験すると、結構引きずるでしょう」

「分かる」

「あまり話したくない感じだった。そう言えば、お母さんにも会ったことがないわね。私は『会わせて』って何回も言ったんだけど、その都度誤魔化されちゃって。家族のことは、あまり他人に知られたくなかったみたい。結局私は、他人だったんでしょうね」遥の声は、少し寂しげだった。

「お父さんとは、まったく会ってなかったのかな」

「その辺は、私はよく知らないけど」

「そうか……」少し間を置いて、私はショーソン・オ・ポムを平らげた。おやつにしては結構ヘビーだった。

「こんな話で役に立つの？」

「ああ。助かった」私は紅茶を飲み干して、改めて礼を言った。「どうもありがとう。貴重な時間をもらって、申し訳ない」

「私はいいけど……何か、皆人生いろいろね」

「三十年以上生きてれば、そうなるさ」

「須賀君が弁護士を辞めちゃうなんてね。出世頭だと思ってたけど」

「君の方がすごいよ。自分の腕一本で、ここまで有名になったんだから」

「それがいいことかどうかは分からないけど」

そう——今現在の自分を自分で評価しない方がいい。いい人生だったかどうかは、死ぬ直前になってようやく分かるものだろう。


事務所へ戻る車の中で、スマートフォンが鳴った。ハンズフリーでも話せるのだが、そんな気にならず、放置する。赤信号で確認すると、かけてきたのは莉子だと分かった。彼女からなら、放置しておくことはできない。路肩に車を停めて電話をかけ直した。

「ごめんなさい、お忙しい時に」莉子が出てすぐに謝った。

「いえ、大丈夫ですよ」私の中では、彼女の株は上がりっぱなしだった。何というか、派手やかな世界にいながら、礼儀正しく堅実である。春山のようなワンマンには、こういう人が合っているのかもしれない。

「遼太郎に話をしました」

「どうでした？」

「安心してました。私がどうして『週刊ジャパン』を知っているのかは疑ってましたけど、適当に誤魔化しました」

「それでいいと思いますよ。あいつが安心できるのが一番だから」

「ですね。とにかく、ありがとうございました。取り敢えずお礼を言いたくて」

「とんでもない」そこで私はふと思いつき、質問をぶつけた。「ところで、あなた、春山の両親に会ったことはありますか？」

「いいえ」急に居心地が悪くなったように、莉子の声のトーンが落ちる。

「両親のことは知っていますか？」

「それがどうかしたんですか」莉子の口調が他人行儀になった。

「いや、ちょっと気になったもので。あいつの仕事を引き受けていながら、あいつのことを何も知らなかったと気づいたんです。友だちとしても情けない限りだ」

「そうですか……あの、お母さんは亡くなったと聞きました」

「いつ頃ですか？」初耳だった。私も、一度も春山の母親には会ったことがないが、あれこれ調べているうちに、昔から顔見知りだったような気になっている。

「分かりませんけど、もうずいぶん前だと思います」

「具体的には？」私はなおも突っこんだ。「最近の話じゃないんですね？」

「十年以上前かもしれません。『俺は二十代から一人ぼっちだった』って言ってましたから」

「そうですか……どうして亡くなったかはご存じですか」

「それは聞いていません。いえ、聞いたんですけど、答えてくれませんでした。たぶん、嫌な想い出なんだと思って、それ以上聞かないようにしてます」

「お父さんについてはどうですか？」

「小さい頃にご両親が離婚した後はほとんど会わなかったと聞いてますけど、詳しい話は知りません。遼太郎は、家族のことはあまり話したがらないんです」

この件はまだ突っこめる。「ZQ」を創業してから――正確には上場してから――母親が亡くなったとしたら、話を聞ける人間はいるのだ。

4

真梨。

社員の家族に不幸があれば、当然会社の方でも把握することになる。忌引もあるし、香典を出したりもするだろう。それが社長のこととなれば、当然分からないはずもない。

よし、この線はもう少し調べてみよう。これまでやってきたことと直接関係があるとは思えないが、好奇心は探偵の原動力だ。

事務所に落ち着き、真梨に電話をかける。既に夕方近くになっていた。

「こちらからも電話しようと思っていたんです」

「また何かありましたか?」

「そういうわけではないんですが、今後のことでご相談を」

「『週刊ジャパン』の件は片づいたんじゃないんですか? もう書いてこないことは分かったでしょう」

「何で須賀さんがそんなことを知ってるんですか」

「私も遊んでいるわけではないので……どうします? そちらに伺いますか」

「いいえ、私が須賀さんのところに行っていいでしょうか? 事務所でお会いできませんか?」

「構いませんけど、いいんですか?」ここに人が来ることは滅多にない。アメリカのハードボイルド小説では、依頼人——大抵、陰のある魅力的な女性だ——が事務所を訪ねてくるところから話が始まったりするものだが、私は相手の家や会社で会うのを好む。そういう場所へ行けば、相手の背景がある程度分かるからだ。

「須賀さんが会社に来ていることを、春山に知られたくないんです。今は落ち着いているので、あまり刺激しない方が……」

「腫《は》れ物に触るような扱いですね」

「何かあって慌てるよりは、必死で気を遣っている方がましです」

電話を切り、私は掃除に取りかかった。さして広くない事務所なので、掃除機をかけて、トイレをきちんと掃除し、応接セットのテーブルをきれいに磨き上げても、三十分もかからない。コーヒーメーカーをセットし、彼女が来たらすぐに出せるよう準備する。

電話を切って一時間後、インタフォンが鳴った。モニターで彼女の顔を確認し——今日は珍しく眼鏡をかけていた——ロックを解除する。ドアをノックされる前に、コーヒーメーカーのスウィッチを入れた。

玄関のドアを開けると、真梨が物珍しそうに室内を見回す。

「狭いところで申し訳ないです」私は頭を下げた。

「お一人でやられているんですから、広かったら不自然じゃないですか。こういうの、ちょっと憧れます」

「そうですか？」

「自分の手が届く範囲で、こぢんまりと仕事をするのって、悪くないと思います」

「どうですかねえ」皮肉だろうかと思いながら、私は首を傾げた。「個人事業主と会社に勤めている人では、簡単に比較できないと思いますけど」

彼女と自分用にコーヒーを用意し、応接セットで相対する。真梨は、どことなく余裕がある感じだった。あれこれあったのだが、今は取り敢えず一段落、という感じかもしれない。

「国岡さんの事件の方はどうですか」私は切り出した。

「警察の事情聴取は一応終わりました。社内は落ち着いています」

「警察の方から何か情報は？」

「何も言ってきません。そんなものなんですか？」真梨が逆に私に訊ねた。

「そうですね……捜査の内容は、関係者にも一々教えないというのが方針みたいです。そこまで親切ではない、ということですね」

「こっちは被害者のようなものなんですが」

真梨は不満そうだった。私はそれを無視して、さらに現状把握に努めた。

「脅迫事件の方はどうですか？　犯人から接触はないですよね」

「止まっていますね。やっぱり、犯人は金を奪うのに失敗したから、手を引くことにしたんじゃないでしょうか」

「そうかもしれません」私はうなずいた。「いずれにせよ、春山のためには、こういう落ち着いた状況が好ましいでしょう。『週刊ジャパン』の件もクリアとなったら、今は安定しているんじゃないですか」

「取り敢えず普通に仕事はこなしています――いただきます」真梨がカップを取り上げ、ブラックのままコーヒーを飲んだ。

「このまま何もなければ、今まで通りの日常が戻ってくると思いますよ」ただ、国岡殺しは引っかかっていたが……それでも、彼の死が会社に関係しているとは限らない。何か個人的なトラブルがあって、それが殺人事件の引き金になった可能性もある。

「春山が落ち着いていたら、あなたも安心でしょう」

「まあ……普通に仕事ができるのはありがたいです」真梨が苦笑した。

「ところで、春山のお母さんが亡くなったっていうのは本当ですか？」

「何ですか、いきなり」真梨が目を見開く。

「いえ、最近ちょっとそういう話を聞いたもので……今まで全然知らなかったんですよ。いつ頃ですか？」

「かなり前ですよ。それこそ、十年近く前です。そのお陰で……」

「お陰？」何だか物騒な、いや、無礼な話だ。

「ごめんなさい、言葉が悪いですね。取り消します」言って、真梨が座り直した。「思い出しました。会社を設立して五年目ぐらいだったんですけど、業績がだんだん先細りになって、財政面で相当苦しくなっていたんです。本社を移転したりして、支出もかなり増えていたんですけどね。実際、かなりのピンチでした。それこそ、倒産するかどうかの瀬戸際ぐらいで」

「知らなかったな」

「外部の人が知るような話じゃないですから」真梨がうなずく。「そんな時に、社長のお母さんが亡くなったんです。それで、銀行からお金を借りられた」

「どういうことですか？」

「お母さんは、資産家だったんです。株で相当の利益を挙げていて……春山はそれを遺産として引き継ぐことになっていて、銀行にその事情を話したら、何とか融資を受けることに成功しました」

「まだ引き継いでいない遺産を担保にしたようなものですか？」私は首を傾げた。そんなやり方があるのだろうか。

「銀行との交渉は春山が直接やりましたから、私も詳細は知りません。『ZQ』に入ったばかりで、まだ重大な業務は任されていませんでした。でもとにかく、融資を受けることには成功して、それで一息ついて危機は脱したんです」

「社長のお母さんが亡くなったら、会社としてはいろいろ大変だったと思うんですが……それこそ、葬儀の仕切りも会社でやるのが普通でしょう」

「春山は、葬儀などが全部終わってから、私たちに報告したんです。何日か休暇を取ったので、珍しいなと思ったんですけど……さすがに私たちも詰問しましたよ？　あまりにも他人行儀じゃないかって。あの頃はまだ社員も少なくて、家族意識が残っていましたからね」

「春山は何と？」

「プライベートと業務は分けて考えたいと。でも、それもおかしな話です。うちは、社員のプライベートをすごく大事にしてますからね。特に冠婚葬祭に関しては、普通の会社よりもずいぶん手厚いんです。結婚したら十万円、子どもが一人生まれる度に二十万円ですよ。香典も、普通の会社の一般的な額よりもかなり多く出しています」

「社員の家族を大事にしているわけですね」それは、あまり幸福ではなかった自分の家族の問題に起因しているのかもしれない。せめて社員には家族を大事にして欲しい——そういう人情のあるやり方は、春山には似合わない気もするのだが。

「春山のお母さんが亡くなったと聞いた時、あなたはどう思いました？　その頃、春山とは……」

「ええ」真梨がうなずいて認める。「つき合っていた時期でした」

「詳しく事情は聞いたんですか」

「個人的にも聞きましたけど、やっぱりプライベートと会社のことは分けて考えたい、でした」

「お母さんに会ったことはありますか？」

「ないです」真梨が即座に言った。「そういう話にもなりませんでした。でもあの時は——その後はちょっと気分が悪かったですね」

「何も言わなかったことに対して？」

「それもあります。それに、お母さんの遺産を使って会社が再起したみたいじゃないですか。そういうのは、ちょっと違うかなって……でも、難しいですよね。倒産か、あるいはどこかに買収されるかっていう話も出ていたんです。春山は、そういうことに耐えられなかったんでしょうね。プライドが高い人ですから」

「分かります」

私はコーヒーを一口飲んだ。機械が淹れるのだから毎回同じ味になるはずなのに、今日は苦味が抑えられて美味い。

「ちなみに、春山のお父さんには会ったことはありますか」

「いえ」

「ご両親が離婚したことはご存じですか」

「その話は聞きました。でも、あまり話したくない様子でしたから、詳しいことは聞いてません」

「春山は、ずいぶん秘密主義なんですね。実は私も、詳しいことは全然知らなかったんです。友だちとして、これは結構ショックだな」

「でも、友だちだからといって、相手のことを全部知っているわけじゃないでしょう？　春山だって、須賀さんのことを全部知っているとは思えません」

「確かに」

「例えば須賀さんは、どうして独身なのかとか。つき合ってる人とか、いないんですか」

「いませんよ」急に自分に火の粉が飛んできて、私は短く否定した。こういうことに関しては、私は他人に話せるほどの材料を持っていない。

「忙しいんですか」

「忙しかったり暇だったり……世間の普通の人とは時間が合わないですね。いずれにせよ、仕事を優先してしまうのは間違いないです。でもそれは、伊佐美さんも同じじゃないですか？」

「いろいろ責任もありますしね。全力でやらないと、会社を支えるなんて無理ですよ……去年、金魚を飼い始めました」

「金魚？」

「金魚は文句を言わないから」真梨が力なく笑った。

彼女の寂しさ、侘しさが身に染みてくる。金魚はいないが、私も似たようなものだ。いや、彼女の方がましではないかと私は考えた。会社へ行けば、多くの同僚に囲まれているのだから。私は基本、一人。すっかり慣れてしまったが、ざわついた雰囲気の中で仕事をしていた日々を懐かしく思い出さないでもない。

「人間は面倒ですか」

「面倒ですね」真梨の言葉は正直だった。「時々、特定の人がいないのがきつくなることもあるけど、慣れますね」

「今は？」

「今？　今は……ちょっときついかな」真梨が私の目を真っ直ぐ見詰めた。二人の視線が宙でぶつかる。

その時、インタフォンが鳴った。

「失礼」私は少しほっとしながら立ち上がった。しかしほっとしたのも束の間、インタフォンのモニター画面を見ると由祐子の顔が大映しになっている。

「今、いい？」

「用件は？」

「何でそんなに素っ気ないの？」由祐子がむっとした口調で訊ねる。

「お客さんなんだ……別にいいけど」

私はちらりと真梨の顔を見た。彼女は少し呆れたような表情を浮かべ、軽く肩をすくめる。

「いいですか？」小声で真梨に訊ねる。

「ええ。私はそろそろ帰りますから」

オートロックを解除すると、真梨が立ち上がって玄関に向かう。直後、ドアが開いて——鍵はかけていなかった——真梨と由祐子が鉢合わせした。

「どうも」由祐子がぶっきら棒に挨拶した。

「お邪魔しました」

真梨は丁寧に頭を下げて出ていった。代わって由祐子が、さっさと部屋に入ってくる。手には、小さな箱をぶら下げていた。

「で？　どうした？」

「たまにはプレゼントしようかな、と思って」箱を顔の高さに掲げてみせる。どうやらケーキのようだ。「うちの近くに、いつも行列になってるスイーツの店があるのよ。モンブランが有名なんだけど」

「ああ……モンブランね」何だか胸焼けがしてきた。先ほど食べたショーソン・オ・ポムが、まだ胃の中に残っている。さほど甘くはなかったのに、結構ヘビーだったと改めて思う。

「嬉しくないの？　せっかく買ってきたのに」

「この時間にスイーツということは、夕飯を食べてからデザートにしようってことだろう？」

「そう」由祐子が嬉しそうに言った。「当然、夕飯は大河君の奢りね」

「何だか割に合わないな」

「これ、一個千五百円なんだけど」

「モンブランが？」私は思わず目を見開いた。いくら何でも、高過ぎではないか？

「いいものは高いのよ。今日はデザートメインで夕飯にしよう」

「しょうがないな……」コーヒーがまだ残っていたので、取り敢えず彼女に勧めた。

座ってコーヒーを一口飲むと、由祐子が疑わし気に言った。

「もしかして私、邪魔だった？」

「別に邪魔じゃないけど……」

「あの人とよろしくやってたんじゃないの？」

「いい加減にしろよ。仕事の話だ」

「『ZQ』の件、まだ続いてるわけ？」

「明確に終わったとは言えないんだ」我ながら中途半端な言い方だと思うが、仕方ない。二つの事件で犯人が捕まっていない以上、「事件は終わった」とは決して言えない。

「どうなってるか、ちょっと聞かせて」由祐子が煙草を取り出した。

「灰皿、ないぞ」

「ご心配なく」

由祐子が、カーゴパンツのポケットから携帯灰皿を取り出した。普通、女性は出かける時にバッグを持つものだと思うが、彼女は手ぶらの時も少なくない。カーゴパンツを愛用しているのはバッグ代わりということだろうか。

由祐子が煙草に火を点け、顔を背けて煙を吐き出す。その間も、視線は私の顔に向けたままだった。

私は、脅迫事件、さらに殺人事件とも進展がないことを説明した。由祐子が「それで終わり？」と目を見開く。

「これしかないんだから、しょうがない。別に隠し事をしているわけじゃないよ」

「ちゃんと調査してるの？」

「殺人事件の方は、どうしようもないよ。警察に任せておくのが筋だ」

「分かるけど……この二つの事件、関係してるんじゃないかな」

言われるまでもなく、その可能性は否定できない。殺された国岡は、社内における不満分子であり、脅迫事件にかかわっていたとしても不自然ではない。しかし今のところは、この件について調査を進めようにも、とっかかりがなかった。それこそ警察に食いこんで情報を得るぐらいしか手は考えられないが、警察官に頭を下げるのも馬鹿馬鹿しい。それを言うと、由祐子が不満げに唇を尖らせる。

「でも、やろうと思えば調べられるでしょう？　私も協力するのに」

「君の能力が生きるような仕事とは思えないんだよな」

「そうかな。新しいことをやるのは好きだけど……でも、何でやろうとしなかったの？　無理だと思ったから?」

「それもあるけど、他にちょっと気になることも出てきたんだ」

「何?」

「春山の父親らしき人を発見した」

「何、それ?」由祐子が目を細める。

私は、昨夜摑んだ情報を彼女に説明した。由祐子は無言で聞いていたが、興味を惹かれているのは明らかだった。こういう下世話な話も嫌いではないらしい。

「面白いわね」

「そうか?」

「その人――社長のお父さんらしき人って、会社のすぐ近くに住んでるわけじゃない」

「確かにそうだな」私はうなずいた。その視点はなかった。「歩いていける距離だと思う」

「片や仕事で失敗して、侘しい老後の一人暮らし。片や肩で風切るようなIT業界の第一人者。そんな二人が、声をかければ届きそうな場所にいるって、どういうことなのかしら。お父さんの方に、何か意図があるのかな」

「それは分からない。高石には、どうして『ZQ』の近くに住んでいるかは聞いてないからな」彼に聞いても、答えてくれるかどうかは分からない。酔っていれば話ずかもしれないが。

「それが気になって、他の調査の手を抜いてたの?」

「昨日からの話だよ」

「目移りしやすいもんね、大河君は」

「そんなことはない」

沈黙……由祐子は何か必死に考えている様子だった。二本目の煙草に火を点け、無言でしきりに吹かす。狭い事務所の中は既に白く染まっており、さすがに私は息苦しさを感じた。立ち上がって窓を開け、しばらく顔を突き出して外気を味わう。窓は細く開いたままにしておいて、ソファに戻った。由祐子はいつの間にか両足をソファの上に上げて膝を抱え、ちんまりと座っている。

「ねえ」

「ああ?」

「ちょっと調べてみようか」

「何を?」

「あの二人の関係。本当に親子なのかどうか、気にならない?」

「なるけどさ……」私は躊躇った。こういう調査は、彼女が得意なジャンルではない。無理すれば、ややこしいことになりかねない。「そこに手をつけるのはどうかな」

「じゃあ、放っておく?」

「いや——俺が自分で調べるよ」

「本来の調査を無視してまで?」

「そっちもやるさ」

私は膝に両肘をついて、前屈《かが》みになった。由祐子は指に煙草を挟んだまま。何か気に食わない様子だが、本音は分からない。

「大河君さ、何かおかしいと思ってるんでしょう」

「おかしいって、何が」実際、自分でも何がおかしいのか分かっていなかった。

「春山社長の父親が出てきた話」

「いや、おかしくはない。単なる偶然だ」

そもそもの出会いから話した。聞き込み調査の最中に、偶然出会ったこと。たまたま行きつけのバーのバーテンに話を聞いて、親子関係のヒントが得られたこと……。

「まさか」

「その高石さんっていう人、大河君を狙って姿を現したっていうことはない？」

「動きを監視されていたとか」

「さすがに、そんなことをしたら気がつくんじゃないかな」

「ふうん……」由祐子が首を傾げる。指の先では、煙草がどんどん短くなっていた。「大河君、目立つからなあ。ちょっと身長、削れない？」

「無理言うなよ」

「その人、毎晩呑み歩いてるの？」

「そうみたいだ」

「じゃあ、接近のチャンスはあるわね」由祐子が腕時計を見た。細い手首には合わない、太いブレスレットの多機能時計。「ねえ、恵比寿のアトレって、まだやってるわよね」

「ああ」

「分かった。じゃあ、ご飯はそこで食べよう。その前に買い物」

「何を？」

「変装道具。家まで取りに帰ってる時間がもったいないし、ご飯もデザートも食べたいから」

「何をするつもりだよ」急に思いついたように言い始めたので、不安になってきた。彼女には暴走癖――自分の頭の中では理屈ができているのに他人に説明しようとしない――があり、放っておくとまずいことになりそうな気がする。そう考える一方で、暴走させておけ、という気分にもなっていた。時には思い切った方法に出た方が、突破口が開けることがある。


アトレに着くと、ちょっとどこかで時間を潰しておいて、と由祐子に言われたので、私は五階の本屋に向かった。店内をぶらぶらし、気になっていた文庫本を三冊ほど仕入れたところで、由祐子が大きな紙袋をぶら下げてやってきた。

「もう終わった?」

「趣味の買い物じゃないから」由祐子がさらりと言った。「業務用だから、すぐよ……ご飯、食べよう」

タイ料理店に入り、さっさと食事を済ませる。まだショーソン・オ・ポムが胃に残っている感じの私は、タイ風の焼きそばだけにした。由祐子はトムヤムクンにガパオという組み合わせを選ぶ。辛いものを食べると、汗を引かせるのが大変なのに……と思ったが、由祐子は平然として、額に汗が滲みもしない。体質なのだろうが、羨ましい限りだ。私は少し辛いものを食べると、シャワーを浴びた直後のように汗だくになる。

三十分で食事は終了。由祐子は「ちょっと着替えてくるわ」と言ってトイレに向かった。

「うちで着替えればいいじゃないか」

「やだよ。何で大河君に着替えを見せないといけないわけ？」由祐子が頬を膨らませる。

「別に見ないよ。それに何も、狭いトイレで着替えなくても」

「大河君には狭いかもしれないけど、私には十分なスペースだから」

それもそうか……結局私は、トイレの前で黙って待つことにした。しかし由祐子は、何かと動きが早い。五分ほどで着替えて出てきた時、私は目を見開いた。足首まである長いスカートにヒールの低いパンプス。上半身は肩がむき出しになったノースリーブのカットソーだった。それを隠すように、厚手のカーディガンを羽織る。今まで着ていたラフな服は、紙袋に突っこんだようだ。それを私に差し出して持たせる。

「どうかした？」由祐子が不思議そうな表情を浮かべる。

「いや……スカートを穿いてるところを見るなんて、初めてじゃないかな」

「ご感想は？」

「それは差し控える」

「こういう時に、セクハラにならない程度の褒め言葉を言えないと、いつまで経ってももてないわよ」

「アメリカの探偵じゃないんだから」私はつい反論した。

「それは、小説の中のアメリカの探偵でしょう？　本物のアメリカの探偵に会ったこと、ある？」

「まさか」突っこみを許してしまった自分を恥じた。

「じゃあ、デザートを食べたら出発するわ」

事務所へ戻り、改めてコーヒーを淹れてモンブランを食べる。それほど甘くないので何とか食べられたが、一日に二回スイーツを食べてしまった罪悪感と胃もたれには、しばらく悩まされそうだった。

「送ろうか？　木場だから、ここからだと行き辛い」

「そうね。じゃあ、近くまで送って。でも、その店にいるかどうかは分からないわよね」

「いるんじゃないかな」バーテンが「週五で来る」と言っていたのを思い出す。「時間は分からないけど……遅くなると店で寝てる可能性が高い」

「ひどい客ね」由祐子が苦笑した。

「いや、そこそこ上客なんじゃないかな。毎晩金を落としてるのは間違いないんだから」

木場までのドライブは、何となく落ち着かなかった。いつもと違う格好をしている由祐子が助手席に座っていると思うと、どうも平常心ではいられない。修行が足りないな、と思いつつ、私は運転を続けた。

『マイルス』の前の道路は狭く、車を停めておくこともできないので、三ツ目通り沿いにあるコイン式の駐車場にグランドチェロキーを停めた。そのまま、彼女を店に案内する。

「何か、冴えない感じだけど」マンションの一階に入った店を見た瞬間、由祐子が文句をこぼした。

「普通のジャズバーだよ」

「中、うるさい？　音楽中心の店だと、話がしにくいんだよね」

「それは心配ない。音楽はあくまでＢＧＭだ」

「じゃあ、取り敢えず行ってくるけど、高石さんの人相は？」

私は記憶を掘り出して説明した。由祐子はそれで十分、と簡単に言った。

「駐車場で待機してる」

「盛り上がって二次会に行くことになったら?」

「はしご酒はしない人だと思うけど、その時は何とか連絡してくれ。後から追いかけるから」

「了解」

店に入る彼女を見送った。一瞬、トランペットのつんざくような高音が外に流れ出てきたが、耳に痛いほどではない。これなら彼女もきちんと話ができるだろうと判断して、私は駐車場に戻った。

さて……高石は、長っ尻《ちり》のタイプではないと思う。一気に呑んで酔っ払い、いい気分になったら一休みして、散歩がてら帰るのが日課ではないかと思われる。由祐子はたぶん一時間ほどで帰ってくるのではないかと予想して、私はシートを少し倒して体を休めた。この時間になると人通りも少ないし、駐車場の奥の方に車を停めてしまったので、そもそも道を歩く人たちの姿の観察もできない。探偵の仕事では「待ち」はよくあるのだが、今回は少し事情が違う。調査をしている人を待つ、という経験は初めてだった。

ラジオに耳を傾けようとしたが、内容が頭に入ってこない。スマートフォンでニュースをチェックするのにもすぐに飽きてしまった。どうしたものか……『マイルス』に入って由祐子と合流しようかとも考えた。いや、それだとあまりにも不自然で、いかに高石が酔っ払っていても、不審に思うだろう。とにかく待つことか。

——と覚悟を決めた時、ドアをノックされた。慌てて外を見ると、由祐子が窓から顔を覗かせている。ドアロックを解除すると、彼女は梯子《はしご》を登るような感じで助手席に滑りこんできた。第一声、

「高石さんは、間違いなく春山社長の父親ね」。

様々なハイテク装備を使った調査だけが得意かと思っていたのだが、彼女は人の話を聞く能力にも

長《た》けているようだ。
「詳しく話を聞かせてくれ」私はシートに座りなおした。

第6章　破滅の足音

1

高石が春山の実の父親——詳しく話を聞いた後、由祐子の情報は根拠が薄い、と私は判断した。彼女は「間違いない」と自信たっぷりに言っていたが、私の感覚では「その可能性が高くなった」という程度である。

「だけど、昔の家のこととか、親じゃないと分からないわよ。本当にリアルな感じで話していたから」由祐子が不機嫌に反論した。「信じられないなら、これ、聞いてみて。録音しておいたから」

由祐子がスマートフォンを取り出し、ボイスメモを再生させてから私に手渡す。バックグラウンドで流れるジャズが煩いが、二人の声は何とか聞き取れた。

「『ZQ』はすぐ近くじゃないですか。そういうところに住んでいるのは、息子さんに対する思いがあるからですか」由祐子が大胆に切り出す。

「冗談じゃない」高石が怒声を上げる。しかし、すぐに声は落ち着いた。「まあ……そういう感じはないでもないかな。思いがどういうものかはともかく」

「会うことはあるんですか」

「まさか」

「見守っているのかと思いました」

「そんなことはできない……まあ、姿を見るぐらいはできるけど」

「どうやってですか？」

「何でそんなこと、知りたがるんだ？」高石の声に急に疑念が滲む。

「私、親子関係には敏感なんですよ。うちの父親がとんでもない野郎だったんです。私が小学生の時に、別の女の人のところへ行ってしまって、それきりで……二年前に病気で亡くなったんですけど、亡くなる直前に『会いに来てくれ』って泣き落としにかかって」

「会ったのかい？」

「拒否しました。でも全然後悔してません。今でもザマアミロと思ってます」

「厳しいねえ」高石は、どこか困ったような口調になっていた。

「とにかくそういうことがあったから、親子の問題にはつい反応しちゃうんですよ」

「世の中では、珍しくはないんだろうな」

「問題のない親子なんて、いないんじゃないですか」

私はボイスメモの再生を停止させ、由祐子に訊ねた。

「君の話は本当か？」

「嘘」

「え？」

「うちの両親、六十になるのにまだラブラブなのよ。いい加減にしてくれって感じ」

「よく平然と嘘をつけたな」私は肩をすくめた。

「もう高石さんと会うことはないだろうから、思い切って言ってみた」

「そうか……」

ボイスメモをまた再生する。由祐子の声は淡々としていたが、そのペースが高石の告白を引き出したようだ。

「息子さんを近くで見守ってるんじゃないんですか？」由祐子が質問を繰り返す。

「さあね」

「でも、すごいですよね。あんなに大きな会社を経営している息子さんなんて」

「人は偉くなると、自分の足元が見えなくなる」低く抑えたような声で、高石が言った。「仕方ないかもしれないが、初心を忘れると、人間は必ず駄目になる。遅かれ早かれ……」

「息子さんは——息子さんの会社は好調じゃないですか」

「そういう状態になると、人は二種類に分かれるんだな。他人を思いやれる人と、自分以外の人間が見えなくなる人と」

「息子さんは……」

「あいつは、自分以外の人間がまったく見えていない」

ここまでの会話を聞いている限りでは、高石が春山の父親だという証拠は一切ない。延々とこれを聞き続けなければならないかと思うとうんざりしたが、話はそこから一気に佳境に入った。

「見守るなら、会社じゃなくて自宅の方がいいんじゃないですか？」

「自宅？　あの品川駅の近くの？　あんなところに、俺が借りられるような家が見つかるわけがない」

ここで私は初めて、高石の話を信じる気になった。春山は自宅の住所を公開していないはずである。しかし親なら知っていてもおかしくはない――いや、もしかしたら高石は春山をストーキングしていたかもしれないが。

「まあ、偉いもんだよ。蒲田の築五十年のボロ家から中野のアパート住まいだった人間が、今や品川の高級マンションの主《あるじ》だからな」

「それだけ頑張った証拠じゃないですか」

可能性はますます高まってきた。春山が過去に住んでいた場所を次々に挙げているのだから……もっともそれも、調べようと思えばできないわけではあるまい。疑えばキリがないという状態になってきたが、由祐子は自分の調査の信憑性《しんぴょうせい》について譲らなかった。

「間違いないでしょう」

「百パーセントは信じられないな」私も引かなかった。スマートフォンを彼女に返し、車のエンジンをかける。

「今日はどうするの？」

「これで終わりだ」

「この件の調査は？」

「それは続行する。ちょっと考えがあるんだ」

「手助け、いる？」

「いや、一人でやる」私は宣言した。

「またそうやって、一人で背負《しょ》いこむ」由祐子がからかうように言った。

「そもそもこれは俺の事件だから。君には散々手伝ってもらって、ありがたいとは思ってるけど」

「だったらせめて、真相は教えてね。私だって気になってるんだから」

「必ず話すよ」うなずいたが、本当にそうするかどうかは分からない。事態がどう流れていくか、予想もできないのだ。


話を聞きたい莉子が、なかなか摑まらなかった。電話しても出ないし、留守番電話にメッセージを残してもメールを送っても返事が来ない。何か面倒な仕事にかかっているのかもしれないが、それを知る方法はない。事務所に確認しても、当然教えてもらえないだろう。

ようやく彼女から折り返しの電話があったのは、由祐子が高石と話をした二日後だった。それも、かかってきたのは夜十一時過ぎ。

「ごめんなさい。寝てました?」

「いや」風呂から出たばかりで、もう一日は終わりという感じだったが、私は何とか緊張感を取り戻そうと努めた。場合によっては、これから出動しなくてはならない。「忙しかったんじゃないですか?」

「昨日から今日にかけて、撮影が押していて」

「ドラマですか?」

「ええ。最近は、朝早くや夜遅くに撮影することはあまりないんですけど、今回はどうしても……ごめんなさい。急ぎでしたか?」

「いや、急ぎではないです。でも、直接会えませんか？　確認したいことがあるんです」

「そうですね」莉子は困った様子だった。今は本当に、時間を捻出《ねんしゅつ》するのが難しいのかもしれない。

「明日も撮影で、一日縛られます。でももしかしたら、お昼ぐらいにちょっと時間を作れるかもしれません」

「もしもそれでよければ——あなたのお昼ご飯を邪魔するのは申し訳ありませんが」

「大丈夫です。撮影中は、お昼が飛ぶのはよくあることですから」

「美容にはよくない」

「気にしないで下さい」莉子が笑う。

「では、明日の昼頃に、撮影現場の近くにいるようにします。時間が空いたら連絡してもらうということでどうでしょう」

「結構です」

彼女から、スタジオの場所を教えてもらった。聞いたことはある名前だが、当然行ったことはない。芸能人が集まるところだから、警戒が厳重ではないかと心配になったが、そこは何とかするしかないだろう。

さて、これで何かが分かるかもしれない——分かるのがいいことかどうか、私には判断できなかったが。

翌日午前十一時四十五分、私は莉子に教わったスタジオの近くを車で走っていた。大通りから細い路地に曲がったところで電話が鳴る。ハンズフリーで話し出すと、莉子の弾んだ声がスピーカーから飛び出してきた。

「今から三十分ぐらい大丈夫ですけど、どうしますか？」

「もう、建物のすぐ近くまで来ています。車ですけど……」

「じゃあ、出ます。車の中でも話はできますよね？」

「ええ……」彼女がすぐに話してくれればだが。莉子は春山の過去について間違いなく知っている、と私は確信していた。問題は喋るかどうか……自分に喋らせるテクニックがあるかどうかだ。

建物の前で車を停めた。住宅街の中にしては広大なスペースにある三階建て——戦前からここで撮影が行われていたのだ——で、道路に面した正面出入り口のところに警備員が二人いて目を光らせている。私のグランドチェロキーは怪しく見えるかもしれないが、警備員が確認に来る前に、莉子が駆け出してきた。降りてドアを開けようとしたが、それより早く莉子がドアに手をかける。

「すぐそこに、コインパーキングがあります」車に乗りこむと莉子が言った。

「そんなところに停めていて大丈夫ですかね。あなたがこの車に乗っているところを見られたら……」

「大丈夫ですよ」莉子が軽く笑った。「この辺、いつも芸能人が歩いてますから。住んでいる人も慣れてると思います」

「私は芸能関係者には見えないと思いますけどね」

「考え始めたらキリがないです——三十分しかありません」

莉子が時計をはめた左腕に視線を落とした。今日はかっちりしたグレーのスーツ姿……撮影用の衣装かもしれない。腕を剝き出しにしていない彼女を初めて見た。

指示された通り、すぐ近くのコインパーキングに車を停めた。図体の大きいチェロキーを入れるには、何回か切り返しをしなければならなかった。エンジンを切ると、早々に話を切り出す。

「春山のお父さんを見つけました」

「え」莉子が消え入りそうな声で反応する。

「本人がそう言っています。私も、その可能性が高いと思います」

「そうですか」莉子が溜息をついた。「須賀さん、探偵として優秀なんですね」

「それは自分では分かりません……あなたは、春山とご両親の関係について、何か知っていますよね」私は決めつけた。

「私の口からは言えません」早々と第一の関門が立ちはだかる。

「お父さんは、春山を厳しく批判しています。父親が息子を悪《あ》し様に言うのは、珍しいと思うんですよ。逆はあると思いますが……両親が離婚して、春山は母親に育てられたことも分かりました」

「だったら何なんですか」かすかに怒気を滲ませた口調で言って、莉子が私を睨んだ。その大きな目は潤んでいるように見える。

「今回の一連の事件とこの件に関係があるかどうかは、まだ分かりません。ただ、気になるんです。気になったら調べざるを得ない。そして、あなたは何か知っているはずだと思っています」

「知っていても、言えるかどうかは別問題です」莉子は頑なだった。

「春山が過去の問題を引きずっている——それが今のトラブルにつながっている可能性もあるんじゃないですか」

「それは——」

ちらりと横を見ると、莉子は唇を噛んでいる。つけ入る隙がある、と私は判断した。

「あなたは、春山が今一番信頼している人だと思います。人生のパートナーとしても大事に思っているんじゃないでしょうか。あなたも彼のことを本当に大事に思っているなら、問題を話して下さい」

「それで、須賀さんが何とかしてくれるんですか？」

それは——すぐには返事ができない。最初私は、「ＺＱ」社内に出回った怪文書の調査について、春山から相談を受けた。その問題は完全に解決したとは言えないが、実質的に立ち消えになってしまっている。「依頼を受けた探偵」としては、これ以上やれることはない。だったら今、私はどういう立場で動いているのだろう。

「友だちとして、できるだけのことはしたいと思います」結局、話はそこに落ち着く。

「何の見返りもないかもしれないのに？」

「調査費用は十分もらいました。何と言うか……あいつは、ちょっと危なっかしいところがある。今やＩＴ業界の若きリーダーなんだし、もう少しどっしり構えて仕事をして欲しいんです。あなたとも幸せになってもらいたい。でも、この状態だと、どうでしょうね。心配です」

「言えないことがたくさんあります」

「あなたがそれを知っているということは、それだけ春山に信用されている証拠ですよ」私は莉子を励まそうと言った。「春山を助けたいなら、あなたが知っていることを全部教えて下さい」

「須賀さんには、これ以上深入りして欲しくないんです」莉子が訴えるように言った。「あなたがこれまでやってくれたことには、私も遼太郎も感謝しています。でも、これ以上は……」

「まだやれることはあると思います」

「こんなことになるなんて……」莉子が溜息をついた。それから唐突に、やや早口で話し出す。「会社で殺人事件が起きましたよね」

「ええ。『ZQ』の社員が殺された、のが正確ですが。社内で事件が起きたわけではありません」

「あの事件、どうなってますか？」

「まだ解決してませんね」

「そうですか」莉子が拳を顎に押し当てた。「亡くなったのは国岡さん……でしたよね？」

「ええ」

「その人には、昔つき合っていた女性がいます」

「何であなたがそんなことを知っているんですか？」

「遼太郎は、あなたが思っているよりもずっと、いろいろなことを知っています。立場上言えないだけで……その女性がいろいろ事情を知っていると思います」

「春山から聞いたんですか？」

莉子は何も言わない。無言の態度が答えだと私は思った。そして、春山と莉子の関係は、私が想像していたよりも深く強いと確信する。春山が私にも話せないことを伝えられる相手……それが彼女だ。

「その女性の名前と連絡先は分かりますか？」

「名前は分かります。連絡先は知りませんけど、須賀さんなら割り出せるんじゃないですか」

「どんな人ですか？」

「昔『ZQ』にいた人です。だから――」

「分かりました。調べます」真梨の手を煩わせれば何とかなるだろう。私は莉子から、問題の女性の名前だけを聞き出した。初めて聞く名前である。

「それと……」切り出したものの、莉子が言い淀む。

「話して下さい」私は促した。「あなたから情報が出たことは秘密にします」

「そういうことじゃないんです」莉子が声を強くした。「あなたがこれ以上調べていけば――遼太郎は破滅するかもしれない」

「あいつを破滅させないために調べているんですよ」

「逆です。世の中には、表に出さない方がいいこともあるんじゃないでしょうか」

なおも躊躇っていたが、結局莉子は、春山と父親の因縁について話してくれた。今まで誰からも聞けなかった話――莉子と春山の絆の強さを改めて意識する。

この絆の強さ故、二人を同時に不幸にしてしまうかもしれない、と私は恐れた。一人を傷つければ、もう一人にも同じ痛みが生じる。

2

以前「ZQ」に勤務していたという緒川優希《おがわゆうき》のことを確認すると、真梨はすぐに現在の連絡先、さらに転職先の情報まで調べてくれた。予想外だったのは、真梨が「私も同席します」と言い出したことだった。私は特に事情を告げず、彼女には情報だけを求めたのだが、真梨の方では何か予感を抱いたのだろう。優希が勤める会社に向かう途中の車内で「国岡さんのことでしょう」といきなり切り出してきた。私が何も答えないでいると「国岡さんと昔つき合っていた人ですよ。結婚直前までいったはずです」と打ち明けた。

優希も、「ＺＱ」のスタートアップ直後から働いていた初期スタッフで、国岡とは一時つき合っていた——同棲していたという。結婚直前だろうと言われていたのだが、春山とのトラブルで国岡が干されたことが遠因となり、最終的には別れたそうだ。その後は別のＩＴ企業に転職したというのだが……どうして真梨がこういう事情に詳しいのかが不思議で、思わず訊ねてみた。

「優希とは同い年で、個人的にも仲がよかったんですよ。まだ社員が今ほど多くない頃の同僚でしたから」

取り敢えず勤務先の会社の近くまで来た。電話をかけるなりして呼び出そうかと二人で作戦を練っているうちに、ビルから出てきた優希を真梨が見つけた。優希は、ひどく疲れているように見える。背は高いが不健康に痩せていて、振り向くだけで体がぐらりと揺れたほどだった。後ろで束ねた髪には艶がなく、顔色もよくない。私はすぐに彼女を追いかけ始めた。

「緒川優希さんですか」

声をかけると、優希がびくりと身を震わせて立ち止まった。振り向いて私の顔を見ると、なぜか軽い恐怖の表情を浮かべる。

「須賀大河と申します」私はできるだけ深く頭を下げた。「ちょっとお時間をいただいてもいいでしょうか」

「でも……」

「会社で話してもいいんですが、それはまずいんじゃないですか」

優希の顔が引き攣《つ》った。これで恐怖に陥れ、精神的に支配することに成功したと思う。ただしこのままでは、まともに話はできないだろう。

「お久しぶり」

助っ人――私の後ろからすっと姿を現した真梨が、気軽な調子で優希に声をかける。

「真梨……」優希の声は掠《かす》れていたが、それでも眉間の皺は少しだけ浅くなっていた。

「優希、ちょっと話をさせてもらっていい？」真梨が先に話し出した。「こちら、弁護士の須賀さん」

「弁護士……弁護士と話すことなんかないわよ」優希が顔をしかめる。私とは目を合わせようとしない。

「確認したいことがあるだけだから」

「だけど……」

優希はなかなか話に乗ってこなかった。しかしここは強引にでも行かねばならないと、私は彼女に二歩近づいた。

「時間はかかりません。一点か二点、確認したいだけなんです。国岡黎人さんのことで」

優希が唾を呑む。目は大きく見開かれ、緊張が頂点に達しようとしているのが分かった。私は彼女にうなずきかけ、「申し訳ないですけど、そこの公園で……他の人の目もありますから、危ないことはありませんよ」と告げた。

真梨が歩み寄ってそっと腕に触れたので、優希もようやく落ち着いたようだった。真梨に事情を知られてしまうのはまずい感じがするが、この際仕方ない。ここまでいろいろやってくれたのに、この時点で「帰ってくれ」とは言いにくい。

優希が勤めるＩＴ企業は、ＪＲ浜松町駅から歩いて五分ほどのところにある。問題の公園は交番の裏手で、彼女にとっては安心できる環境だろう、と思った。

ベンチとちょっとした遊具があるだけの小さな公園で、人の出入りも多い。交差点に面しているので、ここをショートカットしていく人が多いようだ。しかし話しにくい雰囲気ではない。

「座りませんか？」私は優希に言った。見たところ、木製のベンチは綺麗そうだ。

「いえ……」

「優希、座った方が話しやすいわよ」

真梨がまた助け舟を出してくれて、優希が渋々それに従う。真梨が隣に座ったせいか、優希の表情は少しだけ和らいだ。ここで問題が——立ったままだと、優希を完全に見下ろす格好になってしまって具合が悪い。互いに立っていてもそうなのだから、優希だけが座った状態だと、彼女はさらに緊張するだろう。なるべく正面に座って話がしたい……こういう時のためにと用意しておいた小さな折り畳み式の椅子を、ディパックから取り出した。私には小さ過ぎて、足の置き場に困ってしまうのだが、それでも短時間なら何とかなる。取り敢えず視線の高さが近くなったのは幸いだった。優希は疑わし気な目で私を見ていたが。

「国岡黎人さんが亡くなったのは、ご存じですよね」私はこの話をもう一度持ち出した。優希がまた身を震わせる。しかしここは、一気に話を進めてしまうしかない。「あなたは『ＺＱ』に在籍していた当時、国岡さんと交際していましたよね？　その時に、春山社長に対する愚痴を聞かされていませんでしたか？」

助けを求めるように、優希がちらりと横を向いて真梨の顔を見る。真梨が「話してあげて。この人は信用できるから」と言ってくれた。

「はい」消え入りそうな声で優希が認めた。

「相当深い愚痴——恨みのような感じではなかったですか？」

「そうです」

「今は？」

「今……」優希がようやく私の顔を見た。

「予め言っておきますが、国岡さんが殺された件について、あなたを疑っているわけではありません。それに私は警察官ではないですから、捜査する権利もありません。ただ、どうしても事情を知りたいんです。国岡さんとは、会って話をしたこともあるんですよ」

「知っています」優希が認めた。

「つまり、あなたも最近、国岡さんと会ったんですね？」私は一歩踏みこんだ。

何も言わずに優希がうなずく。少しだけ話が前へ進んだ——安心して私はさらに続けた。

「今もつき合っていたんですか？」

「そういうわけじゃないです」少し慌てた調子で優希が言った。「たまに会って話をするぐらいで……腐れ縁みたいなものです」

「話の内容は？」

「愚痴が多かったです」

「会社の愚痴ですね？」

「ええ」優希がうなずく。「早く辞めればいいのに……と思いましたけど、国岡さんには国岡さんの考えがあって」

「春山社長を脅すことですか？」

優希がはっと顔を上げる。勘で言ったのだが、今のは当たりだと確信した。ただし、この話がどこへ転がっていくかはまだ分からない。

「春山社長が――『ZQ』が脅されていたことはご存じですか？　表に出ていない話なんですけど」

「はい――いえ」優希の口調が揺らぐ。「はっきりしたことは……分かりません」

「国岡さんからは聞いていますか？」

「聞いて……いました」

「あれをやったのは、まさに国岡さんだったんじゃないですか？　国岡さんは、春山社長に対して長い間恨みを抱いていた。だから会社を脅して金を奪い取ろうとした――違いますか？」

「はっきりしたことは聞いていません」

「はっきりしていなくても、話は聞いているんですか？」

優希が力なく、首を横に振る。しかし否定ではないと私は判断した。話すかどうか迷っている――こういう時は、とにかく押していくだけだ。

「緒川さん、この件はずっと昔の出来事に関係しているかもしれないんです。私は弁護士として、友人として、春山を助けたいと思っています」

「あんな人を助けて、何の意味があるんですか」急に優希の声に怒りが滲む。しかしちらりと横を見ると、改めて真梨の存在を思い出したように、はっと目を見開いた。消え入りそうな声で「ごめん」

と謝る。

「いいわよ」真梨が、かなり無理した様子で言った。「社長がいろいろな人を不快にしているのは間違いないんだから」

「私は別に──そういう思いをしたことはないわ。辞めたのは、国岡さんと別れて会社に居づらくなったから……仕事のこともあったけど」

「それは分かってる」真梨がうなずく。「あなたは関係ない──事件には関係ないと私は信じている。だから話して」

「でも、春山社長は……」

「悪い評判は聞いています」私は認めた。「それでも、春山は私の友だちでもあるんです。あいつは今まで、十分苦しんだと思う。国岡さんがこの件を計画していたなら、目的は十分果たしたと思いますよ」

しかし国岡は死んだ……そこで私は、突然嫌な予感に襲われた。国岡を殺したのは春山ではないか？　あいつが直接自分で手を下すようなことはないだろうが、誰かを雇ってやらせることもできる。もしもそうなら、殺人の共犯として警察は立件可能だろう。ただしそれについて、私があれこれ言うのは筋が違う。

「国岡さんは……」

優希が言い淀む。しかし話す気になっているのは間違いないと私は判断した。黙ってうなずき、先を促す。

「国岡さんは、春山社長にずっと恨みを抱いていました。恨みを晴らすために会社にいた、と言ってもいいと思います」

「それで今回、とうとう実際に手を出したんですか？　彼一人で？」

「いえ」

優希がちらりと唇を舐めた。薄く血色が悪い唇から、次にどんな言葉が漏れ出すか……私は少し身を乗り出して、彼女の言葉を一言も聞き逃すまいと集中した。ジャケットの胸ポケットではスマートフォンの録音アプリを起動させているが、外だし少し距離があるので、きちんと録音できているかは分からない。自分の耳でしっかり聞いて、記憶してしまうつもりだった。

「誰かと組んでいたんですか？　誰か、会社にいる他の人と？」あるいは春山に追い出されるように辞めた人間か。

しかし優希は、予想もしていなかった人間の名前を挙げた。私は一瞬言葉を失ってしまったが、その様子があまりにも異様だったようで、真梨が「須賀さん？」と心配そうに声をかけてきた。そうか、彼女はこの名前を知らないのだと思い出したが、説明している時間はない。そもそも彼女が知るべきかどうかも判断できなかった。あまりにも深入りし過ぎると、彼女自身にトラブルが及ぶかもしれない。

「その人なら、知っています」私は告げたが、声は掠れてしまっていた。情けないと思ったが、この衝撃は小さくない。何も言えなくてもおかしくないぐらいだと思った。「つい最近知り合ったんですが」

「そうですか……」

「あなたは、会ったことはありますか？」

「いえ」優希が首を横に振る。「話を聞いただけです」

「詳しく聞かせて下さい」私はさらに身を乗り出した。組んだ脚に体重がかかって姿勢が不安定になってしまったが、仕方がない。

優希は、思い出しながらぽつりぽつりと話した。この恐喝計画自体は、半年ほど前から動き出していたと初めて分かる。準備は入念——金を奪うという最終的な目的は叶わなかったわけだが。

全て聞き終えたと判断した後、私は自分なりにまとめたストーリーを優希に話した。彼女も、「大筋ではそんな感じです」と認めてくれた。

「話してくれてありがとうございます」私は頭を下げた。

「いえ……私もずっと不安でした」

「あなたが何かやったわけじゃないでしょう」

「でも、話は聞いていたんです。それって、やっぱりまずいことになるんじゃないでしょうか」

後で事件について知らされても、事後共犯になる可能性はある。予め——計画の途中で聞かされていたとしたら、本当に共犯として捜査を受けてもおかしくはない。

「もしもまずいことになったら、私が弁護します。だから安心して話して下さい。それに、今聞いた話を、私の方から警察に伝えることはありません」

「でも……」

「あまり心配しないで下さい。困った時のために弁護士はいるんですから」

実際には、この辺の駆け引きはかなり難しくなるだろう。優希は、国岡からかなり詳しく犯行の計画とその顚末《てんまつ》を聞いていた。本当は、一緒にやるように誘われていたかもしれない。国岡が殺されてしまった以上、警察が優希を共犯と判断して絞り上げる可能性も否定できない。まあ……彼女を守る方法については、後で考えよう。今そこにこだわり過ぎると、全体像が見えなくなってしまう。

「いざとなったら、私があなたを守ります」

「でもあなたは、春山さんのために働いているんでしょう？」

「それとこれとは別問題です」実際には、利益相反行為になる可能性もあるが、彼女を安心させたかった。「とにかく、ありがとうございました。話していただいたおかげで、全体像が見えてきました」

「いえ……」

「話したら、あなたも少しは気が楽になったんじゃないですか」

「それはないです」優希が即座に否定した。「国岡さんは殺されたんです。正直、私も怖い。国岡さんから話を聞いていることを誰かに知られていたら、私も……ずっとそんなことを想像していて、毎日辛かったです」

「警戒はしていて下さい。私はこれからまだ、状況を調べます。何か分かったら、あなたにもお伝えしますよ。それで安心できるかもしれません」

「はい」優希が頭を下げた。安心した様子はまったくない。

「あまり深刻に考えないで下さい——と言っても難しいかもしれませんが」

「優希、須賀さんに任せておけば大丈夫だから」真梨が口添えしてくれた。過大評価し過ぎだ、と心配になったが、私の口から何か言えるわけではない。

「できるだけのことはします」私は言って立ち上がった。無理な姿勢を取っていたせいか、足が痺《しび》れてしまっている。よろけないように気をつけながら何とか椅子を持ち上げ、ゆっくり畳んだ。

人生は、こんな風に簡単には畳めない。春山の周りでは、多くの人の複雑な感情が渦巻いている。

優希と別れ、真梨と一緒に車に戻る。真梨はひどく不安そうで、助手席に座ってもうなだれたままだった。

「大丈夫ですか？」私は思わず声をかけた。

「一人、私が知らない登場人物がいますよね」

「ええ」

「話してもらえます？」

エンジンをかけ、コインパーキングから車を出す。そうしながら、彼女にどこまで話すか考えた。春山の父親のこと——極めてプライベートな問題であり、いくら真梨が会社の運営に大きな責任を負っているとはいえ、知る権利があるかどうか、判断が難しい。

「あなたは知らない方がいいと思います」

「何故ですか？」

「プライベートな話だから——取り敢えず、どこへ行きますか？」

「今日は帰ります」

「こんな時間——あなたにしては早いんじゃないですか」ダッシュボードの時計を見ると、十八時半である。

「そんなこともないですよ。定時帰りが基本ですから」

そういう話は以前にも聞いた。しかし春山が私に相談を持ちかけてきてからの彼女は残業続き、さらに早朝にも呼び出されたりして、ろくな目に遭っていない。

「取り敢えず送りますよ」前回自宅まで送った時に際どい雰囲気になったのを思い出したが、中途半端にどこかで下ろすわけにもいかない。

「ありがとうございます」真梨の口調は普段と変わらなかった。

「以前、春山の母親のことを聞きましたよね？」

「ええ」相槌を打った次の瞬間、真梨が敏感に気づいた。「まさか、さっき名前が出た人は――」

「それは、あなたは知らない方がいいと思います」私は繰り返した。「知ってしまうと、いろいろ不都合が生じるかもしれない。警察にあれこれ聴かれる可能性もありますよ」

「私は別に大丈夫ですけど」

「こういう言い方はどうかと思いますけど、あなたには常にクリーンな立場でいて欲しいんです」

「どうしてですか？」

「この先、春山がどうなるかは分からない。つまり、会社に何が起きるかも読めないんです。今何かあった時、あの会社を支えていけるのはあなたじゃないですか？」

「そんなこともないです――そんなに大変なことが起きるんですか？」真梨の顔に影が差した。

「分かりません」想像はできる。しかし今は、その想像を現実につなげるための材料がまだ足りなかった。

「春山が逮捕されるとか」

「今回の事件で、あいつが絡む要素はないと私は思っています」国岡が殺された件についても、何となく説明が——それも合理的な説明がつくような気がしていた。そこに春山の名前がなくても、不自然ではない。

「そうですか」真梨が少しだけほっとした声を出した。

「もちろん、何が起きるかはまだ分かりません。我々が摑んでいない事情も多いと思います」

「須賀さん、まだ調べるんですか？　これ以上調べることに意味は……国岡が死んでしまったんだから、もう会社に対する脅迫はないと思っていいんでしょう」

「そうだと思います」私は認めた。

「余計なことをすると、寝た子を起こしてしまう可能性もありますよ」

「そうならないように気をつけます」私としては、そう言うしかない。

「探偵として——あるいは弁護士として、この件をまだ調べるんですか？　もう、最初の依頼は切れているはずですが」

「乗りかけた船です。中途半端にしておくのは嫌なので」

この会話は、ここで打ち切ることにした。本当は義務感でも何でもない。単なる好奇心だ。探偵を名乗るようになってから初めて、純粋な好奇心に突き動かされている気がしてならなかった。

3

この場面——ほぼ最終局面だと思うが——には、私一人で挑むべきだと思った。真梨や由祐子にも知る権利はあるかもしれないが、それでもこの場面に立ち会わせるべきではないと思う。事態が落ち着いた後で話す方がいいだろう。

最後の動きの前に、調べねばならないことがあった。しかしこれも、真梨が協力してくれたのでさほど難しくはなかった。自分の推理を真梨に話せないもどかしさはあるが……探偵の倫理観など放棄してしまえばいいかもしれないが、そういうわけにもいかない。

高石と会うのは難しくない。家も分かっているし、毎日のように『マイルス』に顔を出すはずだから。ただし、遅い時間は駄目だ。できればシラフ――あまり酔っていない状態で話がしたい。

優希と会った翌日、まず自宅を訪ねる。しかし高石は不在だった。彼の仕事のローテーションについてきちんと把握していなかったことを悔いる。清掃の仕事をしていると言っていたが、昼間だけでなく、夜に行う場合もあるだろう。夜勤なら、非常に摑まえにくい。

すぐに『マイルス』に向かう。店内を覗いたが、高石の姿はない。顔見知りになっていたマスターに確認すると、店を訪れる時間は日によってバラバラ、ということだった。五時の開店に合わせるように来ることもあるが、十一時ぐらいにふらりと顔を出すこともある。今は午後六時……今日も「待ち」が長い一日になるかもしれない。

私は道路を挟んで、『マイルス』の向かいにある電柱の陰で待機を始めた。こういう時は本当に、自分の身長を持て余す。それほど人通りが多いわけではないが、たまに通りかかる人が全員、私を見ているように感じた。これなら車を持ってくるべきだったかもしれないが、『マイルス』の前の道路は狭く、巨体のチェロキーは邪魔になるので、少し離れた駐車場に停めている。

一時間が過ぎた。待機が長くなるのを覚悟していたので、今日は弁当つき――とはいえ、コンビニのサンドウィッチである。この先何が起きるか分からないので、二つを一気に食べて腹を膨らませる。飲み物は——水をほんの一口飲んだだけでやめにしておいた。張り込みはしばしば、尿意との戦いになる。水分さえ取らなければ、取り敢えずトイレの心配はしなくて済む。

「よ」

声をかけられ、慌てて振り向く。高石が怪訝そうな表情で立っていた。酔った様子はないのでほっとする。

「あんた、何してるの?」

「お待ちしていました」

「だったら、店の中で待っていればよかったのに。一緒に呑もうよ」高石は相変わらず人懐こい。この人懐こさが、ある意味「墓穴」を掘る原因になったのだが。由祐子にあれこれ喋ってしまったことが、私の疑いの源泉になっている。

「今日は酒抜きで話したいんです」

「うん?」高石が眉をくっと上げた。「そんなに深刻な話なのか?」

「ええ」高石の人生が左右されるかもしれないぐらいの。

「で? どこで話すの? この辺だと、落ち着いて話ができる場所もないんだけど」

「立ち話でいいですよ」

「渋いねえ」高石が苦笑する。「まあ、いいけど」

「そこの神社でどうですか」

「神社で話? まあ、いいか……他に話ができる場所もないしな」

高石が先に立って神社の方へ歩いていった。私は後に続きながら、話をする場所を確保していなかったことを後悔していた。神社の中で話すようなことではない。非常に生臭く、危ない話なのだ。夜、神社の境内は静かだった。駅はすぐ近くなのに、人通りも少ない。もう少し遅くなると、酔っ払いが道路を占拠して、その笑い声が神社にも聞こえてくるかもしれないが。

境内には座る場所もなく、立ったまま話すことになる。高石は両手を脇の下に挟みこむ格好で腕組みした。

「今日は？　仕事ですか」私は軽い話題から切り出した。

「いや……実は最近は、あまり仕事に行ってない」

「休んで大丈夫なんですか」

「ローテーションもあるからね。何とか調整は利く——だけど、そんなこと知っても何にもならないだろう」

「いえ」私は短く否定した。

「ああ？」

私はスマートフォンを取り出した。これはあくまで小道具で、確かめるべきことは既に頭に入っているのだが、相手に「しっかり話を聞いている」印象を与えるためには、何か小道具があった方がいい。スマートフォンよりもメモ帳の方が——手書きで記録していると見せつける方が効果的かもしれないが。

私は複数の日付を挙げた。「ZQ」社内に怪文書が貼られた日。現金を要求する脅迫状が届いた日。現金受け渡しを指定された日。

「これらの日付に心当たりはありませんか？」

「分からんね」

「そうですか。私の方から説明するつもりはありません」

「おいおい」高石が笑う。「それじゃ、何のことやら分からないよ。謎かけでもしたいのか？　俺だってそれほど暇じゃない」

「どうして私に連絡してきたんですか？」私は咄嗟《とっさ》に話題を変えた。

「うん？」

「最初にご自宅近くで会ったのは偶然だと思います。でも、その後酒に誘ってくれたのはどうしてですか」

「そりゃあ、一緒に呑む相手が欲しかったからだよ」高石が笑い飛ばした。

「違いますよね？　探りを入れてきたんでしょう」私は突っこんだ。

「探り？」

「私が、あなたのことをどこまで疑っているか、知りたかったんじゃないですか。あの時点では、ゼロでしたが」

「あの時点ではっていうことは、今はゼロじゃないのか」

「百ですね」

高石がまた声を上げて笑ったが、目は真剣だった。こちらの真意を読み取ろうと必死になっているのが分かる。

「俺が何かしたとでも？」

「はい」

　話していて次第に苦しくなってきた。こんな形で人を追いこんだことはない。弁護士時代にも、依頼人、あるいは法廷で対峙した検事に対してもストレートに話すようにしていた。しかし今の私は……搦め手から高石を追いこもうとしている。どちらかというと、刑事が容疑者を落とす時の手法に近いのではないだろうか。

「話は聞くけどさ」高石が白けたような口調で言った。「何だか、俺を犯人扱いしてるみたいじゃない」

「そうです」

「ああ？」

「高石さんが勤務する会社に確認しました。あなたは、深夜に『ＺＱ』の清掃に入っていたことがありましたよね」

　無言。しかし高石の顎には微妙に力が入っていた。それを見て追い討ちをかける。

「あなたが『ＺＱ』の清掃に入っていた日、あるいはその翌日に、社内で怪文書が発見されました。あなたがやったとしか考えられない」

「その決めつけは、乱暴過ぎないか」高石が指摘する。口調は比較的冷静なままだった。「日付と場所が一致しただけじゃないか」

「国岡黎人という人をご存じですね」

「おいおい、そんなに急に話題を変えるなよ。ついていけない」

「国岡さんは、『ＺＱ』のごく初期から働いていた人ですが、春山社長とは長く問題を抱えていました」

「そんな、会社の中の事情は知らないな」高石が顔を背ける。

「『ZQ』の社内に怪文書を掲示したのは、この国岡さんかもしれません」彼のデスクから見つかった紙。ペーパーレス化が進んでいる会社に似つかわしくないその紙、そしてサインペンは、怪文書に使われたのと同じものである可能性が高い。

「だったら俺には関係ない」

「国岡さんの、会社への出入りを調べました。怪文書が掲示された時間に、彼が会社にいなかったことは分かっています。出入りは全て電子的に管理されていて、誤魔化すことは実質的に不可能です。国岡さんがあなたに脅迫文を渡して、あなたが清掃の時にそれを貼りつけた——違いますか」

「何を言ってるのか……」

「映像が残っています」

高石がぴくりと身を震わせる。初めて動揺させた、と私は確信した。

「私は、怪文書が掲示され始めた後で、会社に雇われて調査を始めました。廊下に監視カメラを設置していたんですよ」

「やはりな……」

その一言が墓穴になった。しかしそこには突っこまず、話を続ける。

「気づきましたね？　カメラを意識したような映像が残っていました……とにかく、怪文書を貼りつけた人物の姿を、防犯カメラは捉えていたんです。その映像とあなたを照合すれば、同一人物かどうか、確認できると思います」

私は改めて問題の映像を見ていたが、高石だという確信は得られなかった。背格好は似ているものの、いかんせん顔がはっきり映っていなかったので比較は難しい。しかし今の言葉は、高石に確実にダメージを与えた。

「そうか……そんなものが残っていたのか」

「つまり、怪文書を掲示したことは認めるんですね？」

「怪文書というが、あれは事実だ。社内から出た情報なんだから」

「内部告発みたいなものですか」

「正確には違うな。どこにも告発はしていない」

「『週刊ジャパン』にも？」

「『週刊ジャパン』に記事が出ていたか？」高石が目を見開く。

「出ていません。『週刊ジャパン』では、『ＺＱ』と総務省との癒着に関しては裏が取れなかったんでしょう」

「それはあり得ない」急に高石が真剣になった。「社内から出た、間違いのない情報だ」

「しかし、高石さんが直接調べたわけではないでしょう。本当かどうかは、断言できないと思いますが」

「本当じゃなければ、金の取り引きに応じるわけがない」

「金を要求したんですね」私はさらに追及した。

「俺はしていない」高石の否定は微妙だった。

「やったのは国岡さんですか」

高石は無反応だった。じっと私を見詰めたまま、一言も話そうとしない。次の一手は——考えている間に、高石が話し出す。

「あの男は、中途半端だったな。やるなら徹底的にやるべきだったんだ。中途半端にすると、ろくなことにならない。あいつの場合、まさにろくでもない最期になった」

「国岡さんが亡くなったことについて、何か知っているんですか」

「知っているかいないか——言えないこともある」

「人を殺した罪は認めないんですか」

「あんたは探偵さんだ」高石が指摘する。「とは言っても、日本の探偵さんは公の存在じゃない。俺がここで何か言っても、逮捕できるわけじゃあるまい」

「刑訴法第二一三条に、逮捕の項目があります。『現行犯人は、何人でも、逮捕状なくしてこれを逮捕することができる』——意味は分かりますか？」

「それぐらいは分かる」高石が鼻を鳴らした。「目の前で犯行が行われたら、誰が取り押さえてもいい、ということだろう」

うなずき、私は続けた。

「この用件に該当しないで逮捕した場合、刑法第二二〇条にある逮捕罪に問われる恐れがあります。私はそんな危険を冒すつもりはありませんから、できることは一つです——あなたを説得します」

「説得してどうする。俺に何をさせたい？」

「自首して欲しいんです。ちなみにこの場合は、出頭ではなく自首になります」

「違いが分からないが」

「警察が犯罪事実を確認できていない場合は、自首になります」

「つまり、怪文書の件、それに脅迫の件は、警察は把握していないわけだ」

「春山社長が、明るみに出すのを嫌がりました」

「春山か……」高石がまた鼻を鳴らした。「あんたは、あいつが何者か知ってるのか？」

「知っています」実際には二〇パーセントほどだろうか。昔は全部知っていると思っていたのだが、その自信は、このところ急速に薄れている。「私にとっては、数少ない友人です」

「あんたの社交生活も侘しいもんだね」高石が皮肉を吐いた。

「大学時代の友だちです。彼は、仲間内では出世頭ですよ」

「何をもって出世というのか……」高石が一瞬目を閉じる。「大きな会社を経営していることが？ たくさんの人に命令できることが？ 金を持っていることが？」

「一般的に世間では、それを『出世している』と言うかと思います」

「数字で見られる部分だけが、人の全てじゃない」高石が反論する。「あいつは——あいつは人として間違ったことをいくつもやってきた。世間的にも絶対に許されないことだ」

「傲慢な部分があるのは分かっています」

「傲慢？ そんな言葉では足りないな」高石が肩をすくめる。

「だったら——そもそもあなたは、春山の何を知っているんですか？」

高石がまた黙りこむ。それまでずっと組んでいた腕を解《ほど》き、だらりと垂らした。表情が消えて能面のようになる。

「春山はあなたの息子だ。しかしあいつが小学生の時に、あなたは奥さんと離婚して、春山は母親と暮らすようになった。春山というのは、母方の苗字《みょうじ》ですね」

「ああ」高石があっさり認めた。

「離婚して以来、接点はなかったんですか」

無言。接点がなかったわけがない。そうでなければ、今回のような脅迫事件が起きるわけがないのだ。

「あなたはどうしてこの街に住んでいるんですか？　この街というか、『ZQ』のすぐ近くじゃないですか。どうして息子さんが仕事をしている場所のすぐ近くにいるんですか？」

「見守っているのかもしれないぞ」

「本当ですか？」

「まさか」高石が三たび鼻を鳴らし、引き攣った笑みを浮かべる。「たまたまだよ」

「近くにいて、復讐のチャンスを狙っていたんじゃないんですか？　それが怪文書による攻撃だった。そして金を奪う――でも、それが本当に復讐になるんですか？　一千万円を奪われても、今の春山には痛くも痒くもありませんよ」

「総務省との癒着は大きなスキャンダルだ。あれが世間に漏れたら、携帯電話ビジネスへの参入は不可能になる。それは『ZQ』にとってもあいつにとっても、大きなダメージになる」

「そのスキャンダルで『ZQ』を潰す――潰すのは不可能だとは思いますが、それなりのダメージを与えることはできたでしょう。それがあなたの狙いだったんですか」

「それで潰れてしまえばベストだったが」

「読みが甘いですね。金も奪えず、結局、実質的に手を引かざるを得なかった」

「国岡は……あの時、現場に金を置きにきたのはあんただろう」

「ええ」

「俺は、あんたに気づいて、用心してそのまま逃げた。国岡はそのことで、俺を非難した」

「その後はどうしたんですか？　一回失敗したらそれで終わり？」

「俺は、そんなつもりじゃなかった。やれることはやる——金も奪えるし、スキャンダル攻撃も続けられると思った。しかし国岡が急に引いてしまって、使える手がなくなったんだよ」

「金を奪えなかったから、結局ビビったんですか」

「おそらくな」高石が笑った。「俺も今まで、十分危ない目に遭ってきたし、金は諦めた」

「どういうことですか」

私の質問に、高石が黙りこむ。離婚後——いや、離婚前から、彼が厳しい経験をしてきたのは間違いないだろう。

「俺は、オヤジから工場を引き継いだ」高石が低い声で打ち明けた。「蒲田にある、そこそこ大きな精密機械——そのパーツを作る会社だ。最初は上手くいってたんだよ。ああいう商売は、好不況にかかわらず一定のニーズがあるから、堅実にやっていけば潰れるようなことはない。それが……」

「何があったんですか？」

「まあ、俺は商売ではギャンブラーだったんだよ。設備投資に金をかけて、本業以外のことにも手を出して……それがことごとく外れた」

「それが原因で離婚したんですか」直接の原因は浮気だ。しかしそれを自分から言う気にはなれない。

「いや、まあ……」急に居心地悪そうになって、高石が体を揺らす。「俺も若かったからね。いろいろあったんだよ」

「女性問題ですね？」結局訊ねてしまった。

「探偵さんは何でもお見通しかい」高石が頭を掻いた。これまでのシビアな話から一転して、酔っ払いの繰り言のようになってくる。「俺のことも調べたんだろう？」

「それほど詳しくは調べてません」

「でも、多少は調べた」

私は肩をすくめるだけで、何も言わなかった。実際には、ほとんど調べていなかったのだ。潰れてしまった会社について調べる方法もあるが、時間がかかる。今はそれでもいい——高石が話してくれているから、こちらは耳を傾けるだけだ。

「まあ、昔の俺は調子に乗ってたのかもしれないな。そこそこ金はある、金を使えば女にはモテる——だけどそれがバレれば、夫婦生活なんてあっという間に終わりだよ。あんた、独身だったよな？」

「ええ」

「だったら分からないかもしれないが、夫婦っていうのは、ほんの小さなことで壊れるんだよ」

「女性関係は、小さなこととは言えないと思います」私は指摘した。

「まあ、そうかな」決まり悪そうに高石が認める。「とにかくいろいろなことがあって、離婚した」

「春山とは会ってなかったんですか？」

「会ってたさ……年に数回だけどな。あいつは出来が良かったから、離れて暮らしていても、成長を見守るのは楽しみだった」

「離れていても、親子関係はきちんとしていたんですね？」

「まあ、そこは……」高石がまた口籠る。話す気になっては引く、の繰り返し。彼の本音が読めなくなってきた。警察的に言えば「完オチ」とは言えない状況だろう。

「会社が倒産したのはいつですか？」

「八年前」

「正確に八年前ですか」

「ああ。自分の会社が潰れたのがいつかぐらいはちゃんと覚えているよ」

「その時、何が起きたんですか？」

「資金繰りが急に悪化した」高石の顔からまた表情が消えた。「その時に、当てにしていた相手に見捨てられた」

「春山ですね？」八年前というと、春山は二十八歳。「ＺＱ」は既に、上場直後の経営危機から脱していた。そうであるなら、父親の工場に金を融通するぐらい、大した負担にはならなかったはずである。「春山とは上手くいってなかったんですか？」

「普通に話はしてたよ」

「でも、金は出そうとしなかった」

「あの時、あいつが何を考えていたかは分からない。ただ、あの顔は忘れられないよ」

どんな顔かは気になった。毒虫を見るような表情を浮かべていたのではないだろうか。春山からすれば、高石は微妙な存在のはずだ。女を作って母親と離婚した男。子どもの頃の春山がその事実にショックを受けたのは間違いない。何物も恐れないように見えるが、春山にもアキレス腱はあるだろう。

「金は……断られたんですね」

「ああ」

「それが原因で工場は倒産した」

「もう、銀行も相手にしてくれなかったからな。当座の運転資金がショートすれば、町工場なんてすぐにおしまいだ。従業員もさっさと逃げていった……結局俺に、人望がなかったんだろうな」

「そうですか……」

「とにかくあの男は、とんでもない人間なんだ」高石が力をこめて言った。

「父親に金を融通しないような人間——」

「違う、違う」高石が激しく首を横に振った。「そういう問題じゃない。あんたはまだ、あいつのことを調べきっていないようだな。忠告しておくが、これ以上近寄らない方がいいぞ。あいつはいろいろな人を傷つけて、踏みつけて生きてきた」

自分の息子のことを、ここまで悪し様に言えるものだろうか。私は背筋がビリビリするような不快感を覚えていた。金の問題以外にも、まだ何かあるのではないか？

高石がゆっくりと歩き出した。神社から出るつもりか——しかし境内を奥へ向かっていく。賽銭《さいせん》箱の前に立ち止まったが、金を出すわけでもなく祈るわけでもなく、ただ両手をポケットに突っこんで立っている。

「高石さん——」

振り向いた高石の右手には、ナイフが光っていた。

「高石さん、落ち着きましょうか」鼓動が一気に跳ね上がるのを感じながら私は言った。

「落ち着いてるよ」

声を聞いた限りでは、確かに落ち着いている。しかし右手に持ったナイフは小刻みに揺れていた。私との間隔は二メートルほど。年齢差、体格差を考えれば、そう簡単には刺されないと思うが、それでも向こうが凶器を手にしている事実に変わりはない。

「ナイフをしまって下さい」

「まあまあ……今、あいつが何をやったか話すよ。それでどうするかは、あなたが自分で判断すればいい」

「私が判断しないといけないことなんですか？」

「友だちとして、な」高石が一瞬、穏やかな笑みを浮かべる。

「聞きます」私はうなずいた。

高石は静かに話し続けた。とんでもない話だったが、内容は破綻していない。証拠はない――今はないが、詰められないこともないだろう。ただし、私が詰めるべきかどうかは分からなかった。所詮、私は探偵であり、公的な捜査の権限はないのだから。

「……今の話は本当なんですか？」

「証拠がないこともある。ただ、俺はそう信じている」

それだけでは弱い。自分の行為を正当化するために、高石が適当に話をでっち上げている可能性もないではないのだ。

「分かりました」話の真贋《しんがん》はともかく、今はあのナイフを何とかしなくてはならない。よくよく見れば、それほど大きくはない――刃渡りは十五センチほどだろうか。しかし、境内に入りこんでくる街灯の光を受けてちらちらと冷たく輝く様は、明確に死を想起させた。「とにかく、そのナイフをしまって下さい。危なくて話ができない」

「別に、あんたを傷つけるつもりはない。一時的でも、あんたには楽しませてもらったからな。その点は感謝している」

「ここから逃げるつもりなら、勝手にして下さい。でも、刃物は必要ないでしょう」

「そういうわけにもいかないんでね」

高石のように追いこまれた男が刃物を持って逃走したら、危険極まりない。ここは何とかしなくては——私は一気に間合いを詰めた。普段は持て余すこの腕と脚の長さを、こういう時に役立てなくてどうする？

高石が右手に持ったナイフを、蹴りに行った。高石は身を引こうとしたが、年齢のせいもあってか動きは鈍い。躊躇うな——今日はソールが分厚いポストマンシューズを履いているので、真上から突き立てられない限り、足を守ってくれるはずだ。つま先がナイフに触れる。高石はよけ切れず、ナイフは彼の手から離れて地面に落ちた。石畳に当たって、かちんと冷たく硬い音を立てる。よし、後はあのナイフを拾って——しかしそこで、高石が突然素早い動きを見せた。倒れこむように体を投げ出してナイフを摑むと、仰向けになって自分の首に突き立てる。そのままナイフを思い切って引くと、血飛沫《ちしぶき》が飛び散った。一瞬の叫び声の後、手の力が抜け、ナイフが落ちる。

「高石さん！」叫んで、彼の側にひざまずく。ハンカチを取り出して首に当てたが、それで何とかなるような傷ではない。ハンカチはあっという間に血でぐしょぐしょになった。

「……スマホ」高石が消え入りそうな声で言った。

「スマホがどうしたんですか？」

救急車を呼べということか。急いでズボンのポケットから引っ張り出そうとして手が震えてしまい、取り落としそうになる。すぐに電話をかけようとしたが、高石は「違う」と低い声で言うだけだった。

「どうするんですか？」

「録画……俺を映せ」

何を言っているんだ？　今にも死にそうな相手を録画する——本人がそう言っているわけだが、とんでもなく悪趣味だ。

「言いたいことがある。証拠として……残して……」

高石の顔面は蒼白で、明らかに命は尽きようとしている。私は急いでカメラを起動し、動画モードにして、スマートフォンを高石に向けた。

「録画できてます」

「これは……自殺だ……誰かに迷惑をかけるつもりはない……」

こちらから何か言うわけにもいかない。私は高石の次の言葉を待ったが、彼は力尽きてしまった。首ががくりと折れ、側頭部が石畳にぶつかる。すぐに録画をストップし、一一九番通報した。

一連の動きをスムーズにやれたのが、自分でも意外だった。しかしそれは最初だけで、あっという間にトラブルに巻きこまれる。

救急隊員は、すぐに高石を搬送していった。直後、制服警官がやってくる。私は「発見者だ」と名乗りを上げ、現場で倒れていた男を見つけたのだ、と説明した。それは別に不自然ではない、と思う。若い制服警官も、特に疑問を持たずにこちらの話を聞いていた。ろくに質問を挟みこんでこないのは、私の説明が理に適っていて、それ以上聴く必要がないからだと判断する。これなら面倒なことにならなずに逃げ切れるのではないかと安心し始めた瞬間、石橋が姿を現す。

「またあんたか」石橋が、心底嫌そうな表情を浮かべる。「今度は何だ？　とうとう人を殺したのか？」

「まさか……」私はつぶやいたが、自分の両手を見下ろした瞬間、ぞっとしてしまった。両手とも、高石の血に染まっている。傷にハンカチを当てたから当然なのだが――この件は制服組に説明しただろうか、と不安になった。

「その血は？」

「助け起こそうとして、ついたんですよ」

「状況を説明してもらおうか」石橋は明らかにこの状況を疑っていた。

「もう話しましたよ」私は軽く抗議した。

「俺は聴いてないんでね」石橋は強硬だった。

私は溜息をついて、一から事情を説明した。仕事の関係でこの辺を歩いていたら、神社の境内から悲鳴が聞こえた。急いで中に入ったら、男が倒れて助けを求めていたので、慌てて一一九番通報した――相手を信用させることができる、きちんとした説明だと思う。しかし石橋は納得できない様子で、「詳しいことは署で聴かせてもらおうか」と厳しい口調で告げた。

仕方ない。拒否しても面倒なことになるだけだと判断し、私は署に向かうことにした。自分のチェロキーを近くに停めてあったのだが、パトカーに乗せられる。車中では、横に座った石橋は一度も口を開かなかった。

署に入ると、すぐに手についた血痕を採取される。高石の血と照合するのだろう。助け起こしたと説明していたので、それでこちらが疑われることはないだろう。それから石橋は、また一から事情を説明するように改めて要求した。

そのタイミングで私は、自分のスマートフォンを取り出した。

「これを見て下さい」

高石の「臨終の様子」を再生する。石橋の顔が、瞬時に険しくなった。

「あんた、どういうつもりなんだ？　死にそうな人間にスマホを向けたのか？」

「向こうに頼まれたんです。遺言のつもりだったのかもしれません」

「そんなこと、信じられるかよ」石橋が鼻を鳴らす。

「だったらこれは何ですか？」私は開き直った。「俺が無理に喋らせたとでも？」

「そういう風に思えなくもない。まあ……そんなことをする意味はないだろうが」石橋が一歩引いた。

「その映像は、うちでもらっていくぞ」

「コピーにして下さい」私は譲らなかった。

「そんなものを保存しておくのは、いい趣味とは言えないな」

「一応、個人の財産です」

石橋が若い刑事に命じて、ノートパソコンを持ってこさせた。他人に操作させるとどうなるか分からないので、私は自分でやると主張して、何とか石橋に譲歩させた。動画をパソコンにコピーし、自分のスマートフォンを取り戻す。

「ちょっとここで待っててくれ」石橋が立ち上がる。

「飯を食ってないんですけどね」

「それぐらい我慢しろ」

渋い表情を浮かべたまま、石橋が出ていく。一人取り残された私は、これからどうするべきか、判断に困った。情報から遮断されているのが不安だ。しかしこのまま抜け出して帰ってしまったら、今以上に厄介なことになるだろう。監視がついていないということは、「容疑者」扱いはされていないはずだと判断して自分を慰める。

一時間以上、待たされた。いい加減誰かを呼びに行こうかと立ち上がった瞬間、ドアが開き、石橋が「帰っていいぞ」と告げた。

「状況を教えて下さい」

「あんたには知る権利はない」石橋が冷たく告げる。

「さきほどの男性は――」

「亡くなった。出血多量だろう。そして今のところ、あんたの証言に矛盾はない。近所の人も悲鳴を聞いている」

「身元は？」

「今、確認している」石橋がぎろりと私を睨んだ。「あの遺言は――奇妙な内容だな」

「俺の方こそ、意味が分かりませんよ」

「だろうな。見ず知らずの相手に、いきなりメッセージを残すとはね……まあ、自殺しようとする人は、普通の考え方では理解できないような行動をするもんだが」

私は石橋の脇をすり抜けて取調室を出た。彼の放つ嫌な気配を間近に感じて、ぞっとする思いだった。

4

何度も訪ねて雰囲気に慣れていたはずの「ZQ」の社長室は、今日はそれまでとまったく異質な存在に感じられた。春山はいつも通り——微妙に苛ついている。ソファで対面して座ったものの、ずっと肘かけを指先で叩き続けている。

「時間をもらって申し訳なかった」私はまず謝った。

「いや、いいんだ」春山が笑みを浮かべたが、表情は引き攣っている。「で、今日は？ 人払いしたということは、重要な話なんだよな」

「お前を安心させようとして来た」

「そうなのか？」春山は、テーブルに置いたミネラルウォーターのボトルを取り上げた。キャップを捻り取り、一口飲む。ふっと息を吐いて、ボトルを膝に置いた。

「もう脅迫はない」

「ああ……でもそもそも、もう止まっていたじゃないか」

「二度とない、ということだ。絶対にない」

「どうしてそう言い切れる？」

「脅迫していた人間が、二人とも死んだ」

「死んだ？」

「一人は国岡だった」

「そうか……」春山が溜息をついた。「結局、身内に裏切り者がいた、ということか。身から出た錆だな」

「お前の反省を聞く気はないんだ。今日は、確認したいことがある」

「聞くよ」春山が身を乗り出した。

「お前の親父さんが死んだことは知ってるか？　昨夜だ」

春山が固まった。表情は強張《こわば》り、私を見る視線が一気に鋭くなる。やはり彼の父親の話は禁忌――

しかし今日は、これを避けて通るわけにはいかない。

「一般的には知られていないんだ。自殺だったから、警察が広報する事案でもない。親父さんは一人暮らしで、警察もまだ連絡先をつかめていないはずだ。お前以外に肉親はいないし、お前との関係は切れている」

「自殺……」春山が惚けたような声で言った。

「俺の目の前で亡くなったんだ」私は両手をゆっくりと首の高さに掲げた。「俺の目の前で、自分で首を切ったんだ」

「そうか」春山がゆっくりと息を吐き、ソファに背中を預けた。両手は肘かけの上。家臣の報告を受ける王様のような態度だった。

「俺の感想は聞かないのか？」

「そんなことが言いたかったのか？」春山が眉を上げる。

「いや――まず、事実関係を確認させてくれ。お前のご両親は、お前が小学校の高学年の頃に離婚した」

「――五年生の時だ」春山が認めた。激昂することもなく、取り敢えずは冷静に話せている。

「親父さんの女性問題で」

「お前、いったい何を調べてたんだよ」春山の顔が赤くなる。「俺はそんなこと、頼んでないぞ」

「分かってる。誰かに頼まれたり、金をもらってやるようなことじゃないんだ。取り敢えず、聞いてくれないか？」

「話すのはお前の自由だ」既に関心がなくなっているような口調だったが、春山の視線はずっと私を捉えている。

「お前はお袋さんと一緒に暮らしていた。大学時代のことは、俺もよく知っている。でも卒業後のことは――会社がどんなふうにここまで成長してきたかは、具体的には知らなかった。ただ、上場後すぐに大きな危機があったそうだな」

「古い話だよ」

「その時にお袋さんが亡くなって、遺産が入ってくることになった。それで銀行の融資も受けられて、会社は無事に復活した――そういう流れでいいな？」

「そういう話は、表には出てないはずなんだけどな」

「表に出てない話をほじくり返すのも、俺の仕事なんだ……この件が起きた直後に、親父さんから久しぶりに連絡があったんじゃないか？　いや、あったよな」

「どうして断言できる？」春山が目を細める。

「親父さんから直接聞いたんだ。ただし、それが本当かどうかは分からない。確認できる相手は、お前しかいないんだ」

「俺は何も言わない。好きなように喋れよ」

傲慢な言い方が引っかかった。しかしここで怯《ひる》んではいけない、と自分を鼓舞する。今の私は、真相を知りたいという本能だけに従って春山と話をしているのだ。本能には逆らうな——。

「親父さんが経営していた蒲田の工場は、その頃経営危機に陥っていた。銀行にも見捨てられるような状態で、倒産は時間の問題だった。その時に親父さんが頼ったのは、お前だった」

「五百万だとさ」春山が白けたような口調で言った。

「五百万、用立てろと？」

「たかが五百万で、工場が潰れるとか持ち直すとか、馬鹿らしい話だよ」春山が鼻を鳴らした。

「断ったんだな？」

「当然だよ。調子に乗って女に走って、家族を捨てた人間だぞ？　何でそんな奴を助けてやらないといけないんだ」

「親子じゃないか」

「お前は、親とはどうだ？」

「どうって……」一家の中で、自分だけが異質な存在なのは間違いなく、両親ともに不安に——あるいは不満に思っているだろう。ただし、正面からぶつかり合ったことは一度もない。親から見れば、ぎりぎり許容範囲の人生なのかもしれない。

「お前には分からないだろう。とにかく、あんな男に金を融通する義務はなかった。叩き出したよ」

「それだけじゃ、お前を脅そうとまでは考えないんじゃないか。いくら長く恨みが続くとしても」

「あの男が、怪文書を貼り出したのか」春山が目を見開いた。

「お前は、最初から犯人が誰か、分かってたんじゃないか？」

「分かってたら、お前に調査を頼まないよ」

「国岡が殺されてから、急に調査を打ち切るように言っただろう？　あの時点でもう、確信してたんじゃないか？」

「――ああ」春山が認めた。

「親父さんが、どうしてそこまでやったか、お前には分かってるか？」

「さあな」春山が初めて、私から視線を逸らした。

「お袋さんは、どうして亡くなった？」私は質問を変えた。

「何でそれをお前に言わないといけないんだ？」

「その件が、今につながっているからだ。お袋さん、自殺したんだよな？」

春山が黙りこむ。しかし私は、弁護士時代の伝手を使ってこの事実を掘り返していた。警察は自殺と判断してしまえば深く捜査はしないものだが、事実関係は把握している。春山の母親は自殺。警察は間違いなくそう判断していた。しかし――。

「本当に自殺だったのか？」

「警察はそう言っていた」

「その頃お前は、もう実家を出て一人で暮らしていた。久しぶりに帰ったら、お袋さんが首を吊って死んでいるのを見つけて警察に届け出た――そうだな」

「ああ」

「警察の調書にもそういう風に書いてあった。しかし、警察が調べたことが全てじゃない。本当はどうだったんだ？」

「それが真実だ」

「親父さんは、そうは思っていなかったようだな。親父さんは、お前がお袋さんを殺したと疑っていた」

「……まさか」低い声で否定したものの、春山は私と目を合わせようとしない。

「親父さんは自殺する直前に、俺にこの件を打ち明けた。そういうぎりぎりの状況では、人は簡単には嘘をつかないものだ。お袋さんは亡くなる直前、親父さんに手紙を出していた。離婚してから初めての手紙だったそうだ」

「だから？」

「お袋さんは打ち明けていた――お前から、死んで遺産と保険金を渡せと言われた、と。さすがに親父さんは焦って、お袋さんときちんと話をしようとした。だけどその矢先に、お袋さんは亡くなった」

「そんなのは――親父の作り話だろう」

「本当なんだ」

私は密かに高石の家を調べ、その手紙を発見していた。春山の母親は本当に身の危険を感じていたようで、自分を捨てたかつての夫にまで、助けを求めていたのだ。

私と話した時、高石は苦渋の表情で語った。あの時、俺は躊躇った。何年も前に別れた妻に助けを求められても、自分には手を貸す義務や権利があるのか。ようやく話そうと決断した直後に、元妻が亡くなったという話を聞いた――。

「お前は、母親の資産を当てにしていたはずだ。ただしお袋さんは、『ＺＱ』に、いや、お前に融資するつもりはなかったんだろう。そこが俺には分からないところなんだが……息子の苦境を助けようとするのは、母親として自然だと思うけどな」

「お袋は、離婚してから性格が変わったんだ。上手く資産運用してかなりの資産を生み出して、『人生で頼れるのは金だけだ』っていつも言っていた。俺が会社を起こしてからは、とにかく自分のためだけに金を貯めていた。あんたに迷惑はかけないけど、自分を当てにもしないで欲しい――それが口癖だったな」

小学生の子どもを抱えて離婚した女性が、金に執着するようになるのは当然だろう。子どもが無事に育てば、後は自分のことだけ――金は全て自分のために使いたいと思うようになるのも自然な感覚だと思う。根底には人間不信があったはずだ。

「お前は、いざという時にはお袋さんの資産を当てにしていた――その金さえあれば、会社を立て直すこともできると考えたんだろう。だけどお袋さんは、それを拒否した」

「自分の金は自分のもの、という人だったからな」春山が馬鹿にしたように言った。

「そうか……お前は、母親の金をお前のものだと思ってた」

私が指摘すると、春山がまた黙りこむ。いつもの態度――自信たっぷりに人を見下す態度は完全に影を潜めてしまった。

「しかし、お袋さんは金を出してくれなかった。すぐに金を調達しないと、『ＺＱ』は本当に倒産してしまうかもしれない。お前としては、金のために、お袋さんに死んでもらうしかなかったんだ」

無言。否定とも肯定とも言えない表情を見ながら、私は続けるしかなかった。

「お袋さんが亡くなれば、当然お前には遺産と保険金が入る。ただし、実際に金を手に入れるには、それなりの準備と時間が必要だ」

「さすが、弁護士さんは遺産相続の知識も豊富なんだな」春山が皮肉を吐いたが、いつもの勢いはない。

「俺は刑事事件専門で、相続関係には詳しくない。でも、調べれば分かることだ……近々遺産が手に入ることが明らかなら、銀行は融資する——担保が取れる可能性が高くなるわけだから。それで『ZQ』は何とか持ち直した。そこからは、一度も後ろに下がることなく現在に至る、というわけだな」

「流れは合ってる。ただし、母親の自殺については……俺は関係ない」

「そうか」私は深追いしなかった。この場所で厳しく話せることではない。「問題は親父さんだ。親父さんは、お前の会社が持ち直した直後にお前に接触して、金を無心した。しかしお前は断った。この一件、そしてお袋さんの一件を通じて、親父さんはお前に対して消せない恨みを抱くようになったんだ。しかし結局、親父さんの工場は倒産して、生活は激変してしまった。その後何をやっていたか、知ってるか？」

「いや」

「清掃の仕事だよ。この近くに住んで、ビルの掃除をしながらカツカツの生活を送っていた。お前の会社のすぐ近くに住んでいたのは偶然だと言っていたけど、俺は狙いがあったと思う」

「狙い」春山が平板な口調で繰り返した。

「お前に復讐するチャンスを狙っていたんだと思う。おそらく『ZQ』のこともいろいろ調べていたはずだ。その中で、国岡と知り合った。会社——お前に不満を抱いている国岡と意気投合して、二人でお前を強請《ゆす》る計画を立てたんだ。金を奪うところまでは決めたんだが、その後のことは分からない。どこまでやるつもりだったかは、今となっては不明だ。しかもその計画は、最後まで行かずに頓挫した。金の受け渡しをやろうとした時に、相手が俺に気づいて逃げたからな」

「お前を見れば、大抵の人はビビるよ」

「迫力、ないんだけどな」私は顎を撫でた。「しかもあの時はヘルメットを被っていた」

「お前みたいにでかいと、立ってるだけでも威圧感があるんだ……そうか、やっぱり国岡だったのか」

「思い当たる節はあるよな？　お前だって、国岡さんに恨まれている自覚ぐらいはあるだろう」

「どうでもいいことだと思ってたけどな。会社を経営してれば、誰からも好かれるのは不可能だ」春山は認めた。

「親父さんは、計画が失敗したことで激怒した。国岡の態度も許せなかったんだと思う。それで——」

「まさか、親父が国岡を殺したのか？」春山が眉を吊り上げる。

「親父さんはそう言っていた」

「何てこった」春山が力なく首を横に振る。「まさか、あの親父がな……」

「お前は知ってたんじゃないか？　知ってて黙って見ていた」

「まさか」春山が否定したが、それが本音かどうかは分からない。「——それで、お前はどうしたいんだ？」

「逆に聞く。お前はどうしたい？」

「俺が自分の母親を殺した——お前がそう考えるのは勝手だよ」春山の表情に少しだけ余裕が加わった。「だけど、今更どうするつもりだ？」

「刑法第二〇二条に、自殺関与及び同意殺人罪という規定がある。殺人罪の減刑類型で、法定刑は最高で七年以下の懲役又は禁錮だ。警察は自殺として処理したが、教唆した人間がいることが分かったら、その時点で捜査に着手できるかもしれない。警察としては、自分たちの失敗を認めたくないだろうけど」

「その辺の話はお前の専門で、俺には何も言えない」

「もちろん、自殺を偽装してお前が殺したとなったら、これは殺人だ。殺人の場合は、そもそも時効がない」

「だから？　俺を警察に売るのか？」春山が傲慢な口調で言った。

「売らない」私は断言した。散々悩んだのだが、今はこういう結論しか出せなかった。

「友だちだからか？　それとも探偵や弁護士の倫理観によって？」

「両方だ。ただ……」

「何だ？」急に不安になったように、春山が体を揺らす。

「ああ？」春山が目を見開く。

「お袋さんの件で、自首しろ。自分で警察へ行け」

「お前が自分で警察に話すのが一番だと思う。俺は……俺は、お前を告発できない」気持ちが揺らぐ。逃げだ、と自覚はしていた。しかしここが自分の限界だと思う。

「俺が、そんな大損するようなことをすると思うか？」春山が色をなして言った。「俺がどれだけ多くのものを背負っていると思うんだ？　この会社を手放せっていうのか？」

「ここまで大きな会社になると、誰がやっても同じじゃないか？」

「何だって？」

「普通の会社を見てみろよ。代表者は定期的に交代して、それでもきちんと利益を出して存続している。会社という抽象的な存在自体が、人格を持つようになるんだ。そして『ZQ』は、もうそういうレベルの会社になっている。創業者一人が必死にならなくても、会社はちゃんと存続するよ」

「それだけじゃない」

「莉子さんのことか」

春山が無言でうなずく。今までに見たことがないほど真剣な表情だった。

「本気なのか？」

「ああ」

「お前、今までいろいろな女性と噂になってたじゃないか。莉子さんに関しては——」

「誰だって、いろいろな人とつき合うだろう。そのうち、自分にぴったりの人を見つけるんだ。莉子は……俺にとっては、そういう女性なんだ」

「だったら全て呑みこんで、彼女にも嘘をついたまま生きていくか？　それとも彼女に打ち明けて、同じ痛みを背負わせるか？」

「いや……」

「俺はまだお前を守れる」

「守る？」春山が顔を上げる。

「俺は弁護士資格を持っている。今は弁護士の業務をやっていないだけだ……お前が逮捕されたり、裁判になったりしたら、俺が助ける」

「逮捕されたら終わりだよ」春山が肩をすくめる。

「逮捕されるかどうかも分からない。実際、自殺教唆というのは、立件するのが極めて難しいんだ。しかも時間が経ってしまっている。頼りになるのは親父さんの証言だけで、仮にお前が証言しても、それだけでは弱い。警察の捜査に対しては、攻めるポイントがいくつもあるんだ。俺は徹底して戦うよ」

「俺を助けてくれるのか?」

「全力を尽くす。ただしそのためには、お前に真相を全部語ってもらわないといけない」

「真相を知っても弁護してくれるのか?」

「友だちだからな」

彼を励ますために言ったものの、この辺の塩梅《あんばい》は極めて難しいところだ。アメリカの刑事裁判なら、戦いようはいくらでもある。しかし日本ではかなり難しい。警察は馬鹿ではない——アメリカの捜査機関に比べればずっと優秀なはずだ——から、真相を探り出す可能性もないではない。その際、事実を全て知っている私はどう戦うべきなのか。「立件には無理がある」という方針で警察・検察を攻めていくのが一つの方法だが、それは自分の良心との戦いにもなる。真相を隠して捜査の穴を突いていく裁判は、かなり苦しいものになるだろう。

それでもここが妥協点だと思った。真相を全て知った上で、春山のために戦う。友情と、探偵としての義務感の板挟み。

「警察へ行け。俺がつきそう」

「……時間をくれないか」

「あまり長くは待てない」私は譲らなかった。

「残務処理もある」

「そういうことは、伊佐美さんに任せておけば大丈夫だろう。彼女は会社全体の業務を把握しているし、優秀だ」

「裏切られるかもしれないけどな」春山が皮肉っぽく言った。「あいつだって、俺を恨んでいるかもしれない」

「でも、会社は潰せないだろう。彼女も、会社に対する愛着はあるはずだ。そして会社が残っていれば、お前には帰る場所がある——どうだ？」

「時間をくれ」春山が繰り返した。

「分かった。必ず連絡してくれ」私は立ち上がった。「待ってる」

春山は返事をしなかった。

私は隣の部屋を通り過ぎて外へ出た。真梨がいるかと思ったが不在——このタイミングで話をせずに済んでよかった、と思った。話はまったく解決せず、これからどんどんややこしくなるのだ。いずれ真梨ともシビアな話をしなくてはいけないが、それは今でなくてもいい。

廊下に出て、社長室のドアを見つめる。この中で今、春山は一人で頭を抱えているのだ。判断は自分でしなければならないが、もう少しきちんと話をしておくべきではないか？　こういうことなら、仕事の時間を削ってでも話し合わないと。

ドアを小さくノックした。反応なし——聞こえないのだろうか？　もう一度ノックした瞬間、突然嫌な予感に襲われ、私はドアハンドルを引いた。

春山は自分の椅子に座り、首の横にナイフを当てている。目は虚《うつ》ろで、私を認識しているかどうかも分からない。声をかけても無駄——私は五メートルほどの距離を一気に走り切り、そのまま春山に体当たりして床に押し倒した。春山が悲鳴を上げる。しかし、本当に泣き叫びたいのは私の方だった。

立ちあがろうとして、左肩の痛みに耐えかね、ひざまずいてしまう。

見ると、左肩にはナイフが深々と刺さっていた。

「お前……親父さんと一緒になるつもりか」私は痛みを堪《こら》えながら言った。

「俺は……違う！　親父とは違う！」叫んだ春山が、床の上でがっくりとうなだれた。

5

肩の痛みはなかなか引かなかった。大袈裟に包帯が巻かれているので、肩が自由に動かせないのもきつい。そんな私を、由祐子が馬鹿にしたように見る。

「警察には届けなかったの？」

「届けていない」

「でも、ナイフで刺されたんだから……」

思い出してもぞっとする。本当は私は、社長室から救急隊員に運び出されるような状態だったのだ。

しかし必死の思いでタクシーで病院まで行き、受付を済ませた直後、自分でナイフを抜いた。猛烈な痛みと出血に気を失いそうになったものの、何とかこらえて手当てを受けてきた。真梨がつき添ってくれたのだが、彼女が冷静に言い訳してくれなければ、非常に面倒なことになっていただろう。この人ドジで、転んでナイフが肩に刺さったんですよ——医者が本当にそれを信じたかどうかは分からないが。

そして事務所に戻った直後、由祐子が訪ねてきたのだった。痛みで話をする気分ではなかったが、追い返す元気もない。

「刺されたんじゃない。事故だ」

「ちゃんと治療したの？」

「まあね」

「じゃあ、話して」

話さざるを得ないか——事態が全て分かれば説明する、という約束をしていたのだから。

「なるほどね」ソファの前のテーブルに両足を上げた格好で、由祐子がうなずく。

「なるほどねって、それだけかよ」

「複雑な話だけど、要約すれば単なる親子喧嘩でしょう？」

「それはそうだけど……」そう簡単にまとめられると、今までの苦労は何だったのだろうと嫌になってしまう。

「それで、あの社長、自首するの？」

「分からない」真梨にだけは事情を話し、今後の対応を任せた。私としては責任を放棄してしまったようなものだが、今日はもう、春山と話せる感じではなかった。

「あの社長、何だかずれてるよね」由祐子が溜息をつく。「会社が全て、のタイプなんでしょう？ そのためには、自分の母親を死に追いやるのも何とも思わない。父親の窮地に手助けもしないで、さらにひどい境遇に追いやった。結果、父親に恨まれて事件に巻きこまれる——でも、そんなにショックを受けているわけではない。父親が自殺したことも、何とも思ってないみたい。むしろ、厄介ごとがなくなってほっとしている感じじゃない？」

「それはある。でも、母親の件については、思うところがあると思うよ」

「今更手遅れだけどね」白けた口調で言って、由祐子が顎を掻いた。

「それで？ お金は取れそう？」

「もう取ってある」

「経費でオーバーしてるんじゃない？」

「今、そんなこと言うなよ」私は無事な右肩をすくめた。今は、金のことを考えるのも面倒臭い。由祐子の言うことは正しいのだが——タダ働きしていたらフリーランスは食っていけない——この状態に相応しい台詞とは思えなかった。

「じゃあ、私はそろそろお暇《いとま》するわ。今は弁護士として対応してるんでしょう？ それなら、私が出る幕はないから」由祐子が立ち上がる。

「分かった」私は膝を叩いた。「今回は本当に助かったよ」

「結果は最悪だけどね」由祐子が肩をすくめる。「ま、こういうこともあるでしょう」

その時、スマートフォンが鳴った。真梨。由祐子は出ていこうとせず、その場で立ったまま私を見ている。注視されていると話しにくいのだが……。

「もしもし」

「春山が警察に行くと言っています」真梨がいきなり告げた。

「そうですか」私は深呼吸した。「今、会社ですか？」

「ええ。一度家に帰ってから、と言っています」

「あなたは、家まで同行できますか？　今はあいつを一人にしたくない」

「何とかします」

そもそもどこの警察署に自首させるかを決めないと。春山の母親が自殺した場所は中野区だから、そちらの警察に連れていくべきか……まあ、それは道々考えよう。

「あいつの家で落ち合いましょう――春山、どうしてますか？」

「辞表を書きました」

「そうですか……」

「辞表を書いても、社長は簡単に辞められるわけではないですけどね」

「その話は、後でゆっくりしましょう。私もすぐ春山の自宅に向かいます」

電話を切ると、由祐子が前に進み出て私を見下ろした。

「大河君、深呼吸しようか」

「ああ？――ああ」

言われるまま、私は二度、ゆっくりと深呼吸した。それで気持ちが落ち着くわけではなく、事態の最悪さを実感するだけだったが。

「私も行く」

「君には関係ない」

「一人で対応するのは、今の大河君には無理だよ。私が運転するから、大河君は必要なところに電話をかけて」

「――分かった」正直、彼女のヘルプはありがたい。

由祐子の乱暴な運転に耐えながら、私は莉子に電話をかけた。私が言うべきではないかもしれないと思ったが……事実、春山はまだ莉子に話をしていなかった。彼女はパニックになって、すぐに春山の家に行くと言い出した。私には止める権利がない……修羅場になるのを覚悟する。

通話を終え、シートに背中を預ける。違和感……いつも自分で運転している車の助手席に座っているせいだが、それだけではない。

成功なのか、失敗なのか。

春山に自首を勧めたのは、間違っていなかったと思う。このまま秘密を抱えていたら、いずれ春山も私も精神的に行き詰まっていただろう。だから警察に話して、私は正々堂々、弁護士として春山を守る。私はそれでいい。弁護活動を通して立ち直れるだろう。しかし春山は……服役することにでもなったら、ＩＴ業界の寵児《ちょうじ》として活躍してきた彼の人生はお終いだ。莉子との関係も、言うまでもない。

「大河君、自分を責めなよ」由祐子が唐突に言った。

「おいおい」私はつい苦笑してしまった。「こういう時は、『自分を責めるな』って言うもんじゃないか」

「大河君がミスしたのは間違いないんだから。もちろん一番悪いのは、あの社長だけどね」

「あいつの悪口は言えない」

「大河君にとっては友だちでもあるからね。でもそれより、大河君の調査と推理が間違っていなかったことが大事じゃない？」

「そうだな」私にとってはそれだけが救いと言えるかもしれない。春山は自分の母親を殺し——直接的にか間接的にかは分からない——父親を見捨てた。自分と、自分の会社第一で生きてきた人間の心の狭さと言っていいだろう。私はその事実を掘り返した。探偵の仕事としては百点かもしれない。

春山には、こんな風になってしまう理由があったのだ。いい加減な父親と、自分のことしか考えていない母親。そんな両親に育てられて、家族に対する思いがねじ曲がったのかもしれない。だからこそ人生を立て直すために、莉子に懸けていたのではないだろうか。

「私、慰めないからね」

「慰めてもらおうとは思わない」

「人の気持ちに寄り添って……なんていうのは、嘘っぽくて大嫌い」

「分かるよ」

「自分の問題は自分で背負って、自分で解決するしかないでしょう」

「君もそうしてきたか？」

「もちろん。離婚の手続きは大河君たちに手伝ってもらったけど、気持ちは自分で解決するしかなかったから」

「ああ」

何もこんなことを言わなくてもいいのにと思う一方で、彼女の言葉はもっともだとも考える。

私は一人で仕事をしている。一人で生きていると言っても間違いではない。自由を謳歌《おうか》しているが、同時に何か起きたら全てを自分で背負わねばならない。自由と引き換えの責任のようなものだ。

そして私は、やはり春山の決意に責任を負った。

だが、考えることをやめてはいけない。答えのない疑問を徹底して掘り下げることこそ、今の私に課せられた義務なのだ。

本書は《ミステリマガジン》二〇二一年五月号から二〇二二年三月号にかけて全六回にわたり連載された小説を加筆修正し、まとめたものです。

〈ハヤカワ・ミステリワールド〉

ロング・ロード　探偵《たんてい》・須賀《すが》大河《たいが》

二〇二三年九月二十日　初版印刷
二〇二三年九月二十五日　初版発行

著　者　堂場瞬一《どうばしゅんいち》
発行者　早川　浩
発行所　株式会社　早川書房
郵便番号　一〇一 - 〇〇四六　東京都千代田区神田多町二 - 二
電話　〇三 - 三二五二 - 三一一一
振替　〇〇一六〇 - 三 - 四七七九九
https://www.hayakawa-online.co.jp

印刷所　中央精版印刷株式会社
製本所　中央精版印刷株式会社

ISBN978-4-15-210272-0　C0093　定価はカバーに表示してあります。

ハヤカワ文庫

オーバー・ジ・エッジ
over the edge

堂場瞬一

視察のため来日したNY市警のエリート警官ブラウンには裏の目的があった。東京で失踪した世界的IT企業幹部の旧友を捜すのだ。だが調査開始直後、ブラウンは何者かに襲われる。彼を助けたのは警視庁刑事崩れの探偵・濱崎だった……二人が人種や立場の境（エッジ）を越え辿りついた真実とは？

解説／白井久明

under the bridge《アンダー・ザ・ブリッジ》

堂場瞬一

マンハッタンで起きた立てこもり事件を巡り、NY市警のブラウンと探偵・濱崎の運命が再び交錯する。警察上層部が捜査を阻む裏には巨大な陰謀が隠されていた。小トランプと称される不動産王と、水と油の名バディ――ブラウン&濱崎との対決の行方は？　相棒ハードボイルド『over the edge《オーバー・ジ・エッジ》』続篇。　解説／小池啓介